# DIE TOTEN VON BAYREUTH

Christina Wermescher entdeckte nach ihrem Studium zur Diplom-Kauffrau durch ein Auslandspraktikum ihre Liebe zu England, wo sie dann promovierte. Die Geburt ihres Sohnes bewog sie jedoch dazu, sich voll und ganz ihren Geschichten zu widmen. Diese spielen an den verschiedensten Orten der Welt. Doch Christina Wermescher reist nicht nur gerne mittels ihrer Bücher, sondern auch in der Realität. Von Kuba bis Vietnam, den USA und China hat sie schon zahlreiche Orte besucht. So fühlt sie sich nicht nur in ihrer bayerischen Heimat, sondern auf der ganzen Welt zu Hause, solange ihre Familie bei ihr ist.

CHRISTINA WERMESCHER

# DIE TOTEN VON BAYREUTH

*Kriminalroman*

emons:

**Bibliografische Information der Deutschen Nationalbibliothek**
Die Deutsche Nationalbibliothek verzeichnet diese Publikation
in der Deutschen Nationalbibliografie; detaillierte bibliografische
Daten sind im Internet über http://dnb.d-nb.de abrufbar.

© Emons Verlag GmbH
Alle Rechte vorbehalten
Umschlagmotiv: arcangel.com/Claudia Holzforster
Umschlaggestaltung: Nina Schäfer, nach einem Konzept
von Leonardo Magrelli und Nina Schäfer
Umsetzung: Tobias Doetsch
Gestaltung Innenteil: DÜDE Satz und Grafik, Odenthal
Lektorat: Marit Obsen
Druck und Bindung: CPI – Clausen & Bosse, Leck
Printed in Germany 2023
ISBN 978-3-7408-1791-6
Originalausgabe

Unser Newsletter informiert Sie
regelmäßig über Neues von emons:
Kostenlos bestellen unter
www.emons-verlag.de

Für Papa

# 1

»Heute Nachmittag fahren wir in den Urlaub, aber für die Bestattung Ihrer Schwester werden wir natürlich noch alles in die Wege leiten. Machen Sie sich keine Sorgen, Sie können sich auf mich verlassen.«

Der Bestatter sah sie mitfühlend an, und Eva holte zitternd Luft. Marlies war immer die Starke gewesen, eine Frau, die wusste, was sie wollte, und die vor Energie nur so strotzte. Dass Eva sie nun zu Grabe tragen sollte, überstieg all ihre Kraft. Sie war die kleine Schwester, die sich stets hinter dem Vater und später hinter ihrem Mann Peter versteckt hatte. Und gerade jetzt waren beide nicht da und sie auf sich allein gestellt. Am liebsten hätte sie sich zu Hause verkrochen, doch Peter hatte sie angewiesen, heute noch das Bestattungsinstitut zu beauftragen. Schließlich stand das Wochenende vor der Tür. Mit den Händen fuhr sie sich angestrengt über das Gesicht. Ihre Augen stachen schmerzhaft von den vielen Tränen, die sie vergossen hatte. Und obwohl sie sich leer fühlte wie ein alter, löchriger Eimer, drängten immer neue Tränen brennend gegen ihre Lider.

Der Bestatter räusperte sich vorsichtig und rückte seine runde Lesebrille zurecht. »Sie müssten dann noch den Sarg aussuchen. Trauen Sie sich das zu?«

Eva nickte beklommen, während sie innerlich heftig den Kopf schüttelte. Alles in ihr sträubte sich, den Schauraum zu betreten. Sie fühlte sich dieser Aufgabe nicht gewachsen. Trotzdem folgte sie dem Mann, bis sie hilflos zwischen dem Angebot an Särgen stand.

»Möchten Sie etwas Schlichtes oder lieber eine außergewöhnliche Farbe?«

Die Frage drang wie durch Watte gedämpft an ihr Ohr. Sie drehte sich einmal tapsig um die eigene Achse und schaute sich die verschiedenen Särge an. Sie konnte und wollte sich Marlies in keinem von ihnen vorstellen.

»Schlicht«, krächzte sie schließlich unsicher.

»Gut, dann hole ich keine Farbkarte«, kommentierte der Bestatter ihre Antwort geschäftsmäßig. »Ich würde vorschlagen, ich lasse Sie erst mal einen Moment allein. Sehen Sie sich in Ruhe um, ich bin dann gleich wieder da.« Schon watschelte er in Richtung des Büros zurück.

Eva war vorher gar nicht aufgefallen, was für einen komischen Gang er hatte. Sie hatte keinen guten Blick für Details und sollte nun eine letzte Ruhestätte aussuchen. Was, wenn Marlies nicht gefiel, was sie auswählte? Dann würde sie die Ewigkeit in einem grässlichen Sarg verbringen müssen.

Bei dem Gedanken wurde Eva auf einmal schwindlig. Sie hielt sich an einem massiven Eichensarg fest. Die Oberfläche war glatt poliert und fühlte sich angenehm kühl an. War das vielleicht der Richtige?

In diesem Moment öffnete sich die Tür zur Straße, und ein Mann betrat den Schauraum. Er wirkte ernst und etwas traurig. Nicht so traurig wie sie, aber vielleicht hatte auch er jemanden verloren. Wahrscheinlich sogar.

Es überraschte Eva, dass er sich nicht umsah, sondern direkt auf sie zukam.

»Mein herzliches Beileid«, sagte er leise.

Eva nickte überfordert. Kannte sie ihn? Irgendwie war ihr, als hätte sie sein Gesicht schon einmal gesehen. Doch wenn dem so war, musste es lange her sein. Sie erinnerte sich nur schemenhaft, wagte jedoch nicht, ihn offen zu fragen.

»Ich habe meinen Vater in diesem Sarg beerdigt«, erzählte der Mann unvermittelt. Immer noch flüsterte er.

Eva besah sich den Sarg genauer. Er war schlicht gehalten. Die Maserung des Holzes verlieh ihm einen rustikalen Touch. Sie war sich unsicher. Vielleicht würde Marlies lieber in einem weißen Sarg liegen? Ihr Auto war weiß gewesen, und sie war gerne damit gefahren.

»Schauen Sie, die Polsterung innen gibt es in verschiedenen Farben.« Mit diesen Worten klappte er den Deckel des Sarges auf.

Eva hielt die Luft an. Zwar war sie im Grunde dankbar für jede Unterstützung, aber das hier wurde ihr jetzt doch zu viel. Der Anblick des offenen Sarges machte den Tod für sie noch realer. Die Innenverkleidung leuchtete in rotem Satin, der wohl eher einem Freudenhaus gut zu Gesicht gestanden hätte als der ewigen Ruhestätte ihrer Schwester. Vehement schüttelte sie den Kopf, brachte jedoch keinen Ton heraus.

»Gefällt er Ihnen nicht?«, flüsterte der Mann. »Schade.«

Er hatte den Satz noch nicht beendet, da nahm sie aus dem Augenwinkel eine schnelle Bewegung wahr und spürte gleich darauf die Hand des Mannes in ihrem Gesicht. Er presste ihr ein feuchtes Tuch auf Mund und Nase.

Das Letzte, was Eva wahrnahm, waren ein süßlich beißender Geruch und nackte Panik.

## 2

Mira legte den Motorradhelm auf den halbhohen Aktenschrank hinter dem Schreibtisch ihres Büros in der Kriminalpolizeiinspektion Bayreuth und lockerte mit der Hand ihr Haar auf. Sie warf einen prüfenden Blick auf ihr Spiegelbild in dem noch schwarzen Bildschirm und nickte zufrieden. Das kinnlange schwarze Haar fiel ihr in sanften Wellen ums Gesicht, und der Pony stand nicht hoch. Das musste an einem trockenen Tag genügen. Das Gefühl, auf ihrem Bike zu sitzen, war Mira wichtiger als eine perfekt gestylte Frisur.

Sie startete den Rechner und wollte sich gerade auf den Weg in die kleine Abteilungsküche machen, als sich die Tür öffnete. Herein kam Nils, ihr Chef, der Einzige, der nie anklopfte. Es störte Mira nicht, schließlich kannte er sie ohnehin in- und auswendig – im wahrsten und anzüglichen Sinn der Worte.

»Guten Morgen!« Nils hielt zwei große dampfende Tassen in den Händen und lächelte sie an. Kein schlechter Start in den Arbeitstag.

Sie ließ sich von ihm zurück ins Büro schieben und plumpste in ihren Stuhl. Er setzte sich schräg vor ihr auf die Kante des Tisches.

Gespannt beobachtete Mira ihn, während sie eine der Tassen entgegennahm und einen Schluck Kaffee trank. So süß, wie er sie anlächelte, gab es genau zwei Möglichkeiten: Entweder er wollte sie zurück in seinem Bett, oder aber er hatte Nachrichten, die ihr ganz und gar nicht gefallen würden.

»Wie geht es dir?«, fragte er in freundschaftlichem Ton.

»Kommt drauf an, was du von mir willst«, gab sie zurück.

»Kann ich meiner besten Mitarbeiterin und Freundin nicht einfach mal einen Kaffee vorbeibringen und ihr einen guten Morgen wünschen?« Er lachte und zauberte damit auch Mira ein Lächeln ins Gesicht, obwohl ihr nun klar war, dass es nicht um sein Bett, sondern um unliebsame Neuigkeiten gehen musste.

»Das kannst du, aber es passt nicht zu dir. Also rück schon raus mit der Sprache.«

Nils hob sich ergebend die Hände. »Okay, okay, du kennst mich einfach zu gut.« Er holte Luft und schaute sie einen Moment lang fast bittend an.

Nun war sie sich endgültig sicher, dass sie im Grunde gar nicht wissen wollte, warum er aufgetaucht war. Sie wartete ab und verschränkte vorsichtshalber schon einmal die Arme vor der Brust.

»Gruber ist jetzt seit drei Monaten weg«, begann er.

Mira kniff die Augen zusammen.

»Na ja, was soll ich sagen, es wird höchste Zeit, die Lücke zu schließen, nicht wahr?« Er bedachte sie erneut mit seinem einnehmenden Lächeln. Diesmal funktionierte es nicht.

»Ich arbeite mit Gruber oder allein«, entgegnete sie trotzig.

Nils seufzte. Mira hasste dieses Seufzen. Ihre gute Laune schwand stetig und unaufhaltsam.

»Gruber ist im Ruhestand. Du tust ja gerade so, als wäre er nur im Urlaub.«

»Er mag im Ruhestand sein, aber ich habe gestern erst mit ihm telefoniert. Er vermisst die Arbeit. Er könnte doch einfach wieder zurückkommen. Gruber ist topfit, fitter als so mancher Vierzigjährige.«

Wieder dieses Seufzen. Miras Finger krampften sich um ihre Kaffeetasse.

»Der neue Kollege kommt um neun. Du hast also noch eine gute Stunde Zeit, dich mit dem Gedanken anzufreunden.« Nils hatte nun einen geschäftsmäßigen Ton angeschlagen. Ein deutliches Zeichen dafür, dass er keinen Bock mehr hatte, mit ihr zu diskutieren. »Und räum ihm bitte Grubers Schreibtisch frei. Wir haben schließlich genug Aktenschränke.«

Mira presste die Lippen aufeinander und schluckte einen bissigen Kommentar über die nicht vorhandene Ordnung auf Nils' eigenem Schreibtisch hinunter.

Abrupt beugte er sich vor und stützte sich mit beiden Händen auf den Armlehnen von Miras Stuhl ab. Sein Gesicht war nun ganz nah vor ihrem. »Denk nicht, dass mir das leichtfällt, Mira. Ich bin nicht dein Feind, ganz im Gegenteil.« Sein Blick heftete sich an ihre Lippen und ließ ihre Wangen heiß werden. Sie roch seine Haut, sein Haar, seinen Atem. »Ich vermisse dich jeden Tag, und ich wünschte, die wenigen Worte, die wir miteinander wechseln, wären wenigstens freundliche.« Mira fühlte etwas in sich weich werden wie warmes Wachs. Sie drehte den Kopf weg und blickte aus dem Fenster. Keine Sekunde konnte sie weiter in seine wasserblauen Augen sehen, denn sie wusste, dass ihr Widerstand dann brechen würde.

Ohne ein weiteres Wort stand Nils auf und ließ sie allein in ihrem Büro zurück.

Frustriert schlug Mira mit der Hand auf die Tischplatte. Sie erhob sich und lief schnellen Schrittes zum Fenster, um es zu öffnen. Noch war es nicht zu heiß, um ein bisschen Luft hereinzulassen. Doch schon bald würde die Hitze hereindrängen. Ein Jahrhundertsommer löste inzwischen den nächsten ab, und Mira freute sich neuerdings im Juni schon auf den Herbst.

Auf einem Bein hüpfend, wand sie sich aus ihrer Motorrad-Lederhose und tauschte sie gegen eine dünne Jeans, die sie zusammen mit Sandalen aus der untersten Schublade ihres Schreibtischs zog. Dann machte sie sich daran, Grubers Schreibtisch leer zu räumen. Der Neue konnte ja schließlich nichts dafür, dass sie ihn hierhinsetzten.

Gerade als sie die letzten Ordner in den Schrank gestellt und dem Kollegen eine kleine Grundausstattung an neuem Büromaterial hingelegt hatte, klopfte es an der Tür.

»Ja, bitte?«

Herein kam ein schmaler Kerl, der zumindest optisch das komplette Gegenteil von Gruber war. Er war lang, fast schlaksig, trug das schwarze glatte Haar zu einem Pferdeschwanz zurückgebunden und hatte trotz seines jungen Alters schon ausgeprägte Geheimratsecken. Das Gesicht war glatt rasiert, was seine Jugend noch unterstrich. Zumindest sein schwarzes Shirt, das statt dem Logo einer Bekleidungsmarke ein kleines

Gesicht eines Minecraft-Creepers zierte, machte ihn irgendwie sympathisch.

»Hallo, ich bin Hauptkommissarin Mira Streitberg«, begrüßte sie ihn.

Sein Händedruck war angenehm kräftig und trocken. Sie hatte schon das Schlimmste befürchtet.

»Ich weiß, steht an der Tür.« Er lächelte unbeholfen. »Mein Name ist Axel Bodenschatz.«

»Freut mich«, log sie. »Das hier ist dein Platz.« Sie deutete auf Grubers Schreibtisch, und er stellte, ohne zu zögern, seine Umhängetasche daneben ab und setzte sich. Sie würde ihm bei Gelegenheit erklären, was für eine Lücke Gruber hinterlassen hatte und welche Ehre es für ihn war, dass er sie schließen sollte. Doch nicht heute. Noch nicht.

Die Tür wurde aufgerissen, und Nils kam herein. Bodenschatz fiel vor Schreck beinahe vom Stuhl.

»Das ist der Chef, der klopft nie«, bemerkte Mira trocken, ohne zur Tür zu sehen.

Bodenschatz lächelte wieder sein unbeholfenes Lächeln und ließ sich von Nils' Händedruck durchschütteln.

»Herzlich willkommen! Schön, dass Sie da sind.«

Das Gesicht des Neuen hellte sich auf. Er schien sich über den herzlichen Empfang zu freuen.

»Ich habe auch gleich einen interessanten Fall für Sie beide. Am besten lernt man doch alles kennen, wenn man direkt loslegt, nicht wahr?«

Bodenschatz nickte, und Nils schaute Mira so lange fordernd an, bis auch sie es tat.

»Klar, Chef. Was gibt's?« Sie bemühte sich um einen lockeren Tonfall, der ihr nicht recht gelang.

»Eine Tote im Bestattungsinstitut Roder.«

»Na, so ungewöhnlich ist das ja nicht«, sagte Mira und lehnte sich zurück, die Arme hinter dem Kopf verschränkt.

Nils lächelte gequält. »In diesem Fall schon. Das Ehepaar Roder war letzte Woche verreist und hatte das Institut geschlossen. Als sie heute Morgen der ersten Kundschaft nach dem Urlaub ihre Produkte präsentierten, mussten sie feststellen, dass in der Zwischenzeit eine junge Frau in einem der Särge eingeschlossen worden war.«

»Oha!« Mira pfiff durch die Zähne.

»Genau. Ich würde vorschlagen, Sie beide fahren gleich mal hin. Die SpuSi ist bereits vor Ort. Das ist die Adresse.« Er reichte Bodenschatz einen Zettel und einen Autoschlüssel. »Sie können den dunkelblauen Passat nehmen, der ist die ganze Woche frei.« Damit rauschte Nils wieder zur Tür hinaus.

Der Neue schaute Mira auffordernd an. »Na, dann mal los, oder?«

»Willst du vorher noch einen Kaffee? Bist ja gerade erst angekommen.« Sie nippte an ihrer eigenen Tasse. »Die arme Frau läuft uns ja schließlich nicht mehr weg, und die Kollegen von der SpuSi machen eh schon ihren Job.«

Irritiert schüttelte er den Kopf. »Nein, nein, ich bin bereit, Frau Streitberg. Außerdem trinke ich keinen Kaffee, nur Tee.«

Seine Motivation gefiel ihr, auch wenn er ein Teetrinker war. Sie kippte den Rest ihres inzwischen kalten Kaffees hinunter und stand auf.

»Gut. Aber nenn mich Mira, okay?«

# 3

Axel Bodenschatz fuhr ruhig und sicher und hielt während der Fahrt die Klappe. Vielleicht würden sie doch noch ein Team werden. Wenn Mira eins nicht leiden konnte, dann waren es Menschen, die ständig zappelten und nicht schweigen konnten. »Das Bestattungsinstitut ist in der Fußgängerzone. Wo soll ich am besten parken? In der Friedrichstraße ist bestimmt wieder alles dicht. Vielleicht unten beim Rathaus?«, meldete er sich schließlich zu Wort.

»Nein, nein, wir fahren rein. Wir sind doch im Dienst.«

Wie angewiesen, fuhr Axel in die verkehrsberuhigte Innenstadt. Jeder Fußgänger, der ihnen ausweichen musste, schien ihm ein schlechtes Gewissen zu bereiten. Zumindest nickte und lächelte er entschuldigend in alle Richtungen. Mira war amüsiert.

Ihr Ziel lag tatsächlich mitten in der Maxstraße. Ein ungewöhnlicher Ort für ein Bestattungsinstitut. Das Schaufenster der Ladenfläche im Erdgeschoss war mit einem schwarzen Vorhang verkleidet, damit man nicht hineingucken konnte. Davor waren Urnen ausgestellt.

Als Mira letztes Mal hier entlanggeschlendert war, war das Haus leer gewesen und hatte zum Verkauf gestanden. Damals war sie mit Nils spazieren gegangen. Das Institut passte vielleicht nicht unbedingt in die Maxstraße, aber perfekt zu ihrem Beziehungsstatus. Sie versuchte, sich auf das Hier und Jetzt zu konzentrieren, und schob den Gedanken an vergangene Frühlingsspaziergänge beiseite.

Die Tür zum Bestattungsinstitut stand offen, jemand hatte einen kleinen Holzkeil untergeschoben. Als sie hineingingen, wurde Mira schlagartig klar, warum. Der Gestank der Verwesung schlug ihr mit all seiner Wucht ins Gesicht. Roland, der Rechtsmediziner, kam auf sie zu und begrüßte sie. Die Spurensicherung hatten sie anscheinend knapp verpasst.

»Servus, Roland. Das ist Axel Bodenschatz. Er ist neu bei uns.«
Die Männer schüttelten sich die Hände.
»Hallo. Na, gleich zu Beginn so einen Fall. Puh!«
»Was meinst du?«, wollte Mira wissen, obwohl sie wegen des Geruchs bereits ahnte, dass die Leiche wohl nicht mehr in bestem Zustand war. Außerdem traf sie Roland grundsätzlich nur an den Tatorten an, die es in sich hatten. Der Rechtsmediziner kümmerte sich normalerweise in seinem Institut um seine »Patienten«, wie er die Toten nannte, die auf seinem Tisch landeten. Mit den Forensikern hatte er jedoch abgesprochen, dass sie ihn anriefen, wenn sie auf außergewöhnliche Tatorte stießen. Dann kam er dazu, um sich direkt vor Ort ein Bild zu machen. Mira schätzte sein Engagement.

»So was habe ich bisher selten gesehen«, meinte Roland. »Ich rede nicht von den Schmeißfliegen. Madenbefall haben wir ja fast immer, gerade bei dem Wetter, aber …« Er schüttelte mit gewichtiger Miene den Kopf. »Ich habe sie euch noch im Sarg gelassen, so wie man sie gefunden hat.« Er reichte ihnen Einweghandschuhe. »Gebt mir Bescheid, wenn ihr fertig seid. Ich geh inzwischen raus und rauch eine.«

Mira unterdrückte mühsam den Impuls, sich mit der Zungenspitze über die Unterlippe zu fahren. Würde dieses Verlangen jemals aufhören? Dabei lag es schon fast ein Jahr zurück, dass sie den Glimmstängeln abgeschworen hatte. Doch immer noch kostete es sie Überwindung, nicht rückfällig zu werden. Manchmal war ihr, als hätte sie einen furchtbaren Durst nach Nikotin, der nicht von allein weggehen würde, sondern dringend gestillt werden musste. Vor allem in Situationen wie diesen.

Sie nahm die Handschuhe und zog sie an, dann ging sie mit Axel zu einem massiven Eichensarg. Es war der einzige, der offen stand.

Nicht nur der Geruch drückte ihr die Luft ab, auch der Anblick raubte ihr für einen Moment den Atem. Sie hatte in ihren Jahren bei der Kripo schon so manches gesehen, was einen zartbesaiteten Menschen aus den Socken hauen konnte. Das hier gehörte zweifelsohne in diese Kategorie.

Was als Erstes ins Auge fiel, war, dass der Leichnam nicht ruhig lag. Nein, er war zu einer betriebsamen Brutstätte geworden, in der es nur so wuselte. Schmeißfliegen in allen Entwicklungsstadien, von Maden über Puppen bis hin zu kleinen Fliegen, die ihre Köpfchen gierig im verwesenden Fleisch versenkten, tummelten sich auf dem, was noch vor Kurzem ein Mensch gewesen war.

Mira verrieb einen großen Klecks Desinfektionsgel auf ihrem Unterarm und atmete den Geruch ein. Auch Axel tat dankbar etwas davon auf ein Papiertaschentuch, das er sich vor Mund und Nase hielt. Endlich fand mal jemand ihr Faible für Sagrotan nicht lächerlich. Doch der vertraute Duft konnte den Verwesungsgeruch bei Weitem nicht übertünchen und brachte kaum Erleichterung.

Die Frau lag verrenkt auf der Seite, was vor allem daran lag, dass sie gefesselt war. Mira beugte sich vorsichtig über sie, um sich das genauer anzusehen, wobei sie penibel darauf achtete, weder Sarg noch Körper und schon gar nicht die Insekten zu berühren. Dabei war es ihr völlig egal, ob sie Spuren hinterließ. Nein, es war einzig und allein der Graus, der sie auf Abstand hielt. Axel tat es ihr gleich und lugte über die Kante des Sarges. Er war etwas blass, hielt sich aber wacker.

Hände und Füße des Opfers wurden jeweils mit Handschellen zusammengehalten. Ein drittes Paar Handschellen sorgte für ihre unbequem aussehende Haltung, da es die Fesseln der Hände auf ihrem Rücken mit denen der Füße verband.

»Das sind doch Polizeihandschellen, oder?«, merkte Axel an. Seine Stimme klang ruhig und gefasst. Mira war froh darüber.

»Nein, das sind zwar Clejusos, aber nicht unsere. Diese hier bekommt man auch als Normalbürger überall im Internet.«

Die Handschellen hatten tief in die Gelenke eingeschnitten und waren blutverkrustet. Natürlich hatte die Frau verzweifelt versucht, sich zu befreien. Vergeblich.

Mira atmete geräuschvoll aus. »Meine Güte. So verschnürt hatte sie keine Chance, da rauszukommen.«

»Ja. Sieht so aus«, antwortete Axel. »Obwohl sie es mit aller Kraft probiert hat.«

Er deutete auf das Gesicht des Opfers und dann auf die Innenseite des Sarges. Aus Mangel an Bewegungsfreiheit musste sie mit dem Kopf gegen den Deckel geschlagen haben. Viele Male. Das Innenfutter war voll von getrocknetem Blut. Die aufgeplatzte Stirn war eine Einladung an die Schmeißfliegen gewesen, sich dort häuslich einzurichten. Mira meinte gar, an einer Stelle unter einer Traube sich windender Maden den Schädelknochen hervorschimmern zu sehen. Sie wandte sich ab und schluckte schwer.

»Ich hab genug. Lass uns mit dem Bestatter sprechen.«

Sie zog sich die Handschuhe aus und rief nach Roland. Prompt erschien er in der Tür, als hätte er nur auf ihr Zeichen gewartet. Er kam auf sie zu und hielt ihnen eine Plastiktüte hin, in die sie ihre Handschuhe warfen. Ein Hauch von Zigarettenrauch umwehte ihn, und Mira atmete tief ein. Sie seufzte innerlich und verabschiedete sich von Roland. Dann ging sie mit Axel quer durch den Raum, wo eine Tür offen stand, die ins Haus hineinführte. Auf der Schwelle blieben sie stehen, und Mira rief nach dem Ehepaar Roder.

Sofort tauchte ein Mann mittleren Alters auf und stellte sich ihnen als der Hausherr vor. Er war nicht besonders groß und hatte sich einige grau melierte Haarsträhnen über die Halbglatze gekämmt. Er reichte ihnen seine feuchte Hand, die er einfach nur hinhielt und die ihre weder schüttelte noch drückte. Mira dachte sofort an das Desinfektionsgel in ihrer Handtasche.

»Kommen Sie doch bitte mit ins Büro«, sagte er und ging dann vorweg einen kleinen Gang entlang. Dabei erinnerte er Mira an eine Ente. Sie schob das Bild ärgerlich beiseite. Manchmal waren ihre Gedanken wie Affen, die kreischend hin und her sprangen.

Im Büro trafen sie auf Frau Roder. Sie war etwas zu dick für ihr gelbes, eng anliegendes Shirt, hatte zusammengewachsene Augenbrauen und einen deutlichen Schnurrbart. Mira bewunderte sie für die Selbstsicherheit, mit der sie diesen trug, während sie selbst regelmäßig mit der Pinzette in ihrem Gesicht herumzupfte. Frau Roder hatte im Gegensatz zu ihrem Mann einen festen Händedruck, doch auch ihre Hand war feucht, und Mira befürchtete, dass dies an dem zerknüllten Taschentuch liegen könnte, das sie in ihrer Linken hielt.

Den Roders stand der Schreck noch immer ins Gesicht geschrieben.

»Kannten Sie das Opfer?«, fragte Mira und registrierte wohlwollend, dass Axel ein kleines Notizbüchlein zückte.

»Kennen ist zu viel gesagt«, antwortete der Bestatter. Sie kam am Freitag vor einer Woche zu uns. Ihre Schwester war verstorben. Ich habe hier Namen und Adresse für die Rechnung.« Er setzte sich eine Lesebrille auf die Nase und schob Mira einen aufgeschlagenen Ordner hin.

»Eva Wolfram«, las sie laut vor. »Könnten Sie uns davon bitte eine Kopie machen?«

Roder nickte. »Natürlich.«

»Sie waren also mit ihr hier im Büro, als Sie sie zum letzten Mal gesehen haben?«

»Nein, wir haben hier erst alles besprochen. Danach habe ich sie in den Schauraum geführt, um einen Sarg auszusuchen.« Er hörte abrupt auf zu reden und wischte sich nervös über die Stirn.

»Und dann?«

»Dann war sie plötzlich weg! Ich konnte doch nicht ahnen, dass sie da drin ist!« Seine Stimme war lauter geworden. Ein Anflug von Panik lag darin.

Widerwillig legte Mira ihre Hand auf seine. »Niemand macht Ihnen einen Vorwurf. Wir versuchen nur zu verstehen, was passiert ist.«

»Ich habe sie allein gelassen. Sie wirkte sehr unschlüssig. Oft brauchen die Hinterbliebenen einfach ein bisschen Ruhe, wissen Sie?«

Mira wusste es zum Glück nicht, doch sie nickte, um ihn zum Weiterreden zu animieren.

»Als ich zurückkam, war sie weg. Natürlich hab ich mich gewundert. Aber ich dachte, dass es ihr wohl einfach zu viel geworden ist.«

Er zuckte bekümmert mit den Schultern.

»Was haben Sie dann gemacht?«, bohrte Mira nach.

»Ich habe abgeschlossen und bin zu meiner Frau nach oben gegangen.«

»Sie wohnen im ersten Stock hier über dem Institut?«, vergewisserte sich Mira. Im Augenwinkel bemerkte sie, dass Axel etwas in sein Notizbuch schrieb. Brav.

»Ja. Wir haben zu Mittag gegessen, und dann haben wir gepackt.«

»Selbstverständlich haben wir Frau Wolfram noch mal angerufen, bevor wir gefahren sind«, erklärte Frau Roder. »Sie ging aber nicht ran. Auch am nächsten Tag nicht.«

»Sie haben während Ihres Urlaubs versucht, sie zu erreichen?«, hakte Mira nach.

»Ja, natürlich. Es war ja schon komisch, dass sie auf einmal weg war, nachdem sie mit meinem Mann doch fast schon alles ausgemacht hatte. Wir dachten, dass sie wohl zu einem anderen Bestatter gegangen ist. Und dass es ihr deshalb unangenehm war, mit uns zu sprechen.«

»Von wann bis wann sind Sie denn im Urlaub gewesen?«, schaltete sich nun Axel in das Gespräch ein.

»Wir sind nach dem Mittagessen direkt losgefahren. So gegen vierzehn Uhr. Wir fahren jeden Sommer um diese Zeit an den Gardasee. Zurückgekommen sind wir gestern Abend«, antwortete Herr Roder.

»Wenn ich jetzt so darüber nachdenke, hab ich den Geruch schon gestern im Treppenhaus bemerkt«, sagte Frau Roder leise. »Aber nur ganz leicht, weil der Sarg ja zu war und die Türen auch. Wir sind auch direkt raufgegangen und ins Bett gefallen. Nicht mal mehr unsere Koffer haben wir ausgepackt. Heut Früh, als wir dann runterkamen, um das Institut aufzusperren, hätt uns fast der Schlag getroffen.« Sie hielt sich wie zur Bestärkung ihrer Worte das zerknüllte Taschentuch vor den Mund.

»Haben Sie jemandem den Schlüssel gegeben zum Blumengießen oder wegen der Post oder so?«, fragte Mira.

»Nein. Freitags ist immer die Putzfrau da. Der haben wir aber gesagt, dass sie diese Woche nicht kommen braucht.«

Mira horchte auf. »Dann war sie also hier, kurz bevor Sie abreisten, oder?«

»Ja, schon«, bestätigte Frau Roder und bekam große Augen. »Sie denken doch nicht etwa –«

»Ich fange erst an zu denken, wenn ich alle Informationen habe«, würgte Mira sie ab. »Geben Sie uns bitte Namen und Adresse der Reinigungskraft.«

Herr Roder sprang auf, und wenig später hielten sie die Informationen zu Opfer und Putzfrau in ihren Händen.

Sie verabschiedeten sich, und der Bestatter begleitete sie durch den Schauraum nach draußen. Roland und der Sarg mit der Toten waren bereits fort.

Kaum waren sie auf der Straße, holte Mira noch einmal ihre kleine Flasche Desinfektionsgel aus der Tasche und verrieb einen großen Klecks davon in ihren Händen. Diesmal schmunzelte Axel belustigt.

»Grins nicht so, ich bin kein Monk«, rief sie und knuffte ihn in die Seite.

»Das hast du jetzt gesagt, nicht ich!«

Sie versuchte, ihn grimmig anzusehen, konnte sich ein Grinsen jedoch nicht verkneifen. Vielleicht war der Neue ja wirklich einer, mit dem sie arbeiten konnte.

# 4

Unschlüssig standen Mira und Axel vor einem geschmackvoll
sanierten Einfamilienhaus in der Bayreuther Gartenstadt. Mira
hielt sich grundsätzlich für wenig emotional, zumindest sah sie
sich gerne so, doch Angehörigen mitzuteilen, dass einer ihrer
Lieben aus dem Leben gerissen worden war, gehörte nicht zu
den Schokoladenseiten ihres Jobs.

»Soll ich es ihm sagen?«, fragte Axel unvermittelt. Überrascht
sah sie ihn an. Er wirkte fast etwas ungeduldig, was Mira erst
recht irritierte. Hatte die Jugend heute denn nicht einmal mehr
genug Zeit, sich kurz zu überlegen, wie man am besten eine
Todesbotschaft überbrachte?

Unwirsch schüttelte sie den Kopf. »Nein. Ist schon gut. Ich
mache das.«

Sie drückte die Klinke des Gartentürchens hinunter. Es war
nicht verschlossen, und so traten sie ein und durchquerten den
gepflegten Vorgarten, der von penibel getrimmten Buchskugeln
dominiert wurde. Weißer Kies knarzte unter ihren Füßen.

»Wahrscheinlich ist er eh nicht da, sondern bei der Arbeit«,
meinte Mira, als sie auf den Klingelknopf drückte.

Doch wider Erwarten tauchte schon nach wenigen Sekunden ein Schatten hinter dem Milchglasfenster auf, und die Tür
öffnete sich.

Der Mann war das, was Miras Mutter als »stattlich« bezeichnet hätte. Er trug einen Anzug und sah aus, als hätte er sich die
Haare gerade eben frisch zurückgegelt. Mira schätzte ihn auf
Mitte vierzig, damit musste er um einiges älter sein als seine
verstorbene Frau.

»Sind Sie Peter Wolfram?«, vergewisserte sie sich.

»Ja, das bin ich, und wer sind Sie?«

»Mein Name ist Mira Streitberg, und das ist mein Kollege
Axel Bodenschatz. Wir sind von der Kriminalpolizei.«

Sie zeigten ihm ihre Dienstausweise, die er jedoch ignorierte.

Stattdessen nickte er wissend, fast so als hätte er sie bereits erwartet. »Es geht um Eva, nicht wahr?«

Mira nickte.

»Kommen Sie rein.« Er machte ihnen Platz, damit sie an ihm vorbei in den Hausflur gehen konnten, und schloss die Tür hinter ihnen. »Bitte gehen Sie nach links ins Wohnzimmer.«

Besagtes Wohnzimmer war der ungemütlichste Raum, den Mira je zu Gesicht bekommen hatte. Der Fußboden bestand aus glänzenden weißen Fliesen. Eingerichtet war er lediglich mit einer schwarzen Ledergarnitur, die auf einen völlig überdimensionierten Fernseher ausgerichtet war, und einem kleinen Couchtisch in Hochglanz-Weiß, passend zum Fußboden. Sonst nichts.

Herr Wolfram bedeutete ihnen, sich zu setzen, und Mira folgte seiner Aufforderung mit Unbehagen. Als sie alle saßen, ergriff sie das Wort.

»Wir müssen Ihnen leider mitteilen, dass Ihre Frau tot ist.«

Der Satz war so schmucklos wie der Raum. Doch Mira wusste aus Erfahrung, dass es in solchen Situationen niemandem half, wenn lange herumgedruckst wurde. Meist machte das die ganze Sache eher schlimmer.

Herr Wolfram reagierte erstaunlich gefasst. »Ja, das habe ich schon befürchtet.«

»Ach ja?«, fragte sie irritiert nach, und er nickte. »Wieso haben Sie sie nicht als vermisst gemeldet?«

Er zuckte mit der Schulter, so als würden sie über etwas vollkommen Belangloses sprechen. »Weil ich schon vom Schlimmsten ausgegangen bin.«

»Wieso? Hatte Ihre Frau denn Feinde?«

Herr Wolfram winkte ab. »Nein, nein. Ihr größter Feind war sie selbst. Der Tod ihrer Schwester hat sie sehr getroffen. Als sie kurz danach verschwand, war mir klar, dass ich mich womöglich damit abfinden muss, dass sie sich etwas antut.«

Mira runzelte die Stirn. Sie hatte viele Tränen erlebt und einige Wutausbrüche. Doch kein Hinterbliebener hatte jemals so abgebrüht reagiert wie Peter Wolfram.

»Ihre Frau hat sich nichts angetan. Sie wurde ermordet.«
Endlich bemerkte sie eine gewisse Regung in seinen Gesichts-
zügen. Auch wenn es Überraschung statt Trauer war. Zumindest
schien der Mann doch kein Roboter zu sein.

»Ermordet?«, fragte er ungläubig nach.

»Herr Wolfram, wo waren Sie am Freitag vor einer Woche,
als Ihre Frau zum Bestattungsinstitut ging?«

»Ich war auf Dienstreise, zusammen mit meinem Schwiegervater. Wir haben ein paar Weingüter rund um Würzburg besucht,
um geeignete Weine für unser Geschäft auszuwählen. Ich be-
treibe einen Delikatessenladen in der Innenstadt. Wilhelm kam
mit, um mich seinen Kontakten als Nachfolger vorzustellen.
Leider mussten wir die Reise dann abbrechen, weil Marlies gestorben war. Wilhelm wollte sofort nach Hause, als er davon
erfuhr.«

»Sie haben das Geschäft also von Ihrem Schwiegervater übernommen?«

»Ja, genau.«

»Warum Sie und nicht Ihre Frau?«

Peter Wolfram machte ein Gesicht, als hätte Mira ihn unsittlich berührt. »Ich verstehe die Frage nicht«, sagte er und schien
es so zu meinen.

»Na, wäre es nicht naheliegend anzunehmen, dass Ihre Frau
das Erbe ihres Vaters weiterführt?«

Wolfram schüttelte vehement den Kopf. »Nein. Das wäre
nichts für sie. Sie wäre damit völlig überfordert gewesen. Eva
mochte es nicht, Verantwortung zu tragen oder Entscheidungen
zu treffen.«

Das klang, als hätte er ihr einen Gefallen getan, indem er den
Familienbetrieb übernommen hatte. Konnte wahr sein, musste
aber nicht.

»Können Sie uns bitte die Stationen Ihrer Reise mit den Kon-
taktpersonen der besuchten Weingüter zukommen lassen?«

»Sicher.«

Mira gab ihm ihre Visitenkarte, die er, ohne sie anzusehen,
in die Innentasche seines Jacketts steckte.

»Wenn es geht, bitte heute noch«, schob sie nach und stand auf. Zwar war es im Vergleich zu der brütenden Hitze draußen angenehm kühl in dem Haus. Doch Mira hatte trotzdem ein beklemmendes Gefühl, und es zog sie hinaus ins Freie. »Ach, eine Sache noch. Wo wohnt Evas Vater?«

Peter Wolfram nannte ihnen die Adresse, und Axel schrieb sie pflichtbewusst in sein Notizbüchlein.

»Halten Sie sich bitte zu unserer Verfügung. Es kann gut sein, dass noch weitere Fragen auftauchen«, sagte Mira.

»Kein Problem.«

Kein Problem? Der Typ war wirklich die Ruhe selbst, stand da wie ein Geschäftsmann in einem Meeting. Hatte er denn nicht verstanden, dass seine Frau ermordet worden war? Selbst wenn in einer Ehe nicht immer alles so rosig lief, konnte einen der gewaltsame Tod des Partners doch nicht völlig kaltlassen.

Mira ertappte sich dabei, wie sie Peter Wolfram eindeutig zu lange anstarrte. Doch auch das ließ ihn offenbar kalt, denn er erwiderte ihren Blick gelassen. Also wandte sie sich schließlich zum Gehen, und auch Axel verabschiedete sich.

Die Hitze schlug ihr wie eine Ohrfeige entgegen. Im Garten nebenan war inzwischen ein Rasensprinkler angegangen, und Mira wäre am liebsten hinübergerannt und durch das Wasser gesprungen.

Als sie die Straße überquerten, auf deren gegenüberliegender Seite sie den Passat geparkt hatten, bemerkte Mira eine alte Frau am Fenster des Nachbarhauses. Sie spähte neugierig heraus, und als sie Miras Blick auffing, zog sie schnell den Vorhang zu, um nicht gesehen zu werden.

Mira überlegte nicht lange und klingelte. Nichts rührte sich, obwohl die Bewohnerin ja gerade noch am Fenster gestanden hatte. Mira klingelte erneut, energischer diesmal. Endlich hörte sie Schritte. Die Tür wurde einen kleinen Spaltbreit geöffnet, und die Frau schaute ihnen misstrauisch über die eingehängte Türkette hinweg entgegen.

»Guten Tag, Frau …«, Mira beugte sich zurück und warf einen Blick auf das Klingelschild, »… Walberer.«

Die Frau zuckte nicht einmal und starrte sie weiter an.

»Mein Name ist Mira Streitberg, und das hier ist mein Kollege Axel Bodenschatz. Wir sind von der Kriminalpolizei. Würden Sie uns bitte ein paar Fragen zu Ihren Nachbarn, den Wolframs, beantworten?«

Die Alte kniff die Augen zusammen und beäugte ausgiebig die Ausweise, die sie ihr vor die Nase hielten. »Warum?«, fragte sie dann.

»Weil Eva Wolfram ermordet wurde.«

Nun riss die Frau die Augen auf. »Hat der Peter Wolfram sie umgebracht?«, fragte sie neugierig.

»Darüber dürfen wir keine Auskunft geben. Aber wie Sie sehen, haben wir ihn nicht verhaftet«, antwortete Mira diplomatisch. »Warum denken Sie, dass er sie vielleicht umgebracht haben könnte?«

Die Alte sah auf einmal aus, als hätte sie Angst, etwas Falsches gesagt zu haben, und schwieg. Doch Mira würde nicht lockerlassen. Wer den ganzen Tag am Fenster stand und die Nachbarschaft im Auge behielt, der sah vielleicht auch etwas Nützliches.

»Frau Walberer, Sie müssen keine Angst haben. Aber Sie kommen mir vor wie eine aufmerksame Person, die sich für ihre Mitmenschen interessiert.«

Frau Walberers Gesichtsausdruck entspannte sich, und sie nickte leicht, mit einem Funken Stolz im Blick.

»Hatten Sie den Eindruck, dass die Wolframs eine glückliche Ehe führten?«

Wie erwartet schüttelte sie den Kopf. »Die Frau Wolfram sah fast nie glücklich aus.«

Das passte durchaus zu dem Bild, das Peter Wolfram ihnen von seiner Frau vermittelt hatte. Ob sie an Depressionen gelitten hatte? Mira würde ihn fragen, ob sie in Behandlung gewesen war.

»Und Herr Wolfram?«, hakte sie nach.

Die Alte schien etwas zu wissen, doch noch druckste sie herum. An ihrer Miene war abzulesen, dass sie mit sich rang.

»Hatte er etwa eine Geliebte?«, fragte Mira ins Blaue hinein, um das Gespräch im Fluss zu halten.

Frau Walberer nickte erleichtert. »Ja, ich glaub schon. Jeden Donnerstagnachmittag ist die Eva Wolfram weggefahren. Und kurz drauf kam dann immer eine andere. Wie ein Barbiepupperl hat die ausgeschaut.«

»Und diese Dame kam immer nur, wenn Frau Wolfram nicht zu Hause war?«, vergewisserte sich Mira.

»Ja, donnerstags, das sagte ich doch gerade.«

Mira zog eine Visitenkarte aus der Tasche, die sie Frau Walberer durch den Türspalt entgegenstreckte. »Rufen Sie mich doch bitte an, wenn Ihnen noch etwas einfällt, ja?«

Die alte Dame nahm die Karte, hielt sie mit beiden Händen fest und beäugte sie mit zusammengekniffenen Augen.

»Danke, Frau Walberer. Sie haben uns sehr weitergeholfen«, sagte Axel, der sich bisher im Hintergrund gehalten hatte. Frau Walberer nickte ihnen huldvoll zu und schloss die Tür.

Als sie zum Auto zurückgingen, bat Mira ihren Kollegen, noch einmal kurz bei Peter Wolfram zu klingeln.

»Frag ihn bitte, ob seine Frau wegen Depressionen in Behandlung war, und wenn ja, bei wem.«

Während Axel davoneilte, setzte sie sich ins Auto, ließ den Motor an und schaltete die Klimaanlage ein. Die kalte Luft fühlte sich so gut an, dass sie sich vorbeugte und sämtliche Gebläse auf sich ausrichtete. Morgen würde sie vermutlich Halsschmerzen haben, doch das war es wert. Sie seufzte wohlig.

Als Axel die Tür öffnete, schrak sie zusammen und regelte die Klimaanlage wieder etwas runter.

»Du hattest recht«, sagte er, »sie hatte eine wöchentliche Therapiesitzung.«

»Lass mich raten. Donnerstagnachmittags?«

»Bingo!«

# 5

Das Licht der tief stehenden Sommersonne schwappte träge und golden wie Honig durch Miras Büro, als sie endlich den Rechner herunterfuhr. Sie hatte noch ein paar Berichte zu abgeschlossenen Fällen beenden müssen, doch nun war sie fertig. Sie streckte sich ausgiebig. Dann nahm sie sich noch ein paar Minuten, um nachzudenken, ob sie im Fall Eva Wolfram irgendetwas vergessen hatte.

Ihr Praktikant Philipp hatte den Auftrag, sich um die Verbindungsnachweise des Opfers zu kümmern, Festnetz eingeschlossen. Außerdem sollte er versuchen aufzulisten, wer wie mit ihr in Beziehung gestanden hatte. Und Roland hatte ihr den Obduktionsbericht für den Folgetag versprochen.

Sie bückte sich, um ihre Lederhose aus der Schreibtischschublade zu holen, als die Tür geöffnet wurde und Nils den Kopf hereinsteckte.

»Du bist noch da? Ich glaube, ich muss mal ein Hühnchen mit deinem Chef rupfen. Du arbeitest zu viel.« Er zwinkerte ihr verschmitzt zu und kam rein.

»Du brauchst ihm nicht den Kopf abreißen, ich wollte nämlich gerade gehen«, antwortete sie lächelnd. Es war schön, ihn nach so einem anstrengenden Tag noch kurz zu sprechen. Und da im Grunde ja bereits Feierabend war, war auch die Gefahr einer Meinungsverschiedenheit gering.

Wie immer setzte er sich schräg vor sie auf die Ecke ihres Schreibtisches, sodass sie zu ihm aufsehen musste. In diesem Fall störte sie das nicht, und sie nutzte die Gelegenheit, um sich entspannt zurückzulehnen.

»Doch, ich finde, er sollte dich entschädigen. Für die Überstunden, die du so oft machst«, schob er nach.

Langsam dämmerte Mira, dass er versuchte, das Gespräch in eine bestimmte Richtung zu lenken, und sie schmunzelte in sich hinein. Sie würde ihm den Gefallen tun und mitspielen.

Heute Abend fühlte sie sich nicht stark genug, ihren Widerstand aufrechtzuerhalten.

»So, so. Und an was hattest du da gedacht?«

»Hmmm …« Er legte den Zeigefinger auf die Lippen, und tat, als würde er angestrengt nachdenken. Dabei war Mira sich sicher, dass er bereits einen Plan gehabt hatte, als er in ihr Büro gekommen war. Nils konnte sehr vieles sehr gut. Schauspielern oder gar Lügen gehörte nicht dazu. »Ich denke, er sollte dich auf eine Pizza einladen. Und zwar sofort!« Er strahlte sie an, als hätte er soeben den Stein der Weisen gefunden.

Kurz dachte Mira an ihren Widerstand, doch der Gedanke verflüchtigte sich in Sekunden. Sie lächelte zurück. »Gerne, aber bitte lass uns aufhören, von dir in der dritten Person zu sprechen. Das wird langsam seltsam.«

»Okay, okay, Hauptsache, du kommst mit.«

Mira warf ihre Motorradhose zurück in die Schreibtischschublade. Dann ergriff sie Nils' Hand und ließ sich von ihm hochziehen. Gemeinsam gingen sie zu seinem Wagen.

Kurz streifte Mira ein Hauch von Wehmut, ihre Ducati diese Nacht hier auf dem Parkplatz der Kripo stehen zu lassen. Doch die Aussicht auf Pizza und Nils' Gesellschaft war heute Abend stärker. Das wollte durchaus etwas heißen. Ob es am Fall Wolfram lag?

Wenige Minuten später bog Nils in die Friedrich-von-Schiller-Straße ein und parkte vor dem kleinen Reihenendhaus, das er sich vor ein paar Jahren gekauft hatte. Mira kam es vor wie eine halbe Ewigkeit, seit sie ihn zum letzten Mal in dem roten Backsteinhäuschen mit den urigen dunkelbraunen Fensterläden besucht hatte. Dabei war es erst vor ein paar Wochen gewesen.

Sein Stammlokal war nur wenige hundert Meter entfernt, und Mira genoss die Abendluft auf ihrer Haut, als sie die Straße entlangspazierten. Endlich hatte es zumindest so weit abgekühlt, dass einem nicht bei der kleinsten Bewegung der Schweiß ausbrach. Das Schicksal schien sich mit ihr versöhnen zu wollen, denn gerade als sie die Außentreppe des alten Spinnereigebäudes zur »PizzaRia« hinaufstiegen, wurde ein Tisch auf der Terrasse frei.

Viel zu lange hatte dieses Industriejuwel in Rostrot einfach leer gestanden. Doch nun beherbergten seine alten, aber topsanierten Mauern unter anderem verschiedene Arztpraxen, ein Fitnessstudio und dieses hübsche Restaurant.

Sie mussten nicht in die Karte sehen, sondern bestellten Pizza mit Ziegenkäse und Speck, einen gemischten Salat, Rotwein und Wasser. Alles war wie in alten, glücklichen Zeiten. Doch ihre Probleme hatten sich in der Zwischenzeit natürlich nicht einfach in Luft aufgelöst, auch wenn Mira gerade nicht darüber nachdenken wollte.

»Wie macht sich der Neue?«

»Kann ich noch nicht wirklich sagen.« Sie trank einen Schluck Wein. »Bisher habe ich nichts zu meckern, falls du das meinst.«

»Nicht? Na, dann muss er ja ein echt toller Hecht sein.«

Sie grinsten sich an.

»Und am Tatort? Wie hat er sich da geschlagen?«, fragte Nils weiter.

Mira zuckte mit den Schultern. »Alles gut. Er ist ruhig geblieben, hat sich nicht übergeben und ist auch nicht in Ohnmacht gefallen.«

Nils nickte. Er schien nachzudenken, während er den Rotwein in dem bauchigen Glas schwenkte. Mira hatte das deutliche Gefühl, dass er etwas verschwieg.

»Was ist?«

Kurz presste Nils die Lippen zusammen, als wollte er die Worte zurückhalten. Dann sagte er: »Ich war ein wenig unsicher, wie ich mit ihm umgehen soll. Bodenschatz war in Landshut stationiert, bevor er zu uns kam. Dort gab es einen Zwischenfall.«

Er machte eine längere Pause, in der er seinen Blick wieder in die Lichtspiele des Weines versenkte.

Mira wartete geduldig ab. Das Thema schien ihn ehrlich zu beschäftigen.

»Bei einem Schusswechsel hat er eine Frau getötet. Bodenschatz hatte sich nichts vorzuwerfen, es war Notwehr und die Situation vollkommen unübersichtlich.«

»Aber er machte sich trotzdem Vorwürfe«, führte Mira seinen Satz fort, und Nils nickte.

»Ja, er kam in psychologische Behandlung und war einige Zeit vom Dienst befreit.«

»Schöne Scheiße.«

»Du sagst es. Jedenfalls ist er wohl hier in Bayreuth aufgewachsen und wurde nun auf seinen Wunsch hin in die Heimat zurückversetzt.«

»Vielleicht wäre er in einer anderen Abteilung vorerst besser aufgehoben«, warf Mira ein.

»Den Gedanken hatte ich auch, deshalb wollte ich wissen, wie er auf den Tatort und das Opfer reagiert hat.«

»Verstehe. Diesbezüglich brauchst du dir aber keine Sorgen machen.«

»Das ist gut. Ihm wurden ja auch andere Stellen angeboten, soweit ich weiß. Sitte und Raub, glaube ich. Aber er wollte unbedingt zu uns.«

»Tja, das Herz will, was das Herz will, auch wenn ihm das nicht immer guttut«, sagte Mira und fing Nils' Blick ein. Mit den Fingerspitzen streichelte er über ihre Hand, mit der sie das Weinglas festhielt. Ein wehmütiges Lächeln lag in seinem Mundwinkel.

»Aber dich beschäftigt auch etwas, oder?« Forschend sah er sie an.

»Ich weiß nicht. Vielleicht. Um ehrlich zu sein, habe ich noch nicht darüber nachgedacht, aber du hast recht. Ich fühle mich ganz melankomisch.« Sie lächelte schief über ihr eigenes Wortspiel. »Vielleicht liegt es an dem neuen Fall. Der ist nicht nullachtfünfzehn. Na ja, jeder Fall ist eben anders.«

Nils nickte verständnisvoll. »Ja, im Bestattungsinstitut war es sicher bedrückend.«

»Das auch. Man sah an den Verletzungen, dass sie um ihr Leben gekämpft hat.«

Sie schwiegen eine Weile, tranken Wein und ließen ihren

Blick von der erhöhten Terrasse aus über die Spinnereistraße schweifen.

»Fast bedrückender war allerdings der Besuch bei ihrem Mann«, erzählte Mira schließlich weiter. »Ich glaube, ihr Tod ist ihm völlig egal.« Gleichgültigkeit machte ihr immer besonders zu schaffen. Wut oder gar Hass waren Mira lieber. Damit konnte man arbeiten. Gleichgültigkeit jedoch machte sie rat- und hilflos. Nils drückte ihre Hand.

Mira war froh, als die Bedienung den Salat und kurz darauf die Pizzen auf den Tisch stellte. Das brachte sie auf andere Gedanken. Sie hatte das unsinnige Gefühl, mit dem Essen nicht nur ihren Magen, sondern irgendwie auch die dumpfe Leere in sich zu füllen. Nils' Laune hob sich ebenfalls, und sie plauschten über dies und das. Bald bestellte er eine zweite Karaffe Rotwein. Doch auch vorher schon war unausgesprochen klar gewesen, dass an diesem Abend keiner mehr fahren würde.

Als sie nach dem Essen zu seinem Haus liefen, legte er den Arm um sie, und seine Nähe fühlte sich verdammt gut an.

Vielleicht war sie zu engstirnig gewesen, als sie ihn und sich selbst davon zu überzeugen versucht hatte, dass eine Beziehung unter Kollegen zum Scheitern verurteilt sei. Wie auch immer, heute war nicht der richtige Zeitpunkt, um zu grübeln. Laue Sommernächte sollten nicht an Diskussionen oder gar Streit verschwendet werden. Man musste sie vielmehr anfüllen mit Lachen und Liebe.

Und genau das taten sie. Die halbe Nacht lang.

# 6

Die rustikalen Fensterläden an Nils' Haus dienten lediglich zur Zierde. Zumindest hatte Mira sie noch nie geschlossen gesehen. Und so wurde sie davon geweckt, dass ihr die Sonne erbarmungslos ins Gesicht schien. Verschlafen drehte sie sich vom Fenster weg und landete prompt ins Nils' Armen. Jetzt erst war sie wach genug, um zu bemerken, dass sie nicht zu Hause war.

»Guten Morgen«, flüsterte er in ihr Ohr.

»Morgen«, murmelte sie gegen seine Brust. Wie spät es wohl war? Wenn es nach ihr ginge, konnte der Tag gerne noch eine Weile auf sie warten.

Nur ungern löste sie sich von Nils, war es doch völlig unklar, wie es weitergehen würde, sobald sie dieses Bett verließen und der Alltag sie wiederhatte.

»Wie wär's mit einem Kaffee?« Er wusste, wie er sie um den Finger wickeln konnte.

Sie lächelte. »Gerne.«

Tatsächlich mimte er den perfekten Gentleman, sprang aus dem Bett und kam wenige Minuten später mit zwei verführerisch dampfenden Tassen zurück. Mira seufzte wohlig und nahm ihm einen Kaffee ab. Sie nippte vorsichtig daran und stopfte sich das Kissen hinter den Rücken, während Nils wieder zu ihr ins Bett kroch.

Mira hatte das Gefühl, sie sollten reden. Doch alles in ihr sträubte sich dagegen. Warum diesen perfekten Moment zerstören? Zum Glück war Nils einer, mit dem man schweigen konnte – eine der vielen Eigenschaften, die sie an ihm liebte.

Nach dem Kaffee sprangen sie rasch gemeinsam unter die Dusche und begannen den neuen Tag in etwa so, wie sie den alten beendet hatten.

Doch die Realität holte Mira schneller ein, als ihr lieb war. Unwohl schaute sie sich um, als sie in die Ludwig-Thoma-Straße einbogen und sich der Dienststelle näherten.

»Vielleicht solltest du mich hier aussteigen lassen. Ich kann die letzten Meter laufen«, sagte sie in verzagtem Tonfall.

»Sei nicht albern. Wenn man dich hier aus meinem Auto steigen sieht, ist das doch viel auffälliger, als wenn wir einfach zusammen zur Arbeit fahren. Wir könnten ja auch eine Fahrgemeinschaft haben. Niemand wird sich etwas dabei denken.«

Vielleicht hatte er recht. Aber wer ließ schon seine Ducati auf dem Parkplatz stehen, um spontan eine Fahrgemeinschaft zu bilden? Sie sagte jedoch nichts mehr, da sie befürchtete, die Stimmung könnte kippen. Während sie nervös auf ihrer Unterlippe herumkaute, legte Nils ihr seine Hand auf den Oberschenkel. Eine Geste, die ihre beabsichtigte beruhigende Wirkung verfehlte. Sie blinzelte zu ihm hinüber, und sein entwaffnendes Lächeln fegte ihr die Bedenken zumindest von den Lippen, wenn auch nicht aus dem Kopf.

Erleichtert stellte sie fest, dass auf dem Parkplatz kein Kollege zu sehen war. Auch der Gang zu ihren Büros war leer, und Nils nutzte die Gelegenheit für einen Abschiedskuss, der ihr Herz höherschlagen ließ. Ob dies nun an seinen Kussqualitäten lag oder an der Angst, entdeckt zu werden, wusste Mira selbst nicht so genau.

Sie hatte den Rechner noch nicht hochgefahren, als auch schon Axel ins Büro kam. Er hielt einen riesigen Karton in den Händen, der sofort Miras Interesse weckte.

»Was hast du denn da?«, fragte sie neugierig.

»Einstand«, antwortete er, stellte den Karton auf den Schreibtisch und klappte den Deckel auf. Er war gefüllt mit einer Vielzahl an bunten Muffin-Kunstwerken. Ein frischer Duft nach Erdbeeren und Zitrone stieg Mira in die Nase. Am liebsten hätte sie sich gleich ein Exemplar geschnappt oder zumindest ihren Finger genüsslich im Buttercremetopping versenkt.

Axel schien ihr das an der Nasenspitze anzusehen. Rasch klappte er den Karton wieder zu.

»Bevor du dich darauf stürzt, lass mich Kaffee kochen und eine Mail an die Kollegen schreiben. Dann haben sie wenigstens eine Chance, auch was davon abzubekommen.«

Mira verschränkte in gespielter Empörung die Arme vor der Brust. »Hast du mich gerade verfressen genannt?«

Axel sagte nichts, er grinste nur. Schweigen war wohl doch nicht immer Gold. Ganz schön frech für den zweiten Arbeitstag, fand Mira. Sie schmunzelte in sich hinein und klickte sich durch ihre Nachrichten.

Als Axels Mail in ihrem Postfach aufploppte, sprang sie auf. »Jetzt darf ich aber«, frohlockte sie und schnappte sich einen Muffin mit rosarotem Topping und einer frischen Erdbeere obendrauf, ehe Axel sich mit dem Karton auf den Weg in die Abteilungsküche machte. »Bring mir einen Kaffee mit!«, rief sie ihm nach.

Wenig später kam er mit Philipp im Schlepptau zurück. Gemeinsam rollten sie eine große Pinnwand ins Büro. Sie hatten einige Mühe mit dem Ungetüm, was nicht zuletzt daran lag, dass jeder von ihnen nur eine Hand freihatte. Philipp kaute an einem zitronengelben Muffin, dessen Buttercreme in seinem dünnen Bart hing und ihm den Charme eines Riesenbabys verlieh. Und Axel brachte ihr den gewünschten Kaffee. An solche Tage, an denen sämtliche Männer in der näheren Umgebung sie mit Kaffee versorgten, könnte sie sich gewöhnen.

Sie nahm einen Schluck und biss in ihren Erdbeermuffin. »Was wird das? Gehe ich dir schon am zweiten Arbeitstag so auf die Nerven, dass du eine Trennwand aufstellen willst?«, fragte sie kauend.

Axel hob abwehrend die Hände. »Ich habe damit nichts zu tun, ich helfe nur.«

Ihr Blick glitt zu Philipp.

»Na, du wolltest doch eine Aufstellung zum Opfer! Und auf so einer Wand kann man das wunderbar visualisieren. Ich habe das schon in verschiedenen Krimis gesehen.«

»Soso.« Mira reichte ihm ein Taschentuch. »Du hast da was im Bart.«

Im Grunde verdienten die einzelnen Haare in Philipps Gesicht das Wort »Bart« nicht, doch ihr fiel keine Alternative ein, die nicht beleidigend gewesen wäre, und so beließ sie es eben dabei. Der Praktikant war ja noch jung. Vielleicht hatte er Glück, und das Ganze verwuchs sich noch zu einem nennenswerten Bart.

Während Philipp zwei Fotos vom Opfer, die er auf Facebook entdeckt hatte, an die Wand pinnte, streckte Mira die Beine aus und verschränkte die Arme hinter dem Kopf, um ihn betont entspannt bei seiner Arbeit zu beobachten.

Axel stand unschlüssig daneben.

Als Nächstes beschriftete Philipp verschiedenfarbige Kärtchen mit Personennamen und ordnete diese rechts neben dem Opfer an.

»Keine Fotos mehr?«, rief Mira in enttäuschtem Tonfall, um ihn aufzuziehen. »Was soll denn das für eine Visualisierung sein? Im Fernsehen haben sie Fotos.«

Philipp schnaubte und winkte unwirsch ab.

Schließlich hingen die Kärtchen »Ehemann: Peter Wolfram«, »Vater: Wilhelm Schaller«, »Ehepaar Roder« und »Dr. Friedmann: Psychiater« an der Wand.

»Schön hast du das gemacht, Philipp.«

Er drehte sich zu ihr um und sah Mira unsicher an. Vermutlich versuchte er zu ergründen, ob sie das Lob nicht vielleicht doch ernst meinte.

»Jetzt kannst du noch die Roder'sche Putzfrau und Wolframs heimliche Geliebte ergänzen, und dann ist der Fall ja schon fast gelöst.«

Philipp schaute etwas säuerlich, griff aber tatsächlich noch einmal zu Stift und Kärtchen.

Mira wandte sich an Axel. »Na, jetzt wo wir so einen schönen visualisierten Fahrplan haben, wissen wir wenigstens, was wir heute machen sollen.«

Axel lugte verstohlen zu Philipp, der Miras Stichelei jedoch stoisch ertrug, ohne sich dazu zu äußern. Er hingegen schien sich unbehaglich zu fühlen. Anscheinend kabbelte er sich nicht ganz so gerne wie Mira.

»Ach, ich mach doch nur Spaß«, lenkte sie schließlich ein, stand auf und stellte sich neben Philipp an die Pinnwand. Versöhnlich klopfte sie ihm auf die Schulter. »Ist eine schöne Idee, Philipp. Ich wollte dich nur ein bisschen aufziehen.«

»Ich weiß«, antwortete er mit einem schiefen Grinsen.

»Komm, ich gebe dir einen Versöhnungskaffee aus. Und einen Muffin.«

»Können wir das als Standard-Wiedergutmachung einführen, wenn du mich ärgerst?«, erkundigte er sich feixend, während sie sich gemeinsam auf dem Weg in die Kaffeeküche machten.

Sie fragte ihn ein bisschen über das Klettern aus. Philipp stammte aus der Fränkischen Schweiz, wo er jeden Felsen zu kennen schien wie seine Westentasche. Schon oft hatte Mira sich vorgenommen, diesen Sport auch einmal auszuprobieren. Auch sie kannte sich in der Fränkischen Schweiz bestens aus, allerdings hatte ihr Interesse bislang eher den Straßen gegolten. Sie hatte die Gegend nicht in Kletterschuhen, sondern auf ihrem Motorrad erkundet.

Gerade als sie ins Büro zurückwollten, kam Nils in die Küche und strahlte beim Anblick der Muffins. Mira spürte, wie ihr warm wurde, und das lag nicht daran, dass die Sommerschwüle schon wieder dabei war, die Kühle des Morgens zu vertreiben. Kleine Bildfetzen der letzten Nacht rauschten durch ihre Erinnerung, mindestens so süß wie Axels Muffins.

Schnell flüchtete sie zurück in ihr Büro, wo Axel vor der Pinnwand stand und die Fotos des Opfers anstarrte. Nahm ihn der Mord etwa doch mehr mit, als er sich gestern hatte anmerken lassen? Mira musterte ihn und stellte erleichtert fest, dass er weder angespannt noch betrübt wirkte.

»Ruf doch mal den Vater der Toten an, ob er zu Hause ist. Ich mache einen Termin mit der Putzfrau«, sagte sie und griff zum Telefonhörer.

Es wurde Zeit, etwas Schwung in den Fall zu bringen.

## 7

Sonja Koslow, die Reinigungskraft des Bestattungsinstituts Roder, hatte am Telefon außerordentlich nervös geklungen. Mira vermutete, dass sie dort schwarzarbeitete. Anders konnte sie sich ihre Unruhe kaum erklären. Doch ehe sie dieser Sache auf den Grund gingen, würden sie den Vater des Opfers besuchen. Wilhelm Schaller hatte sie gebeten, in seinen Delikatessenladen zu kommen. Und so musste Axel den Dienst-Passat schon wieder durch die Bayreuther Fußgängerzone steuern. Sein Gesichtsausdruck verriet zweifelsfrei, dass ihm ganz und gar nicht wohl dabei war. Doch Mira erstickte seinen Vorstoß, er könne doch in der nur zwei Straßen entfernten Münzgasse parken, im Keim.

»Kommt überhaupt nicht in Frage. Jetzt mag es noch einigermaßen kühl sein, aber wer weiß, wie lange wir brauchen. Ich habe keine Lust, in der Mittagshitze durch die Stadt zu rennen.«

Er fügte sich mit einem resignierten Nicken.

Das Feinkostgeschäft lag in der Richard-Wagner-Straße, also ziemlich genau am anderen Ende der Fußgängerzone wie das Bestattungsinstitut Roder. Als sie das auffällige bordeauxrote Stadthaus betraten, tönte der Klang einer altmodischen Glocke über der Tür durch den Verkaufsraum. Die Einrichtung hingegen war schick und wirkte neu. Vermutlich hatte Peter Wolfram bei seiner Übernahme alles renoviert. Die weißen Hochglanz-Bodenfliesen und die beleuchteten Glasflächen der Auslage ließen deutlich seine Handschrift erkennen.

Die Verkäuferin hüpfte mädchenhaft von einem Barhocker hinter der hohen Verkaufstheke, die wohl zu Verkostungen einladen sollte. Ihr blondiertes Haar fiel ihr in üppigen Wellen über die Schultern, und ein breiter roter Stretchgürtel über ihrem geblümten Sommerkleid betonte ihre schmale Taille.

Die Aussage von Wolframs Nachbarin geisterte durch Miras Kopf: *Wie ein Barbiepupperl hat die ausgeschaut.*

»Kann ich Ihnen helfen?«

»Können Sie.« Mira warf einen Blick auf ihr Namensschild. Carolin Probst. »Streitberg und Bodenschatz von der Kriminalpolizei. Wir haben einen Termin mit Herrn Schaller.« Die großen braunen Rehaugen der Verkäuferin schienen noch ein bisschen größer zu werden. »Einen Moment bitte«, sagte sie und verschwand – so schnell es ihre High Heels zuließen – im hinteren Bereich des Geschäfts.

Mira wandte sich an Axel, der die Etiketten der Weinflaschen auf dem Tresen studierte. »Schreib mal bitte den Namen Carolin Probst in dein Notizbuch. Ich möchte wetten, das ist Wolframs Geliebte.«

Pflichtergeben kritzelte Axel die Angaben in das Büchlein. Dann sah er auf. »War das jetzt nur so ein Spruch, oder willst du wirklich mit mir wetten?«, fragte er irritiert.

»Würdest du denn wetten wollen, obwohl klar ist, dass du verlieren wirst?« Sie hätte jedenfalls nichts dagegen. Vielleicht konnte sie eine Kugel Stracciatella in der Eisdiele vorne am Sternplatz abstauben. Doch kaum hatte sie den Gedanken zu Ende gedacht, tauchte Barbie wieder auf, mit einem älteren Herrn im Schlepptau.

Wilhelm Schaller schüttelte ihnen zur Begrüßung die Hände. Mira stellte Axel und sich erneut vor und drückte ihm ihr Beileid aus. Er wirkte bei Weitem nicht so gefasst wie Peter Wolfram. Tiefe Schatten lagen unter seinen rot geränderten Augen. Mit einer erschöpften Geste bedeutete er ihnen, ihm zu folgen, und führte sie in ein von Papieren überquellendes Büro. Eine geöffnete halb leere Flasche Rotwein und ein benutztes Glas standen auf dem Schreibtisch.

Mira ignorierte es. Schließlich gab es durchaus stillosere Frühstücke, und wer wollte einem Vater vorschreiben, wie er um seine Töchter zu trauern hatte?

Wilhelm Schaller hatte Frau Probst angewiesen, ihnen Kaffee zu bringen. Sie kam mit einem Tablett in den Händen herein, als sie gerade alle drei an einem kleinen Besprechungstisch Platz genommen hatten. Mira schwieg, bis sie wieder weg war und die Tür hinter sich geschlossen hatte. Um Barbie würde sie sich später kümmern.

»War Ihre Tochter in letzter Zeit verändert, hatte sie vielleicht Konflikte oder Angst vor irgendjemandem?«, begann Mira die Befragung.

Schaller fuhr sich angestrengt mit beiden Händen übers Gesicht. Er wirkte mitgenommen und hilflos. Sein Anblick riss an Miras Herz, und sie lenkte sich mit einem Schluck Kaffee ab. »Es ging ihr nicht gut. Überhaupt nicht gut.« Seine Stimme war brüchig und nicht lauter als ein Flüstern. »Und nach Marlies' Tod war sie einem Zusammenbruch wahrscheinlich näher als je zuvor. Wäre sie in dieser Situation doch nur nicht allein gewesen!«

»Sie waren auf Dienstreise zusammen mit Peter Wolfram, nicht wahr?«

Er nickte schwach, sah sie nicht an.

»Erzählen Sie uns davon«, bat Mira.

In verschachtelten, abgehackten Sätzen gab Wilhelm Schaller Grund und Ablauf der Reise wieder. Die Informationen deckten sich mit denen, die Peter Wolfram ihnen inzwischen hatte zukommen lassen.

»Die Reise war ein Fehler. Aber wer hätte denn ahnen können, dass Marlies so plötzlich stirbt? Es schien ihr gerade wieder ein bisschen besser zu gehen.« Seine Augen füllten sich mit Tränen.

Mira schluckte betroffen. Er hatte, während er durch Franken reiste, gleich beide Töchter verloren. »Herr Schaller, ich kann nicht ermessen, wie schwer der Verlust Ihrer Töchter für Sie sein muss. Wenn Sie möchten, können wir auch ein andermal wiederkommen.«

Er winkte ab. »Nein. Später sind meine Töchter immer noch tot.« Dann schaute er ihr direkt in die Augen. »Sie müssen ihn fangen. Der, der das meiner Eva angetan hat … Sie müssen ihn kriegen.«

Miras Herz schlug ihr bis zum Hals. Schallers Forderung legte sich wie ein bleierner Umhang um ihre Schultern. Sie dachte an das eine Mal zurück, als sie sich zu einem solchen Versprechen hatte hinreißen lassen. Damals hatte sie es gebrochen und war gescheitert.

Mira nickte beklommen. Ihr war unangenehm warm, ihre Hände wurden feucht, und sie widerstand nur mit Mühe dem Drang, ihr Desinfektionsgel aus der Tasche zu holen.

»Woran ist Marlies gestorben?«, fragte Axel und lenkte Schallers Aufmerksamkeit damit auf sich. Dankbar griff Mira nach ihrer Kaffeetasse und trank gegen den Kloß in ihrem Hals an.

»Sie hatte einen angeborenen Immundefekt. Wir waren in gewisser Weise darauf vorbereitet.« Er stockte. »Aber das macht es natürlich nicht leichter.«

»Eva hatte Depressionen, nicht wahr?«, schaltete sich Mira wieder ein.

Wilhelm Schaller nickte traurig. »Ja, das begann nach dem Tod ihrer Mutter. Damals war sie noch ein Teenager.«

Seine Ehefrau hatte Wilhelm Schaller also ebenfalls bereits zu Grabe getragen. Mein Gott, wie viel Leid konnte ein einzelner Mann ertragen? »Gab es irgendwelche Vorkommnisse in der letzten Zeit, irgendetwas, das außergewöhnlich oder komisch war?«

Schaller schüttelte nachdrücklich den Kopf.

»Hatte Eva einen anderen Mann neben Peter Wolfram?«

Sein Kopf schnellte hoch. »Wagen Sie es nicht, so über sie zu sprechen!«, rief er. Seine Stimme war plötzlich laut, fast polternd, und hatte einen drohenden Klang angenommen. »Ich lasse nicht zu, dass Sie sie durch den Dreck ziehen!«

So eine Reaktion hatte Mira nicht kommen sehen. Abwehrend hob sie beide Hände. »Nichts liegt mir ferner, Herr Schaller«, versicherte sie ihm. »Aber die beiden scheinen nicht gerade eine glückliche Ehe geführt zu haben.«

Unwirsch winkte er ab. »Probleme gibt es doch überall mal. Das ist normal.«

Mira atmete tief durch. Sie würde alles auf eine Karte setzen. Meist lag sie mit ihrer Intuition nämlich goldrichtig, außerdem schien die Beschreibung von Frau Walberer überaus treffend zu sein.

»Herr Schaller, wissen Sie, dass Ihr Schwiegersohn ein Verhältnis mit Carolin Probst hat?«

Wilhelm Schaller schaute sie an, als hätte sie ihn geohrfeigt. Es war eindeutig, dass er davon keine Kenntnis gehabt hatte. Seine Hände krallten sich um die Armlehnen seines Stuhls, und seine Atmung wurde flach.

Besorgt beugte Mira sich vor. Sie wollte ihm gerade beruhigend die Hand auf die Schulter legen, als er aufsprang und zur Tür hinausstürmte. Mira und Axel rannten hinterher. Womöglich galt es, einen weiteren Mord zu verhindern.

Carolin Probst fuhr zwar erschrocken hoch, als Schaller unvermittelt auf sie zustürzte, konnte sich jedoch nicht mehr in Sicherheit bringen. Er packte sie mit beiden Händen am Hals und drückte sie gegen die Wand hinter der Verkaufstheke. Ihr Schrei wurde dadurch abgewürgt, und sie schaute ihn geschockt an, während sie mit beiden Händen verzweifelt versuchte, seinen Griff zu lösen.

Mira sah Axel an, dass er drauf und dran war einzugreifen. Doch sie hielt ihn zurück. Wilhelm Schaller hatte genug durchgemacht, und seine Reaktion war nur verständlich. Sie würden ihn jetzt trotz seines gewaltsamen Angriffs nicht auch noch auf die Fliesen werfen und ihm den Arm auf den Rücken drehen. Nicht, wenn es irgendwie anders ging.

Sie legte Schaller sanft die Hand auf die Schulter, wie sie es schon im Büro vorgehabt hatte, und redete beruhigend, fast flehend, auf ihn ein. »Lassen Sie sie bitte los, Herr Schaller. Wenn Sie jetzt durchdrehen, macht das Ihre Eva auch nicht wieder lebendig.«

Carolin Probst begann zu röcheln, und Mira zog in Betracht, ihn vielleicht doch auf die Fliesen zu werfen, da ließ er von ihr ab. Keuchend stützte er sich mit den Händen auf die eigenen Knie.

»Raus«, murmelte er, als er wieder zu Atem gekommen war. Die Verkäuferin hielt sich den Hals und weinte stumm. Axel und Mira wechselten einen überforderten Blick. »Raus!«, schrie Schaller, sodass sie alle drei zusammenzuckten. Ruckartig richtete er sich auf und schaute seine Angestellte angewidert an. Seine Wangen waren tränennass. »Lass dich nie wieder hier blicken.« Die Drohung in seiner Stimme war unüberhörbar.

Hastig griff Carolin Probst nach einem kleinen Handtäschchen und stöckelte stolpernd zur Tür hinaus.

»Schnapp sie dir«, sagte Mira zu Axel. »Die nehmen wir mit.« Während er der Frau nachrannte, wandte sie sich an Schaller. Er tat ihr leid. Sie hätte bei der Befragung feinfühliger sein müssen, nach allem, was er durchgemacht hatte.

Mira drückte ihm ihre Visitenkarte in die Hand. »Wenn Ihnen noch etwas einfällt oder wenn Sie etwas brauchen, rufen Sie mich an. Jederzeit.«

## 8

Sie hatten Carolin Probst in ein freies Büro gesetzt und einen Arzt bestellt, der sich ihren Hals ansehen sollte. Mira würde es nicht riskieren, dass man ihr später Vorwürfe machte. Nach dem Besuch bei Herrn Schaller machte sie sich selbst schon genug davon. Sie wies Philipp an, Frau Probst nicht aus den Augen zu lassen. Seinem Grinsen nach war das ein Auftrag nach seinem Geschmack. Sie sparte sich einen Kommentar.

Auf Miras Schreibtisch lag ein großer Hauspost-Umschlag. Sie zog den Spurensicherungsbericht mitsamt zugehöriger Lichtbildmappe heraus. Ein pinkes Post-it klebte daran: »Hi Mira, anbei der Bericht zum Tatort Eva Wolfram. Schade, dass ich euch verpasst habe. Ich wollte doch den neuen Kollegen kennenlernen. Wenn er so süß ist wie seine Muffins, sollte er sich vor mir in Acht nehmen. Grüße, Sylvia«.

Sie klebte die Nachricht auf Axels Exemplar des Berichts, bevor sie ihm das Papier rüberschob. Amüsiert registrierte sie, dass er beim Lesen der Notiz rote Ohren bekam. Natürlich würde sie erst einmal für sich behalten, dass Sylvia Lind ein Scherzkeks war, der auf die sechzig zuging.

Dann nahm Mira eine weitere Kopie und machte sich auf den Weg zu Nils. Natürlich hätte sie ihm den Bericht auch einfach in sein Postfach legen können, doch sie war froh über den Vorwand. Seit sie bei Evas Vater gewesen war, fühlte sie sich verloren.

Im Gegensatz zu Nils klopfte sie vorsichtig an, ehe sie in sein Büro ging. Mira war erleichtert, dass er weder telefonierte noch Besuch hatte. Was hatte Nils nur mit ihr gemacht, dass sie ihn nicht mehr aus dem Kopf bekam?

Er blickte fragend von den Papieren auf seinem Schreibtisch auf und lächelte, als er sie sah. Sofort stand er auf und kam auf sie zu. Sein haselnussbraunes Haar war etwas zerzaust, ein deutliches Zeichen dafür, dass er konzentriert gearbeitet hatte.

Mira zupfte ihm zärtlich ein paar besonders wilde Haarsträhnen zurecht.

»Ich wollte dir nur kurz den kriminaltechnischen Bericht vorbeibringen.«

»Danke.« Er nahm ihr die Kopie aus der Hand und warf sie achtlos auf seinen Schreibtisch. »Du wirkst bedrückt.« Sie schien wirklich ein offenes Buch für ihn zu sein.

»Es ist nichts«, wehrte sie ab. Statt sich mit der Antwort zufriedenzugeben, hob er fragend eine Augenbraue. Sie lächelte gequält und gab nach. »Wir waren heute Morgen beim Vater der Toten. Eva Wolfram ist nach ihrer Mutter und ihrer Schwester nun schon das dritte Familienmitglied, das ihm wegstirbt. Ich bin nicht sicher, ob er das durchsteht. Ich glaube, ich würde es nicht.«

Er zog sie an sich, und sie lehnte ihren Kopf an seine Schulter. Behutsam streichelte er ihr über das Haar. Seine Berührung tat gut. Die Wogen in ihrem Inneren schienen sich zu glätten. Nils drückte ihr einen langen Kuss auf den Haaransatz.

»Ich könnte dich heute Abend ja ein bisschen auf andere Gedanken bringen, was meinst du?«

Mira wusste nicht, ob sie sich dafür bereit fühlte. Je mehr Zeit sie nun wieder miteinander verbrachten, umso schneller würde eine Aussprache fällig werden. Auch wenn jede ihrer Fasern nach seiner Nähe schrie, löste sie sich langsam von ihm. »Mal sehen.« Sie lächelte unverbindlich und verließ das Büro.

Zurück an ihrem Schreibtisch überflog Mira den Spurensicherungsbericht, in den auch Axel vertieft war. Unglücklicherweise hatte die Putzfrau ihren Job wohl sehr gründlich erledigt. Der gesamte Schauraum war ungewöhnlich arm an verwertbaren Spuren gewesen. Immerhin waren einige Fingerabdrücke sichergestellt worden. Ein Teil davon stammte nachweislich von Herrn Roder. Und Mira war sich sicher, dass auch Sonja Koslow, die Reinigungskraft, einige hinterlassen hatte. Das würde sich ja zeitnah überprüfen lassen.

Interessant waren aber vor allem die Abdrücke im Sarg. Der Täter schien keine Handschuhe getragen zu haben. Die Innenkante des Sarges und vor allem die Handschellen waren mit Fingerabdrücken übersät gewesen. Leider hatten sie keine Übereinstimmung in der Datenbank geliefert.

»Wollen wir Philipp mal ablösen, bevor er sich noch verliebt, und mit der Probst sprechen?«, fragte Mira und lugte über den Bildschirm zu Axel hinüber.

»Klar.« Schon sprang er auf.

Mira fragte sich, wo er seinen Schwung hernahm, da er doch keinen Kaffee trank.

Die Stimmung nebenan schien ihren Tiefpunkt erreicht zu haben. Der Arzt war wieder gegangen, und Philipp schaute betreten drein. Dies war eben kein Date, nicht alle fanden im Büro die große Liebe. So freudig, wie Philipp Frau Probsts Betreuung angenommen hatte, so eilig floh er nun aus dem Büro.

Mira konnte es ihm nicht verdenken. Carolin Probst sah längst nicht mehr wie eine Barbie aus. An ihrem Hals waren deutliche Spuren von Herrn Schallers Angriff zurückgeblieben. Ihre Wimperntusche hatte sich in tiefe Schatten und schwarze Rinnsale unter den Augen verwandelt. Und die blonde Mähne hing ihr strähnig ins Gesicht, weil sie sich wohl in der ganzen Aufregung zu oft durchs Haar gefahren war.

Sie setzten sich zu ihr, und Mira gab ihr eine Packung Taschentücher, die sie dankend annahm. Sie schnäuzte sich geräuschvoll.

»Möchten Sie Anzeige gegen Herrn Schaller erstatten?«, fragte Axel dann.

Carolin Probst schüttelte den Kopf und schniefte. »Nein, der hat schon genug zu leiden. Ich bin doch kein Monster.«

Mira verbarg ihr Erstaunen. Sie hatte eine andere Reaktion erwartet.

»Fühlen Sie sich in der Lage, uns ein paar Fragen zu beantworten? Oder möchten Sie lieber nach Hause gebracht werden? Dann verschieben wir das.«

»Es geht mir gut«, sagte Carolin Probst wenig überzeugend.

Mira wartete einen Moment, ob Axel die Befragung beginnen würde. Bisher hatte sie das übernommen, um ihm den Start zu vereinfachen. Aber vielleicht fühlte er sich dadurch auch bevormundet. Eventuell sollte sie ihn später allein zu Sonja Koslow fahren lassen, damit er sah, dass sie ihm das ohne Weiteres zutraute. Sie schob den Gedanken beiseite und konzentrierte sich wieder auf Frau Probst, da Axel keine Anstalten machte, erneut das Wort zu ergreifen. Zumindest sein Notizbüchlein hatte er pflichtbewusst zur Hand genommen.

»Seit wann haben Sie ein Verhältnis mit Peter Wolfram?«

»Wir haben kein Verhältnis, wir haben eine Beziehung. Wir lieben uns.« Auf einmal klang Frau Probst nicht mehr weinerlich, sondern schnippisch. Mira unterdrückte ein Seufzen und ermahnte sich selbst, freundlich zu bleiben. Solche Spielchen hatten ihr gerade noch gefehlt. »Seit wann haben Sie eine Beziehung mit Peter Wolfram?«

»Seit dreieinhalb Jahren.«

Mira versuchte erneut, sich ihre Überraschung nicht anmerken zu lassen. Sie hatte mit einer weitaus kürzeren Zeitspanne gerechnet.

»Wann hat Herr Wolfram denn den Laden von Herrn Schaller übernommen?«

Carolin Probst schaute nachdenklich drein. »Das lässt sich so einfach nicht beantworten.«

»Wieso?«

»Na ja, das war ein fließender Übergang. Ihm wurden sukzessive immer mehr Aufgaben übertragen. Angefangen hat es damit, dass er die Buchhaltung und Kostenrechnung übernahm. Das war vor dreieinhalb Jahren.«

»Ich verstehe. Und wann hat Herr Schaller ihm den Laden überschrieben?«

Frau Probst ließ sich Zeit mit einer Antwort. »Noch gar nicht«, sagte sie schließlich. »Der Notartermin ist irgendwann nächsten Monat, soweit ich weiß.«

»Oh.« Mira fragte sich, ob der Termin wohl wie geplant stattfinden würde, jetzt, da Schallers Bild von seinem Schwiegersohn so in Mitleidenschaft gezogen worden war. Sie hatte das Gefühl, dass ihrer Zeugin ganz ähnliche Gedanken durch den Kopf gingen, denn Carolin Probst presste angespannt die Lippen zusammen. »Wusste Eva Wolfram von Ihrer Beziehung zu ihrem Mann?«

»Nein. Peter wollte es ihr schon lange sagen und sich von ihr trennen, damit wir offiziell zusammen sein können. Aber da sie psychisch so labil war, konnte er das natürlich nicht.«

»Natürlich.« Wie oft hatte Barbie sich dieses Mantra wohl vorgebetet, bis sie endlich selbst daran glaubte? Mira lehnte sich zurück und wandte sich an Axel. »Hast du noch Fragen?«

Er schüttelte den Kopf, ohne von seinem Notizbuch aufzusehen.

»Ich würde gerne noch Ihre Fingerabdrücke nehmen. Ist das okay für Sie?«

Carolin Probsts Gesichtsausdruck verriet nur allzu deutlich, dass es ganz und gar nicht okay für sie war. »Warum? Was soll das?«

»Ich möchte Sie als Täterin ausschließen können. Dann müssen wir Sie nicht weiter belästigen.«

Carolin Probst sah einige Male unschlüssig zwischen Mira und Axel hin und her. Schließlich nickte sie zögerlich. »Na gut. Ich denke, je eher diese Ermittlungen abgeschlossen sind, desto eher kann auch alles wieder normal werden.«

Mira hatte das Gefühl, dass sie mehr mit sich selbst als mit ihnen sprach. Sie nahm ein Stempelkissen vom Schreibtisch und ein Blatt Papier aus dem Drucker. Dann nahm sie Frau Probsts Fingerabdrücke und kritzelte ihren Namen darüber. Sie fing Axels skeptischen Blick auf, ignorierte ihn aber. Sylvia würde zwar sicherlich über ihre hemdsärmelige Arbeitsweise meckern. Doch was sie an Informationen hatten, hatten sie, und auch einfache Mittel funktionierten oft gut und schnell.

»Wo waren Sie am Freitag vor einer Woche um die Mittagszeit?«, fragte sie Carolin Probst, als sie fertig war.

»Ich dachte, Sie schließen mich mit den Fingerabdrücken als Täterin aus«, entgegnete diese provokant. Die Frau wurde zunehmend anstrengend.

Mira ließ sich jedoch auf keine Diskussion ein und bemühte

sich um einen gleichmütigen Tonfall. »Bitte beantworten Sie die Frage.«

Carolin Probst seufzte theatralisch, ehe sie antwortete. »Ich war im Laden. Jemand musste ja die Stellung halten, während die Herren verreist waren. Gerne wäre ich ebenfalls mitgefahren. Aber na ja.« Sie verschränkte in einem Anflug von Trotz die Arme vor der Brust.

»Kann das irgendjemand bestätigen?«

»Natürlich. Sämtliche Kunden, die an diesem Tag im Laden waren!«

»Geht das auch genauer? Kennen Sie einen davon mit Namen?«

»Ja, das tue ich. Eine ehemalige Kollegin tauchte im Geschäft auf. Es war ein unverhofftes, schönes Wiedersehen.«

»Wann genau war die Dame im Laden, und wie heißt sie?«

»Maria Schüller. Ich wollte mir gerade mein Brötchen aus dem Büro holen, also muss es zwölf Uhr gewesen sein. Sie blieb zwei Stunden.«

»Zwei Stunden?«, fragte Mira ungläubig nach.

»Ja, wir hatten uns lange nicht mehr gesehen, deshalb gab es viel zu erzählen«, erklärte Carolin Probst achselzuckend. »Wir haben Kaffee getrunken und einen sizilianischen Rotwein verkostet.«

Das Alibi schien wasserdicht zu sein. Trotzdem ließ sich Mira natürlich die Telefonnummer der Bekannten geben, um es zu überprüfen.

»Ich werde Frau Probst nach Hause fahren. Kannst du in der Zwischenzeit bitte Sonja Koslow befragen?«, sagte sie dann zu Axel.

Er reagierte überrascht, jedoch nicht abgeneigt.

»Alles klar, mache ich.«

»Ach, und nimm bitte Sylvia Lind von der Spurensicherung mit, damit sie Koslows Fingerabdrücke erfasst. Sie kann das vermutlich besser als ich.«

Belustigt registrierte sie, wie überrumpelt Axel war. Bestimmt stellte er sich Sylvia jetzt als potenzielles Date vor. Wie gerne würde sie bei ihrer ersten Begegnung Mäuschen spielen! Auf jeden Fall musste sie die Kollegin morgen darüber ausfragen. Sie konnte nicht vermeiden, dass ihr ein Lächeln über das Gesicht huschte. Grinsend drückte sie Axel Frau Probsts Fingerabdrücke in die Hand. Als sie mit ihr das Büro verließ, saß er noch immer etwas unschlüssig da und runzelte die Stirn.

Mira war froh, dass Carolin Probst in der Saas, einem beliebten Wohngebiet im Süden Bayreuths, wohnte. Von der Dienststelle war es nur einen Katzensprung entfernt. Sie war erschöpft und wäre nur ungern quer durch die Stadt gegurkt. Zumal im Fuhrpark nur der Fiat frei gewesen war, bei dem die Klimaanlage schon seit Wochen auf eine Reparatur wartete.

Eine halbe Stunde später war sie wieder im Büro und klickte sich durch den Obduktionsbericht, den Roland ihr in ihrer Abwesenheit gemailt hatte.

Eva Wolfram war an Dehydrierung gestorben. Mira wunderte das nicht, denn mit Ausnahme von ein paar Gewittern, die kurzzeitig Abkühlung gebracht hatten, war es schon den ganzen Juni über so heiß, dass man bereits nach wenigen Stunden ohne Wasser kurz vor einem Nervenzusammenbruch stand.

Aufgrund des Madenbefalls und des Stadiums der Verwesung hatte Roland den Todeszeitpunkt relativ genau feststellen können. Sie war nach drei Tagen gestorben und hatte dann noch eine Woche lang in dem Sarg gelegen, bis sie endlich entdeckt wurde.

Ihre Verletzungen hatte sie sich wohl durch ihre vergeblichen Befreiungsversuche zugezogen. Es schien kein Kampf mit dem Täter stattgefunden zu haben. Passend dazu waren Spuren von Chloroform an Mund, Nase und den oberen Bronchien nachgewiesen worden. Das erklärte, warum die Roders sie nicht gehört hatten. Als Eva Wolfram wieder zu sich gekommen war, waren sie wahrscheinlich bereits auf halbem Weg zum Gardasee gewesen.

Philipp stand vor seiner Visualisierungswand und heftete Fotos vom Tatort an, die er aus der Lichtbildmappe des Spurensicherungsberichtes kopiert hatte.

»Ich habe vorhin übrigens die Verbindungsnachweise von Eva Wolfram bekommen«, sagte er beiläufig. »Sie hat ziemlich viel telefoniert, wie es scheint, gerade in letzter Zeit. Ich gebe dir morgen einen Zwischenstand, okay?«

»Okay.«

»Mira?«, sprach er sie nach einer Weile noch einmal an.

»Hm.«

»Geh nach Hause.«

Überrascht sah sie auf.

»Du siehst müde aus. Geh doch mal früh ins Bett, man muss ja nicht jeden Tag Überstunden machen, oder?«

Sie öffnete den Mund, um einen ironischen Kommentar über Philipps Arbeitsmoral loszuwerden, klappte ihn dann aber wieder zu und schluckte die Bemerkung hinunter. Er hatte ja recht. Auch wenn sie es nicht gerne zugab, sie war keine zwanzig mehr. Der Schlafmangel der letzten Nacht ließ sich durch Kaffee nicht völlig ausgleichen, und der aus dem Ruder gelaufene Besuch bei Schaller schlug ihr noch immer aufs Gemüt. Außerdem war ihr warm; sie sehnte sich nach einer kühlen Dusche.

Also nickte sie, schnappte sich Motorradhose und -helm und klopfte ihrem verdatterten Praktikanten beim Rausgehen dankbar auf die Schulter.

## 9

Martin las hungrig die verschiedenen Etiketten der Plastikboxen, die Klara ihm in die Tiefkühltruhe gepackt hatte. Seine Frau war ein echter Schatz. Für jeden einzelnen Tag hatte sie ihm eine Portion vorgekocht, bevor sie mit der kleinen Anni zur Mutter-Kind-Kur gefahren war. Er entschied sich für Lasagne und stellte das Essen in die Mikrowelle. Bald duftete es in der ganzen Wohnung, als würde Klara gleich zu Tisch rufen. Er war heilfroh darüber. Wenn er seine beiden Damen schon vermissen musste, brauchte er wenigstens nicht noch zusätzlich zu darben.

Er nahm den Teller mit ins Wohnzimmer und schaltete den Fernseher ein. Allein am Tisch zu sitzen war ihm zu langweilig. Und er konnte ja nicht zu jeder Mahlzeit seine Frau anrufen. Schließlich sollte sie sich vom Alltagsstress erholen – und ein bisschen wohl auch von ihm, wie er insgeheim befürchtete.

Das Vorabendprogramm war öde. Lustlos zappte er sich durch die Sender, doch keine der Doku-Soaps oder B-Promi-Shows konnte ihn fesseln. Wann war das Fernsehen eigentlich so uninteressant geworden?

Als Martin aufgegessen hatte, war er versucht, sich ins Bett zu legen und zu lesen. Doch um halb acht würde noch kurz ein Kunde vorbeikommen. Zwar war es ein wenig verwunderlich, dass jemand vier Schweinehälften bei ihm bestellte, aber der Gute würde schon wissen, was er damit wollte. So viel verdiente Martin sonst nicht mit nur einem Verkauf, deshalb hatte er auch zähneknirschend eingewilligt, seinen Feierabend zu unterbrechen und noch einmal in den Laden zu gehen. Denn der Kunde hatte erklärt, er könne tagsüber nicht von der Arbeit weg und erst später kommen. Bett und Buch würden also noch eine Weile auf ihn warten müssen.

Fünf Minuten vor der vereinbarten Zeit machte er sich auf den Weg. Die Rechnung für den Herrn hatte er schon vorbereitet. Er steckte das Kuvert in seine Gesäßtasche und stieg die Treppe hinunter. Tatsächlich stand der Kunde schon vor der Tür der Metzgerei, als Martin aufsperrte.

»Guten Abend!«

»'n Abend.«

»Schön, dass Sie für mich noch mal aufsperren!«

»Ja, wenn's nicht anders geht, nicht wahr? Kommen S' rein.« Was der wohl arbeitete, dass er tagsüber nicht einmal eine halbe Stunde freimachen konnte? In einer Bank oder so etwas sicherlich nicht. Der Mann sah eher alternativ aus und lang nicht so gestriegelt wie die Bankfritzen. Martin hätte spontan auf einen ITler getippt. Fast hätte er ihn gefragt, doch meist kam es nicht gut an bei der Kundschaft, wenn man zu neugierig war. Und einer, der vier Schweinehälften auf einmal holte, der sollte zufrieden sein und gerne wiederkommen.

»Wie wollen S' das Fleisch denn transportieren?«, fragte er stattdessen. »Bei der Hitze.«

»Das ist kein Problem. Ich habe mir den Sprinter von meinem Onkel geliehen. Der ist Bofrost-Fahrer.«

»Aha.« Martin machte einen langen Hals und schaute zum Fenster hinaus.

»Steht ums Eck wegen des Halteverbots«, erläuterte der Kunde.

»Fahren S' den Wagen zum Beladen ruhig direkt vor die Tür. Dauert ja nicht lange. Ich hol derweil die erste Hälfte.« Martin verließ den Verkaufsraum und ging nach hinten in die Kühlkammer. Die Schweinehälften hingen dort bereit und warteten artig darauf, ihren Besitzer zu wechseln.

Gerade hatte er die erste vom Haken genommen, als er auf einmal ein Geräusch hinter sich hörte. Erschrocken fuhr er herum und nahm einen Schatten vor der Tür wahr, eine schemenhafte Bewegung, obwohl er doch allein hätte sein sollen.

»Wer ist da?«, rief er aufgebracht.

»Ich will Ihnen helfen. Sie brauchen die vier schweren Dinger doch nicht alle allein tragen.«

Geräuschvoll atmete Martin aus. Es war nur der Kunde,

der ihm nachgegangen war. »Mein Gott, haben Sie mich erschreckt.«

Der Kunde betrat die Kammer, ein schiefes Grinsen im Gesicht.

Kaum dass Martin den Schreck verdaut hatte, machte der Mann einen Satz nach vorne und drängte ihn zurück. Ehe er sich versah, war er eingeklemmt zwischen der kalten Wand des Kühlraumes und der großen gefrorenen Schweinehälfte, die er verkrampft in den Händen hielt. Das Grinsen des Mannes wich einer gehässigen Fratze, als er ihm auf einmal ein feuchtes Tuch ins Gesicht drückte. Martin erschrak so sehr, dass er hastig einatmete. Ein fataler Fehler. Die Schweinehälfte rutschte ihm aus den Händen, und das Gesicht des Mannes verschwamm vor seinen Augen.

## 10

Mira war tatsächlich vor sechs Uhr eingeschlafen. Sie hatte es gerade noch geschafft, den Nachbarskater mit ein paar Leckerlis zufriedenzustellen. Mittlerweile besuchte er sie regelmäßig, und sie freute sich über seine Gesellschaft. Mira nannte ihn Fips. Sie fand, das passte zu ihm. Dann hatte sie sich in der Küche ein Brot geschmiert und es direkt im Stehen gegessen, sich ausgezogen und die Klamotten achtlos auf dem Schlafzimmerboden verteilt. Zu mehr war sie nicht mehr in der Lage gewesen, ehe sie ins Bett gefallen war.

Nach einer langen, traumlosen Nacht fühlte sie sich nun aber so erholt, als sei sie durch einen Jungbrunnen gehüpft. Sie konnte sich nicht erinnern, wann sie zum letzten Mal vor dem Wecker wach gewesen war, und nutzte die zusätzliche Zeit, um ausgiebig zu duschen und sich mit Haarkur und Gesichtsmaske zu verwöhnen.

Als sie zeitig im Büro ankam, saß Axel bereits an seinem Schreibtisch. Auch er wirkte ausgeruht und gut gelaunt.

»Guten Morgen!«

»Guten Morgen. Wie war dein Date mit Sylvia gestern?«, fragte sie grinsend.

»Super, sie ist toll. Nur schade, dass sie nicht dreißig Jahre jünger ist.« Axel grinste betont locker zurück.

»Selbst dreißig Jahre jünger wäre sie immer noch älter als du. Du bist abgesehen von Philipp unser Küken hier.«

»Wie auch immer.« Er winkte ab. »Jedenfalls meint Sylvia, dass die Fingerabdrücke von Carolin Probst nicht mit denen vom Tatort übereinstimmen.«

»Sie könnte Handschuhe getragen haben«, gab Mira zu bedenken.

»Könnte sie, theoretisch. Aber die Fingerabdrücke auf den Handschellen sind ja höchstwahrscheinlich die des Täters, oder?«

Mira nickte unwillig.

»Außerdem hat ihre ehemalige Kollegin das Alibi bestätigt, inklusive Kaffee und Rotwein.«

»Hmmm …« Mira kaute nachdenklich auf ihrem Daumennagel herum. »Und du hältst sie für glaubwürdig?«

Axel zuckte mit den Schultern. »Das weiß man ja nie so genau. Es gab jedenfalls keinen Anhaltspunkt dafür, dass sie lügt.«

»Schade«, sagte Mira. Sie stand auf und ging zu Philipps Pinnwand. »Dabei hätte sie so ein schönes, klassisches Motiv gehabt. Sie wollte Peter Wolfram für sich allein haben, doch der weigerte sich, seine Frau zu verlassen.«

Sie nahm ein Post-it, schrieb »Alibi« darauf und klebte es auf Carolin Probsts Karteikarte. Nach kurzem Überlegen schrieb sie »kein Motiv« auf ein zweites Post-it und klebte es auf die von Peter Wolfram.

Axel stand auf und stellte sich neben sie, den Blick interessiert auf die Pinnwand gerichtet.

»Du hast recht. Wollte Wolfram seine Frau loswerden, hätte er wohl zumindest so lange gewartet, bis die Übernahme des Weingeschäfts in trockenen Tüchern ist.«

»Genau das denke ich auch«, sagte Mira nickend. »Was ist mit der Putzfrau?«

»Ihre Fingerabdrücke stimmen mit manchen am Tatort überein, was aber nicht weiter verwunderlich ist, da sie ja kurz nach der Tat dort sauber gemacht hat. Die Abdrücke auf den Handschellen stammen nicht von ihr.«

»Ist ihr irgendetwas Ungewöhnliches aufgefallen?«

Axel schüttelte den Kopf. »Sie war ziemlich geschockt, dass sie um das bewusstlose Opfer herumgeputzt hat, ohne es zu bemerken.«

Mira verzog das Gesicht. Sie konnte verstehen, dass Sonja Koslow diese Vorstellung einen Schauer über den Rücken jagte.

»Bevor sie zu den Roders kommt, putzt Frau Koslow immer zwei Straßen weiter bei einer älteren Dame. Die hat bestätigt, dass sie am fraglichen Tag pünktlich kam und ging und alles wie immer war.«

»Okay. Und wahrscheinlich kannte Sonja Koslow das Opfer auch gar nicht, oder?«

»Sie sagt Nein, und ich glaube ihr.«

Mira beschrieb zwei weitere Post-its mit »Alibi« und »keine Verbindung« und klebte sie auf die Karte der Putzfrau. Allmählich gefiel ihr diese Pinnwandsache. Nur befürchtete sie insgeheim, dass sie bald alle Verdächtigen ausgeschlossen haben würden, wenn das so weiterging. Bisher hatten sie keine heiße Spur, nicht einmal eine warme.

Es klopfte, und Philipp kam ins Büro. Als er die beiden an der Pinnwand stehen sah, hellte sich sein Gesicht sofort auf. »Doch keine so blöde Idee, was?« Er wirkte ziemlich stolz, dass seine Visualisierungstafel nun doch Anklang bei den Ermittlern zu finden schien.

»Schon gut, beruhige dich«, meinte Mira mit einem schiefen Grinsen. »Was hast du für uns?«

»Die Verbindungsnachweise.« Er wedelte geschäftig mit einem Stapel Papieren, die von Zahlenkolonnen und handschriftlichen Kritzeleien übersät waren.

Mira ging zurück zu ihrem Schreibtisch und ließ sich in den Stuhl fallen. Dabei fiel ihr auf, dass sie noch gar nicht dazu gekommen war, sich einen Kaffee zu holen. Sie unterdrückte ein Murren. »Schieß los.«

»Bei den vielen Telefonaten auf dem Festnetzanschluss handelte es sich überwiegend um Kondolenzanrufe wegen des Todes ihrer Schwester. Zwei Handynummern sind noch unklar, aber da bleibe ich natürlich dran.«

Philipp schien ihre Aufmerksamkeit zu genießen. Er hatte sich direkt vor der Pinnwand postiert, als sei sie seine Bühne, und schaute sie während seines Vortrages abwechselnd an. Mira fiel auf, dass er seinen zauseligen Bart getrimmt hatte, verkniff sich aber einen Kommentar. Sie neckte ihn wirklich gerne, doch dieses Thema nahm er äußerst persönlich, wie sie gleich an seinem zweiten Tag in ihrer Abteilung hatte feststellen müssen.

»Auf dem Handy hat sie zwar auch einige Gespräche geführt, aber das waren immer die gleichen Personen: ihre Schwester, ihr

Vater und ihr Ehemann. Sonst war da nur noch die Nummer ihres Psychotherapeuten. Er reagierte ziemlich aufgebracht, als ich ihn anrief. Vielleicht solltet ihr euch mal bei ihm melden. Ich dachte, er wüsste schon Bescheid, sonst wäre ich natürlich feinfühliger gewesen.«
Mira richtete sich auf. »Schon gut, Philipp, ist nicht deine Schuld. Gute Arbeit.«
Der Praktikant atmete erleichtert aus und entspannte sich sichtlich.
»Fordere für die beiden unklaren Nummern bitte Infos vom Betreiber an. Wenn die Zicken machen, wende dich an Richter Eisenbeißer. Der ist hilfsbereit und arbeitet zügig.«
Philipp nickte und notierte sich den Namen.
Schweigen breitete sich aus. Mira stand auf und ging zu Philipp an die Pinnwand. Angestrengt überlegte sie, während sie die verschiedenen Namen auf den Karteikarten durchging und schließlich an den Tatortfotos hängen blieb. Übersah sie etwas? Irgendwo musste es doch eine Spur geben, die sie dem Täter wenigstens einen kleinen Schritt näher brachte.
Im Obduktionsbericht hatte gestanden, dass Eva Wolfram mit Chloroform außer Gefecht gesetzt worden war. Außerdem wurde sie nicht zu Hause überwältigt, sondern an einem halb öffentlichen Ort. Das Bestattungsinstitut als Tatort wollte nicht so recht in das Bild einer Beziehungstat passen. Vielleicht hatten sie die Sache falsch angepackt, und der Täter war lediglich flüchtig mit ihr bekannt. Oder hatte er sie womöglich gar zufällig ausgewählt?
»Axel, könntest du bitte herausfinden, ob Eva Wolframs Schwester liiert war? Die beiden Tode liegen so nahe beieinander, dass wir auch in diese Richtung ermitteln sollten.«
»Gute Idee«, sagte Axel.
»Außerdem sollten wir die Vergangenheit des Opfers durchforsten, damit wir uns ein besseres Bild von ihrem Leben machen können. Wenn wir Glück haben, stoßen wir dabei auf einen ungelösten Konflikt.«
»Seht ihr, durch meine Visualisierungswand behaltet ihr den

Überblick und habt tolle Ideen!« Philipp strahlte und schaute nach Bestätigung lechzend von einem zum andern.

»Ich weiß gar nicht, was wir früher ohne dich gemacht haben«, sagte Mira lachend und tätschelte ihm freundschaftlich die Schulter.

»An diesen Satz werde ich dich erinnern, wenn du mein Zeugnis schreibst.« Philipp zwinkerte ihr verschwörerisch zu.

Ach, daher wehte also der Wind. Mira lächelte schief. Zeugnisse schreiben war nach Hinterbliebenenbesuchen die zweitblödeste Tätigkeit in ihrem Job.

Wenig später, als Philipp wieder gegangen war und Mira mit einer Tasse Kaffee in der Hand Dr. Friedmann, den Psychotherapeuten des Opfers, anrufen wollte, steckte Sylvia den Kopf zur Tür herein. Bildete Mira es sich nur ein, oder wurde Axel wirklich leicht rosa um die Nase, als er sie bemerkte? Womöglich stand er dem Altersunterschied zum Trotz tatsächlich auf sie?

»Kommt, ihr zwei Hübschen, wir haben einen Tatort zu besichtigen«, rief Sylvia gut gelaunt. »Der Chef sagt, ihr habt noch Kapa frei.«

Womöglich war das Nils' beschönigender Ausdruck dafür, dass sie festhingen und mit den Ermittlungen nicht recht vorankamen. Einen zweiten Fall aufs Auge gedrückt zu bekommen, bevor man im ersten Land sah, war aber natürlich auch suboptimal. Wenigstens blieb ihr so erst mal der aufgebrachte Psychotherapeut erspart.

## 11

Mira ließ sich auf die Rückbank des Passats fallen. In Gegenwart von Sylvia war Axel kaum wiederzuerkennen. Gab er sich ihr gegenüber meist wortkarg, so war von seiner ruhigen Art nun nicht mehr viel zu bemerken. Zugegeben, es war Sylvia, die die meisten Redeanteile hatte. Im Grunde quasselte sie ununterbrochen. Doch Axel entpuppte sich als ihr perfekter Gesprächspartner. Keine ihrer Bemerkungen ließ er unkommentiert, und er animierte sie mit seinen Reaktionen zu ständig neuem Gequassel. Na, da hatten sich ja zwei gefunden. Sylvia dirigierte ihn in den Bayreuther Stadtteil Kreuz. Bestimmt fiel Axel insgeheim ein Stein vom Herzen, dass er nicht wieder in die Fußgängerzone fahren musste. Irgendwann deutete sie auf ein etwas in die Jahre gekommenes rotes Backsteinhaus.

»Das hier wird es sein. Metzgerei Stich.«

»Na, Mahlzeit«, rief Mira von der Rückbank nach vorne. Doch die beiden ignorierten sie. War das eine Verschwörung? Innerhalb von nur einem halben Nachmittag hatten die beiden sich zu einem Dream-Team zusammen- und Mira ausgeschlossen. Gott sei Dank. Das Ganze war schon von außen betrachtet unheimlich genug.

An der Tür prangte ein großes, altmodisches »Geschlossen«-Schild, obwohl es gerade die perfekte Zeit war für eine Leberkässemmel. Sie waren also wirklich richtig hier.

Im Verkaufsraum stießen sie auf eine junge Frau mit blütenweißer Rüschenschürze. Ein Beamter der örtlichen Polizei stellte sie ihnen als Barbara Nickl vor. Sie war Verkäuferin in der Metzgerei und hatte am Morgen die Behörden verständigt, nachdem sie ihren Chef tot in der Kühlkammer gefunden hatte. Sie hatte rote Flecken im Gesicht und hielt sich an einem zerknüllten Papiertaschentuch fest.

Mira vermied es, ihr die Hand zu geben, und hielt ihr stattdessen ihren Ausweis unter die Nase. Sylvia war mit einem zweiten Polizeibeamten nach hinten zu ihrem Team gegangen, um mit der Spurensicherung zu beginnen. Axel blieb mit Mira bei der Verkäuferin. Es war schon sein zweiter Tatort, obwohl er gerade erst angefangen hatte. Ob er seine Entscheidung, sich zu ihnen versetzen zu lassen, schon bereute?

»Schildern Sie uns bitte der Reihe nach, was passiert ist. Wann sind Sie gekommen, wer hat Sie reingelassen und so weiter«, forderte Mira Frau Nickl auf.

Mit flatterndem Atem nickte die Verkäuferin einige Male und fixierte ihr Taschentuch. Dann erzählte sie, dass sie einen Schlüssel habe und wie sie Martin Stich gefunden hatte.

»Natürlich habe ich mich gewundert, dass er den Laden noch nicht geöffnet hatte. Normalerweise sagt er mir immer am Tag vorher Bescheid, wenn er später kommt.« Sie wischte sich mit dem zerknüllten Taschentuch fahrig über das Gesicht, ehe sie weitererzählte. »Erst war alles wie immer. Ein paar Kunden kamen und gingen. Dann kam Hedwig von gegenüber. Sie kauft immer tiefgekühltes Hackfleisch. Wissen S', Hackfleisch verdirbt ja so schnell, deswegen frieren wir immer einen Großteil ein nach dem Durchlassen.«

»Gute Idee«, sagte Axel. Mira zuckte zusammen, als er sich auf einmal hinter ihr zu Wort meldete. Verdutzt drehte sie sich zu ihm um und sah, wie er der Verkäuferin verständnisvoll zunickte. Was für ein komischer Vogel. Brachte bei den Befragungen die Zähne nicht auseinander, lobte die Metzgereifachverkäuferin aber für ihre Hackfleischkompetenz. Sie atmete geräuschvoll aus und wandte sich wieder Frau Nickl zu.

»Und das Hackfleisch lagert in der Kühlkammer, wo Sie Ihren Chef gefunden haben, nehme ich an?«

»Ja.« Plötzlich wimmerte sie, und Tränen stiegen ihr in die Augen.

Mira wartete einige Sekunden, um Barbara Nickl Gelegenheit zu geben, sich wieder zu fangen. Die zog laut den Rotz hoch, und Mira musste an sich halten, damit ihre Gesichtszüge ihr nicht angewidert entglitten. Sie hatte gedacht, sie würde im Laufe der Jahre etwas abhärten im Umgang mit Menschen. Doch immer wieder musste sie resigniert feststellen, dass das Kind, das niemandem die Hand hatte schütteln wollen und sich wegen der Rotznasen ihrer Freunde Herpesbläschen in den Mundwinkel geekelt hatte, noch immer in ihr steckte.

»Wann sind Sie gestern nach Hause gegangen?«

»Mittags schon«, antwortete Barbara Nickl. »Mein Mann und ich wollten am Nachmittag ins Kreuzsteinbad.«

»Und als Sie den Laden verließen, war Herr Stich noch wohlauf?«

»Ja, alles war ganz normal.«

Mira hatte das Gefühl, dass es hier gerade nicht mehr zu erfahren gab, und sie verabschiedete sich. Der Polizeibeamte, der sie der Verkäuferin vorgestellt hatte, war während der Befragung im Hintergrund geblieben. Nun tauchte er pflichtbewusst wieder auf und führte sie hinter den Tresen und durch die Tür, hinter der sein Kollege vorhin mit Sylvia verschwunden war. Sie betraten einen kleinen Gang, in dem rechts ein leerer, sauberer Metalltisch stand, und blieben nach wenigen Schritten vor der offenen Tür des Kühlraums stehen.

Mira dankte dem Polizisten, der wieder nach vorne in den Verkaufsraum ging, und steckte ihren Kopf hinein. Im Kühlraum entdeckte sie nicht nur Sylvia und die anderen Kriminaltechniker, die in weiße Anzüge geschlüpft waren, sondern auch Roland. Der Rechtsmediziner hockte zwischen ihnen und der Leiche, sodass sie nur die Beine des Opfers sehen konnten.

»Dürfen wir reinkommen?«, rief Mira.

Roland drehte sich nicht zu ihnen um, sondern blieb weiter über das Opfer gebeugt, winkte sie jedoch heran. »Oben auf meiner Tasche liegen Handschuhe für euch.«

Mira griff danach und gab Axel sein Paar. Während sie eintraten, streiften sie sie über.

Im Näherkommen mussten sie verwundert feststellen, dass Martin Stich von der Taille aufwärts nackt war. Lediglich seine Hände steckten in Gummihandschuhen. Er lag zusammengekauert auf der Seite, das tote Gesicht dem Rechtsmediziner zugewandt. Schräg hinter ihm lag eine Schweinehälfte auf dem Boden. Aus seiner Gesäßtasche ragte ein Stück Papier. Mira wollte sich bücken, und es herausziehen. Doch irgendetwas blockierte sie, und sie blieb steif stehen. Wurde sie etwa plötzlich zu weich für diesen Job?

»Es handelt sich hier ziemlich sicher um Tod durch Unterkühlung. Ganz sicher wissen wir es wie immer, wenn ich reingeschaut habe«, erklärte Roland trocken.

»Warum hast du ihn schon ausgezogen?«, fragte Mira. Wenn Roland an einen Tatort kam, veränderte er meist erst etwas, nachdem sie auch da gewesen waren, damit sie sich ein unverfälschtes Bild machen konnten.

»Das war ich nicht, das war er wohl selber«, gab er zurück und richtete sich auf. »Ich gehe davon aus, dass wir es hier mit einem Fall von Kälteidiotie zu tun haben.«

»Kälteidiotie?«, echote Axel. Er konnte sich darunter anscheinend ebenso wenig vorstellen wie Mira.

»Kälteidiotie, ja. Das ist ein rational nicht erklärbares Verhalten, das im Zustand der Unterkühlung einsetzen kann. Man nimmt an, dass es bei den Opfern zu einer paradoxen Wärmeempfindung kommt und sie sich deshalb teilweise oder manchmal sogar vollständig entkleiden.«

»Krass«, meinte Axel, und Mira hätte es wohl nicht treffender ausdrücken können.

»Wenn ihr was wirklich Krasses sehen wollt, dann schaut euch die Tür des Kühlraums mal von außen an«, trompete Sylvia hinter ein paar noch hängenden Schweinehälften hervor.

Mira und Axel wechselten verdutzt einen Blick und verließen den Raum wieder. Die Kälte begleitete sie nach draußen. Auch im Gang war von den sommerlichen Temperaturen nichts zu bemerken, da die Tür wohl schon einige Zeit offen gestanden hatte. Vom Verkaufsraum her wehte indes der aufdringliche Dunst von Wurstwaren zu ihnen herüber. Nie hatte Mira den Geruch derart unangenehm empfunden wie in diesem Moment.

Die Außenseite der geöffneten Tür war ihnen bislang verborgen geblieben. Sie klappten sie halb zu, um einen Blick darauf zu werfen.

Mira stieß pfeifend die Luft durch die Zähne aus. Wow. Sie hatte insgeheim durchaus in Betracht gezogen, dass Martin Stich durch einen dummen Zufall unabsichtlich im Kühlraum eingesperrt worden sein könnte. Diese Möglichkeit hatte sich damit aber wohl gründlich und restlos erledigt. Jemand hatte eine Nachricht auf der Tür hinterlassen. Rotbraune Großbuchstaben zierten das graue Metall: »Am Ende bist du doch allein.« Irgendwo am Rand ihres Verstandes blitzte eine Erinnerung auf, doch Mira bekam sie nicht zu fassen. Und ehe sie sie festhalten konnte, hatte sie sich bereits wieder verflüchtigt.

»Das wurde mit dem Finger geschrieben. Ich habe ein paar astreine Abdrücke nehmen können.« Sylvia war ihnen nachgegangen und stand nun mit Axel und Mira vor der Tür. Sie betrachteten das Bild andächtig, als wäre es ein grotekes Kunstwerk, das sie nicht verstanden.

Natürlich war es Sylvia, die die Stille durchbrach. »Bestimmt ist das Menschenblut. Würde doch zu dem ganzen gruseligen Drum und Dran passen, oder?«

Axel brummte nachdenklich, während Mira weiterhin schwieg. Sie wusste dazu einfach nichts zu sagen.

»Roland tippt auf Schweineblut wegen der vier Schweinehälften im Kühlraum und weil das Opfer keine äußerlichen Wunden aufweist. Wir haben Proben genommen, also werden wir bald wissen, wer richtigliegt. Jedenfalls grundsätzlich. Roland will das Verfahren nach Uhlenhuth anwenden. Das unterscheidet zwischen Tier- und Menschenblut. Ist also eine Fifty-fifty-Chance. Wollt ihr in die Wette einsteigen und eure Tipps abgeben?«

»Nein danke«, erwiderte Mira knapp, und auch Axel ließ Sylvia mit seiner Wortkargheit diesmal im Stich. Sie konnte manchmal aber auch wirklich nervig sein. Vielleicht war sie ja nur deshalb so gut in ihrem Job, weil sie es verstand, nichts davon an sich herankommen zu lassen. »Ihr scheint hier ja alles im Griff zu haben«, sagte Mira. »Wir reden noch mal kurz mit der Verkäuferin und hauen dann ab. Du kannst ja mit den anderen zurückfahren, okay?«

Sylvia machte ein beleidigtes Gesicht, doch einer der Kriminaltechniker nickte Mira zu. Das wäre also geklärt.

Als sie gerade gehen wollten, rief Sylvia plötzlich: »Stopp!«

Axel und Mira blieben stehen, woraufhin Sylvia zu ihrer Tasche eilte und darin herumkramte. Obwohl Mira manchmal das Gefühl hatte, Sylvias riesige Tasche bestünde aus Chaos und einem schwarzen Loch, zauberte sie binnen Sekunden ein verschweißtes Wattestäbchen mit passendem Aufbewahrungs-röhrchen hervor. Damit kam sie zurück und baute sich vor Axel auf.

»Ich brauche noch deine DNS«, sagte sie und riss die Verpackung des Stäbchens auf.

»Was? Wieso das denn?«, fragte er irritiert.

Mira grinste. »Vielleicht hast du sie unsittlich berührt, und nun will sie einen Vaterschaftstest machen.«

Sylvia lachte gackernd, doch bei Axel kam der Scherz nicht an. Er sah skeptisch auf das Wattestäbchen.

»Keine Bange, Süßer. Ich brauche die DNS nur, um deine Spuren rausfiltern zu können. Die von Mira und Roland habe ich längst archiviert. Und du bist ja jetzt auch an unseren Tatorten unterwegs. Also, Mündchen auf.«

Obwohl ihm sichtlich unwohl dabei war, Sylvia in seinem Mund herumstochern zu lassen, gehorchte Axel und ignorierte Miras Grinsen.

## 12

Als Mira und Axel aus der Mittagspause zurückkamen, saß Nils in ihrem Büro. Zu Miras Überraschung wollte er jedoch nicht zu ihr, sondern ging auf ihren neuen Kollegen zu. Und kaum, dass sie sich versah, hatte er ihn auch schon entführt. Es sei höchste Zeit, ihn mit verschiedenen Personen und Schnittstellen bekannt zu machen. Mira war es nur recht. Axel hatte sich zwar als durchaus angenehmer Partner entpuppt, doch sie brauchte auch einmal ein paar Stunden ihre Ruhe. Allein konnte sie besser nachdenken.

Zuerst würde sie wohl oder übel Martin Stichs Frau anrufen müssen. Die Verkäuferin hatte ihnen gesagt, dass sie gerade auf einer Kur sei. Die Nummern hatten sie in Stichs Mobiltelefon, das im Verkaufsraum neben der Kasse gelegen hatte, schnell gefunden. Doch Klara Stichs Handy war ausgeschaltet, und auch in ihrem Klinikzimmer ging sie nicht ans Telefon. Mira ließ es klingeln, und tatsächlich erbarmte sich nach einiger Zeit jemand und hob ab. Es war eine Schwester der Kurklinik, die ihr mitteilte, dass Frau Stich vor wenigen Minuten überhastet abgereist war, nachdem sie die Nachricht erhalten hatte, ihrem Ehemann sei etwas passiert. Mira warf einen Blick auf die südbayerische Vorwahl. Frau Stich würde ein paar Stunden unterwegs sein. Dann musste sie es wohl morgen bei ihr zu Hause versuchen. Sie bedankte sich für die Auskunft und legte auf.

Wenn sie schon dabei war, konnte sie als Nächstes auch gleich noch den Psychotherapeuten von Eva Wolfram anrufen. Sie holte sich eine Tasse Kaffee und wählte die Mobilnummer, die Philipp ihr gegeben hatte.

»Dr. Friedmann«, meldete er sich nach wenigen Sekunden.

»Guten Tag, hier spricht Hauptkommissarin Mira Streitberg. Sie hatten bereits mit einem Kollegen von mir Kontakt. Ich rufe wegen Eva Wolfram an.«

Stille antwortete ihr. Sie wartete einen Moment, ehe sie nachfragte, ob er noch dran sei.

»Ja, ja, ich bin da. Aber ich weiß nicht, was ich sagen soll. Außerdem unterliege ich der Schweigepflicht, wie Sie wissen.«

»Das weiß ich, und ich möchte Sie keineswegs in Bedrängnis bringen. Ich rufe Sie auch nicht an, weil Sie Frau Wolframs Therapeut waren, sondern ihr Vertrauter«, gab Mira sich diplomatisch.

»So, so. Nun, ich bin mir nicht sicher, ob man das trennen kann.«

»Lassen Sie es uns versuchen«, bat Mira.

Friedmann seufzte. »Na gut.«

Sie atmete auf. Der Psychotherapeut schien zumindest nicht komplett dichtmachen zu wollen und zeigte sich grundsätzlich gesprächsbereit.

»Hatte Frau Wolfram in letzter Zeit Streit mit irgendjemandem?«

»Nein, davon ist mir nichts bekannt.«

»Und früher? Gab es Konflikte in ihrer Vergangenheit, die ungelöst geblieben sind?«

»Frau Wolfram hatte Konflikte mit sich selbst. Deshalb kam sie zu mir. Wenn Sie wissen möchten, ob ich irgendeinen Verdacht zum Täter habe – das habe ich nicht. Ich grüble ständig darüber nach, aber mir fällt dazu nicht das Geringste ein.«

Mira legte den Kopf in den Nacken und schloss die Augen. Verdammt.

»Wusste Frau Wolfram, dass ihr Mann sie betrügt?«

Friedmann zögerte. Sie musste vorsichtig sein, damit er sich nicht wieder hinter seiner Schweigepflicht verschanzte.

»Nein«, antwortete er schließlich, »zumindest hat sie das nie erwähnt oder auch nur angedeutet.«

»Hatte sie Freunde, mit denen sie sich regelmäßig traf?«

»In der Schule scheint sie sehr beliebt gewesen zu sein. Sie war Teil einer Clique von vier oder fünf Schülern. Die hat ihr viel bedeutet, diese Freundschaften haben sich im Laufe der Jahre aber zum großen Teil verlaufen. Wegen des Todes ihrer

Schwester haben sich ein paar alte Schulkameraden bei ihr gemeldet, um ihr ihr Beileid auszusprechen.«

Mira griff nach den Verbindungsnachweisen. Philipps krakelige Schrift wies tatsächlich zwei der Nummern als Schulkameraden aus. Ließ sich damit etwas anfangen?

»Sind Sie eigentlich für all Ihre Patientinnen rund um die Uhr erreichbar?«

»Wollen Sie damit irgendetwas andeuten?«

»Vielleicht.« Mira war klar, dass sie sich damit ziemlich weit aus dem Fenster lehnte. Aber irgendwo war sie, diese eine kleine Spur, die sie auf die richtige Fährte bringen würde. Sie musste sie nur finden.

Dr. Friedmann reagierte zum Glück erstaunlich gelassen. »Mir ist klar, dass Sie in alle Richtungen ermitteln müssen. Und da auch mir etwas daran liegt, dass Sie den Täter fassen, will ich mal nicht so sein. Ich gebe meine Privatnummer an Patienten, bei denen ich das Gefühl habe, ich sollte rund um die Uhr für sie erreichbar sein.«

»Hmm, klingt plausibel«, gab Mira kleinlaut zu.

»Es tut mir leid, ich kann Ihnen nicht weiterhelfen, auch wenn ich gerne würde. Ich habe lange darüber nachgedacht, immer und immer wieder. Aber ich habe keine Ahnung, wer ihr das angetan haben könnte.«

Mira biss sich auf die Lippe. Sollte sie es riskieren, ihn noch mal genauer nach seiner Beziehung zu Eva Wolfram zu fragen, oder würde er dann womöglich auflegen?

»Und um auf Ihre Andeutung zurückzukommen …« Er schien es ihr wirklich leicht machen zu wollen. Mira lauschte gespannt und dankbar. »Eva Wolfram war eine bildhübsche Frau, das steht außer Frage. Aber ich pflege grundsätzlich keine privaten Beziehungen zu meinen Patienten. Außerdem war sie mir zu feminin. Ich lebe seit vier Jahren mit einem Mann zusammen. Ich falle als eifersüchtiger Liebhaber also eindeutig weg.«

Natürlich würde Mira das überprüfen, doch wie es aussah, stand sie tatsächlich noch immer ganz am Anfang. Wo war sie, diese kleine Spur, die sich so hartnäckig vor ihr versteckte?

Resigniert verabschiedete sie sich und dankte dem Doktor für seine Offenheit.

Gedankenverloren nippte Mira an ihrem noch lauwarmen Kaffee und machte sich daran, über Eva Wolfram zu recherchieren. Wenn sie ein klareres Bild von ihr hätten, würden sich vielleicht Punkte ergeben, an die sie mit ihren Ermittlungen anknüpfen konnten. Nach einigen Klicks im Internet und einem kurzen Telefonat mit Wilhelm Schaller, der sich zum Glück wieder beruhigt hatte, lag ein Lebenslauf des Opfers vor ihr. Sie war in Bayreuth am Gymnasium gewesen und hatte danach in Nürnberg BWL studiert. Mira vermutete daher, dass es durchaus einmal ihr Plan gewesen sein könnte, das Geschäft ihres Vaters zu übernehmen. Da würde sie noch mal nachhaken müssen.

Sie tippte die zusammengetragenen Informationen ab und druckte den Lebenslauf aus. Dann stand sie auf und hängte ihn an Philipps Pinnwand. Schweren Herzens klebte sie ein Post-it mit dem Kommentar »kein Motiv« neben den Namen des Psychotherapeuten. Sie trat einen Schritt zurück und betrachtete die Aufstellung. Selten waren ihre Ermittlungen so zäh gewesen wie im Fall Wolfram. Sie konnte nur hoffen, dass es mit Martin Stich besser laufen würde. Sonst wäre ihre exzellente Aufklärungsquote bald hinüber.

Die Tür schwang auf, und Sylvia kam ins Büro. Sie sah sich suchend um, fragte aber nicht, wo Axel steckte. Mira unterdrückte ein Grinsen. Sie würde Sylvia demnächst mal wieder in den Biergarten einladen müssen, um sie auszufragen, was da zwischen ihr und dem Neuen lief.

»Was gibt's?«, fragte sie.

Sylvia hob zwei Plastikbeutel vor Miras Gesicht. In einem davon steckte ein geöffnetes Kuvert, im anderen die auseinandergefaltete DIN-A4-Seite, die sich darin befunden hatte. »Das hier trug Martin Stich bei sich.«

Das Papier aus seiner Gesäßtasche. Mira nahm ihr die Tüten ab. Es war eine Rechnung über vier Schweinehälften, ausgestellt auf einen Herrn Thorsten Anderl, wohnhaft in Heinersreuth.

»Es sind lediglich die Fingerabdrücke des Opfers drauf, und

das Kuvert war noch verschlossen. Aber vermutlich sollten wir da trotzdem mal anrufen, oder?«

»Denke schon. Vielleicht hat dieser Herr Anderl ja irgendetwas gesehen, das uns weiterhilft. Schließlich steht hier Selbstabholung mit gestrigem Datum.«

»Das dachte ich mir auch.«

Mira ging zu ihrem Schreibtisch und wählte die Telefonnummer, die auf der Rechnung als Kontaktmöglichkeit für Rückfragen angegeben war.

Eine mechanische Frauenstimme erklärte ihr, die Rufnummer sei nicht vergeben. Mira stutzte und verglich die Zahlen auf der Rechnung mit denen auf ihrem Telefondisplay.

»Das ist ja komisch«, murmelte sie. »Die Nummer gibt es gar nicht.«

»Meinst du, der Metzger hat einen Zahlendreher reingebracht, als er sie sich notiert hat?«, überlegte Sylvia.

»Vielleicht. Vielleicht aber auch nicht.«

Mira setzte sich und rief eine Landkarte am Computer auf. Sie tippte die Adresse in das Suchfeld und starrte ungläubig auf den Bildschirm.

Es gab keinen Konrad-Adenauer-Weg in Heinersreuth. Was zum Teufel hatte das zu bedeuten?

## 13

Als Mira an diesem Abend die Treppen zu ihrer Wohnung hinaufstieg, überlegte sie, ob sie vielleicht noch eine Runde mit dem Motorrad drehen sollte. Immerhin war es ja lange hell, und im Büro war sie mit ihrem kleinen Mini Cooper gewesen. Doch im zweiten Stock angekommen, verwarf sie die Idee sofort wieder. Das Schicksal schien heute andere Pläne mit ihr zu haben. Auf der letzten Treppenstufe saß Nils und wartete auf sie. Neben ihm stand eine Einkaufstüte auf dem Boden, und auf seinem Schoß hockte Fips und ließ sich schnurrend hinter den Katzenöhrchen kraulen.

»Überraschung!«, rief er und lächelte sie an. Der Kater hingegen warf ihr einen vorwurfsvollen Blick zu. Ob es daran lag, dass sie ihn hatte warten lassen, oder ob er befürchtete, Nils könnte das Kraulen nun, da sie aufgetaucht war, einstellen, wusste sie nicht. Außerdem guckte Fips fast immer vorwurfsvoll. Obwohl männlich, war er eine echte Diva.

Sie beugte sich zu Nils hinunter und drückte ihm einen Kuss auf den Mundwinkel. »Bist du schon lange da?«, fragte sie mit einem Blick auf die Uhr.

»Erst ein paar Minuten. Außerdem hatte ich ja Gesellschaft.« Er setzte Fips neben sich ab und erntete dafür einen vernichtenden Blick aus dessen runden grünen Augen.

Mira grinste und zog ihn hoch.

»Ich dachte mir, ich koche uns etwas. Bei deinen eigenen Kochkünsten wirst du ja sonst früher oder später verhungern.« Er wich ihrer Faust aus, mit der sie spielerisch einen Schlag gegen seinen Bauch angedeutet hatte. »Hey, Vorsicht, schlage nicht nach der Hand, die dich bekocht!«

Lachend sperrte sie auf, und sie gingen hinein. Fips strich ihnen so lange maunzend um die Beine, bis Mira zweimal über ihn gestolpert war und ihm ein paar Leckerlis holte.

»Weißt du inzwischen, wem der Kater gehört?«, fragte Nils,

während er die Einkäufe auf die Theke in der offenen Küche stellte.

Mira zuckte mit den Schultern. »Keine Ahnung. In diesem Haus anscheinend niemandem. Aber wie es aussieht, fühlt er sich dort daheim, wo er etwas zu fressen bekommt.«

Liebevoll strich Mira dem Tier über das grau getigerte Fell. »Kleines, pragmatisches Mistvieh«, flüsterte sie.

Dann stand sie auf und wandte sich an Nils. »Gut, einer ist also schon mal versorgt. Und was hast du für uns beide geplant?«

Neugierig spitzte sie in die große Papiertüte, die Nils mitgebracht hatte. Sie erspähte Tortellini, Garnelen, Gorgonzola und Salat. Das Wasser lief ihr im Mund zusammen. Für mediterrane Küche war sie immer zu haben, und Nils' Kochkünste konnten locker mit denen eines jeden Italieners mithalten.

Als das Telefon klingelte, atmete Nils erleichtert auf.

»Zum Glück wirst du jetzt abgelenkt. Ich hatte schon befürchtet, du willst mir helfen. Dann wäre dieses einfache Gericht doch noch zu einer Herausforderung geworden«, neckte er sie.

Mira streckte ihm die Zunge raus und ging zum schnurlosen Telefon, das wenige Schritte entfernt auf dem Wohnzimmertisch lag.

»Hallo, Mama!« Sie hatte die Nummer schon auf dem Display gesehen.

»Hallo, Mira, wie geht's?«

»Gut, und dir?«

»Ach, es geht so. Heute war ich beim Friseur, und mit dem Ergebnis bin ich überhaupt nicht zufrieden.«

Mira ließ sich auf die Couch plumpsen und hörte ihrer Mutter halbherzig beim Beklagen ihrer Probleme zu. Nils drückte ihr ein Glas Wein in die Hand und einen Kuss auf die Wange. Dankbar lächelte sie ihn an.

Miras Mutter war von der Unfähigkeit ihrer Friseurin auf die Nachbarin gekommen, die sie am Morgen nicht gegrüßt hatte, und inzwischen längst bei den ärgerlichen Tagesnachrichten über einen Bayreuther Unternehmer gelandet, der anscheinend meinte, sich nicht an geltendes Recht halten zu müssen. Da stoppte sie unvermittelt in ihrem Redefluss. »Was klappert denn da so? Kochst du etwa?«

»Ich? Ähm …«

Sie hatte zu lange gezögert.

»Hast du etwa Besuch?«

Mira seufzte. Sie hasste es, ihr Privatleben mit ihrer Mutter zu besprechen. Und das aus gutem Grund.

»Hm, Nils ist da«, gab sie widerwillig Auskunft.

»Wie wunderbar!«, tönte es aus der Leitung. »Das hab ich ja gar nicht mehr zu hoffen gewagt. Ich dachte, den hättest du längst wieder vergrault!«

Mira nahm einen großen Schluck aus ihrem Weinglas.

»Du willst ihm aber doch wohl nichts kochen, oder? Dann bist du ihn ja gleich wieder los!«

Mira begann allmählich, sich selbst leidzutun. So schlecht kochte sie nun auch wieder nicht. Die beiden übertrieben maßlos.

»Du kannst beruhigt sein, er kocht für mich«, sagte sie in bemüht ruhigem Tonfall.

»Was für ein Mann! Lass ihn bloß nicht wieder entwischen. Du wirst ja schließlich auch nicht jünger.«

»Mama, ich bin zweiunddreißig.«

»Ja, eben!«

Mira warf einen flehentlichen Blick in die Küche, wo Nils lässig gegen die Arbeitsfläche gelehnt stand und ihr belustigt zuhörte. Rette mich!, forderte sie ihn lautlos auf.

Nils kicherte in sich hinein, doch schließlich erbarmte er sich.

»Essen ist fertig! Mira, Liebes, kommst du?«, rief er laut und deutlich, während er den Salat auf die Theke stellte.

Es wirkte. Miras Mutter beendete das Gespräch sofort, um dem schon so lang ersehnten Liebesglück ihrer Tochter nicht im Wege zu stehen.

Erleichtert legte Mira das Telefon weg und ging zu Nils in die Küche. Das Essen duftete phantastisch. Nils schenkte ihr

Wein nach, und sie setzten sich auf die Hocker, die an der Küchentheke standen.

»Wenn du keinen Bock mehr auf die Polizei hast, musst du unbedingt ein Restaurant aufmachen«, sagte Mira mit vollem Mund. Dazu hatte sie ihm schon öfter geraten, aber manche Dinge konnte man nicht oft genug wiederholen.

»Wenn wir jetzt wieder zusammen sind, kann ich ja erst mal öfter für dich kochen.«

Mira starrte ihn überrumpelt an und schluckte geräuschvoll eine erst halb zerkaute Garnele hinunter.

»Sind wir das denn?«

»Na ja, deine Mutter zumindest geht davon aus, oder?« Er zwinkerte ihr zu, und Mira lächelte gequält. »Und ich eigentlich auch.«

»Ach was.« Sie schaute Nils lange an, ehe sie etwas sagen konnte. Zu viele Gedanken purzelten in ihrem Kopf durcheinander. »Wir hatten das doch schon besprochen. Du bist mein Chef, das ist nicht so einfach.«

»Ich sage ja gar nicht, dass es einfach ist. Aber ohne dich ist alles noch viel schwerer.«

Seine Worte rührten sie.

»Das ist lieb von dir, dass du das sagst.« Sie spürte einen unangenehmen Druck im Hals und schob den Teller von sich. Stattdessen trank sie einen großen Schluck Wein. »Aber was das für ein Gerede gäbe! Bei jeder Besprechung, die wir zusammen haben, würden die Kollegen uns beobachten. Und wenn ich zu dir ins Büro komme, denken sie vielleicht, wir treiben es dort miteinander auf deinem Schreibtisch.«

Nils lachte auf. »Ist doch keine schlechte Idee.«

»Du nimmst mich überhaupt nicht ernst!«

Nun schob auch Nils seinen Teller zur Seite. »Okay, dann bekommst du jetzt eben eine ernste Antwort. Mira, du bist paranoid!«

Sie schnappte nach Luft.

»Das bin ich überhaupt nicht!«, verteidigte sie sich. »Und es ist ja nicht nur das. Jedes Mal, wenn ich ein Lob bekomme, wird es Missgunst geben. Die Kollegen werden nicht mehr denken, dass ich das verdient habe, weil ich einen guten Job mache. Nein! Sie werden sagen, ich werde bevorzugt, weil ich mit dir schlafe!«

Nils hob abwehrend die Arme und nahm dann ihre Hand in seine. Die Berührung beruhigte sie ein wenig.

»Jetzt hör mir mal zu«, sagte er wie ein Vater zu einem aufgebrachten Kind. Und genauso fühlte sie sich auch. »Erstens haben wir eine ziemlich coole und bodenständige Truppe, die dich schätzt. Ich kann mir nicht vorstellen, dass sie deine Leistungen schmälern würden, nur weil wir zusammen sind.«

Mira holte Luft, um zu widersprechen, doch Nils würgte sie mit einem ernsten Kopfschütteln ab, ehe er weitersprach.

»Und zweites bin ich nicht bereit, nur wegen deines verdammten Stolzes auf dich zu verzichten, Mira. Ich liebe dich!«

Sie war versucht, erneut zu einem Widerspruch anzusetzen. War sie erst einmal in Rage, fiel es ihr oft schwer, sich wieder zu beruhigen. Doch dann hielt sie inne und klappte den Mund wieder zu, ohne etwas zu sagen.

Er liebte sie. Und sie liebte ihn. Dass er sie stolz nannte, schmerzte sie ein bisschen, doch im Grunde hatte er recht. Es war ihr wichtig, dass ihre Leistungen anerkannt wurden, auch wenn sie diese Eigenschaft an sich nicht besonders schätzte. Sie dachte zurück an die letzten Wochen ohne ihn. Sie waren grau gewesen im Vergleich zu dem bunten Frühling, den sie miteinander geteilt hatten.

Langsam rutschte sie von ihrem Hocker und schmiegte sich in seine Arme. Sie wollte nicht mehr ohne ihn sein.

## 14

Mira wachte ausnahmsweise vor Nils auf, der ihre ersten Bewegungen an diesem Morgen nur mit einem kurzen Grummeln quittierte und sich dann umdrehte und weiterschlief. Sie war ganz froh darüber, so konnte sie sich für das leckere Abendessen revanchieren. Leise schlüpfte sie aus dem Bett, um beim Bäcker unten an der Ecke ein paar Croissants zu holen, während der Kaffee durchlief. Selbst für sich allein brühte Mira ihn noch mit einem althergebrachten Filter auf. Mit den verschiedenen Pad- und Kapselvarianten konnte sie nicht viel anfangen. Sie fand, je mehr Schnickschnack so eine Maschine hatte, desto weniger schmeckte das Gebräu, das unten rauskam, nach Kaffee. Nils war in dieser Hinsicht ein Banause. Er trank alle Zubereitungsarten mit Genuss. Was auch sein Gutes hatte, so hatte er wenigstens an ihren Kaffee-Kochkünsten nichts auszusetzen.

Als Mira mit der Bäckertüte in der Hand zurückkam und die Tür zu ihrer Wohnung aufschloss, schlug ihr Kaffeeduft entgegen, und aus dem Bad hörte sie das leise Plätschern der Dusche. Sie schmunzelte. Vielleicht würde sie ihm irgendwann ein richtiges Gericht kochen. Doch ob das zarte Pflänzchen ihrer Beziehung eine solche Bewährungsprobe jetzt schon aushielt, wusste sie nicht genau. Sie würde wohl erst einmal dabeibleiben, sich um das Frühstück zu kümmern. Sicher war sicher.

Als Nils mit noch nassen Haaren zu ihr an die Küchentheke kam, funkelten seine Augen beim Anblick der frischen Croissants. Mira fragte sich nicht zum ersten Mal, wie jemand, der gutes Essen so sehr liebte, so schlank sein konnte. Sie nahm auch nicht sehr schnell zu, doch im Gegensatz zu Nils lebte sie geradezu spartanisch, wenn er sie nicht gerade ausführte oder bekochte oder sie im Büro Gebäck abstauben konnte.

Er küsste sie auf die Wange, während er an ihr vorbeigriff und sich ein Hörnchen schnappte.

»Na, wie machen wir es heute, fährst du mit mir ins Büro?«, fragte er.

Mira unterdrückte ein Lächeln. Anscheinend traute der arme Kerl dem Frieden noch nicht. Sie konnte es ihm nicht verdenken, schließlich hatte sie ihn ja auch lange genug zappeln lassen. Zum Glück war er so hartnäckig gewesen.

»Nein«, antwortete Mira und beobachtete amüsiert, wie er versuchte, sich seine Enttäuschung nicht anmerken zu lassen. »Ich dachte mir nämlich, wir könnten laufen«, erklärte sie.

Ein Grinsen breitete sich auf seinem Gesicht aus.

»Du kleines Biest«, sagte er, als er erkannte, dass sie ihn nur hatte ärgern wollen, schloss sie in seine Arme und biss ihr spielerisch in den Hals.

Von Miras Wohnung aus war es nur ein kurzer Spaziergang von etwa zehn Minuten bis zur Dienststelle. Die Luft war noch frisch und angenehm kühl, obwohl die Sonne bereits jetzt ihre wärmenden Strahlen schickte.

Die Stadt war längst wach, und fast war es Mira, als wäre sie in diesen wenigen kühlen Stunden am Morgen besonders geschäftig. Sie schlenderten zusammen am Justizpalast vorbei, der seinem Namen alle Ehre machte. Der Prunkbau mit Zierelementen aus Barock und Jugendstil hatte es Mira schon immer angetan. Sie mochte es, wenn Gebäude nicht nur durch ihre Funktion ehrwürdig wirkten, und vor allem liebte sie es, wenn sie Geschichte atmeten. Interessanterweise war gerade der Schwurgerichtssaal, in dem besonders schwere Straftaten verhandelt wurden, eine Augenweide.

»Was denkst du?«, fragte Nils und legte den Kopf schief, während er sie aufmerksam betrachtete.

»Ich dachte gerade, dass ich einmal in Ruhe das Glasmosaikfeld in der Decke des Schwurgerichtssaals betrachten möchte, ganz alleine. Na ja, du dürftest eventuell gerade noch mit.«

»Du steckst voller Überraschungen. Aber du hast völlig recht, der Saal ist wunderschön.«

Als sie wenig später auf die Dienststelle zugingen, griff Beklemmung nach Mira, und beinahe wäre sie in alte Muster zurückgefallen. Doch sie unterdrückte es, sich umzusehen, ob womöglich auch gerade einer der Kollegen ankam. Und während sie sich noch Gedanken machte, ob Nils wohl einen Abschiedskuss erwartete, klopfte der ihr einfach keck auf den Po und verschwand in sein Büro.

Gut gelaunt ging sie zu ihrem Schreibtisch. Axel war noch nicht da, würde aber sicherlich auch bald eintreffen. Sie öffnete alle Fenster und holte sich einen Kaffee, während der Rechner hochfuhr.

Zurück am Schreibtisch wählte sie die Telefonnummer der Metzgerei. Frau Stich musste irgendwann am Vorabend von ihrer Kur zurückgekommen sein. Sie ließ es einige Zeit klingeln, schließlich meldete sich eine weibliche Stimme. Im Hintergrund schrie ein Baby.

»Guten Tag, spreche ich mit Frau Stich?«

»Ja«, antwortete sie leise.

»Hier ist Hauptkommissarin Streitberg. Es tut mir sehr leid, was mit Ihrem Mann geschehen ist«, sagte Mira und meinte jedes Wort ernst. Die Schreie des Babys steigerten ihre Anspannung.

»Danke.«

»Fühlen Sie sich in der Lage, mir ein paar Fragen zu beantworten?«

»Nein.«

Mira presste kurz überfordert die Lippen zusammen.

»Das verstehe ich natürlich, Frau Stich. Entschuldigen Sie bitte die Störung. Ich werde mich ein andermal wieder melden.«

Sie hielt kurz inne und lauschte, doch statt einer Antwort ertönte das Besetztzeichen.

In diesem Moment kam Axel ins Büro.

»Guten Morgen!«

»Guten Morgen«, sagte Mira, die den Hörer noch immer in der Hand hielt, und legte auf. »Wir sollten später unbedingt mal bei Frau Stich, der Ehefrau des gestrigen Opfers, vorbeischauen. Ich mache mir Sorgen. Sie hat ein kleines Baby.«

Axel nickte betroffen.

»Habe ich gestern Nachmittag irgendwas verpasst, als ich mit dem Chef unterwegs war?«, fragte er dann.

Mira deutet auf Eva Wolframs Lebenslauf an der Pinnwand und erzählte von der ominösen Rechnung, die Martin Stich bei sich getragen hatte.

»Das ist schon seltsam«, meinte Axel nachdenklich. »Meinst du, das war der Täter, der sich als Kunde ausgegeben hat, um an den Metzger ranzukommen?«

»Durchaus möglich.« Mira trank einen Schluck Kaffee. »Sylvia meinte, sie haben keinerlei Einbruchsspuren gefunden. Das könnte bedeuten, dass Martin Stich seinen Mörder selbst ins Haus gelassen hat – weil sie womöglich einen Termin hatten. Wir sollten diese Verkäuferin noch mal anrufen. Vielleicht weiß sie etwas über diesen geheimnisvollen Kunden.«

Axel nickte. »Das kann ich gerne übernehmen.« Dann kramte er eine Packung Heidelbeertee aus seiner Tasche.

Ungläubig starrte Mira auf das bunte Päckchen. Jetzt hatte sie schon einen Teetrinker als Partner, und dann trank der noch nicht mal richtigen Tee.

Zum Glück klopfte es in diesem Moment, sonst hätte sie es sich wohl mit ihrem neuen Kollegen verscherzen müssen.

Es war Sylvia, und sie schien hocherfreut, diesmal nicht wieder nur Mira, sondern auch Axel anzutreffen. Während sie Mira den Spurensicherungsbericht zum Stich'schen Kühlraum in die Hand drückte, sagte sie doch tatsächlich: »Oh, lecker, Heidelbeertee!« und verzog sich zusammen mit Axel in die Kaffeeküche, die Miras Meinung nach keinesfalls so grundlos so hieß.

Roland hatte mit seiner Vermutung recht gehabt, die Botschaft auf der Außenseite der Tür war wirklich mit Tierblut geschrieben worden. Wie viel Wetteinsatz Sylvia dafür wohl an ihn verloren hatte?

Mira klappte die Lichtbildmappe zum Bericht auf und ließ die Fotos von der Tür auf sich wirken. Wieder hatte sie das undeutliche Gefühl, dass es hier etwas zu entdecken gab. Schon am Tatort hatte sie in den krakeligen Buchstaben nach einem

Hinweis gesucht. Sie wusste, dass die Spur da war, spürte es förmlich.

»›Am Ende bist du doch allein.‹«, las sie laut. Sie lehnte sich zurück und schloss die Augen. Irgendwas war an diesem Text, das sie noch nicht greifen konnte.

*Am Ende bist du doch allein.*

Da fiel es ihr plötzlich ein. Oder spielte ihre Erinnerung ihr womöglich einen Streich? Mit einem Satz war sie auf den Beinen und stand vor der Pinnwand. Doch die Fotos zeigten nicht das, wonach sie suchte.

Hastig griff Mira nach der Lichtbildmappe zu Eva Wolframs Tatort und blätterte wild darin herum. Als sie fündig wurde, fiel die Unruhe von ihr ab, obwohl damit schlagartig die schlimmste aller Alternativen in den Bereich des Möglichen gerückt war.

Sie hatte endlich die Spur gefunden, die sich so hartnäckig vor ihr hatte verbergen wollen. Ganz offen und nackt lag sie hier vor ihr, im Blitzlicht von Sylvias Kamera eingefangen. Mira starrte auf die grüne Schleife, die an dem Sarg hing, in dem Eva Wolfram verdurstet war. Und auf den Schriftzug, der in goldenen Lettern darauf prangte.

»›Am Ende bist du doch allein.‹«

# 15

Mira riss die Tür zu ihrem Büro auf und rief nach Axel, Philipp und Sylvia. Sie war wie elektrisiert. Endlich hatte sie den Hinweis gefunden, der ihre Ermittlungen in die richtige Richtung lenkte.

Die drei Kollegen kamen gemeinsam aus der Kaffeeküche und schauten Mira fragend an, die mit den Lichtbildmappen der beiden Fälle in der Hand aufgeregt im Türrahmen stand.

»Was schreiste denn so? Man hört dich ja im ganzen Haus«, sagte Sylvia tadelnd.

»Kommt rein!« Mira winkte sie ungeduldig heran. »Ich hab hier was.«

Neugierig folgten ihr die drei ins Büro. Mira legte die Mappen auf Axels Schreibtisch ab, um ihre Hände freizubekommen. Dann deutete sie mit ausgestrecktem Zeigefinger auf die Fotos. Im Fall Wolfram war es eine Aufnahme der grünen Schleife, in der Mappe daneben die Metalltür der Kühlkammer, in der Martin Stich erfroren war. Einmal in Goldschrift und einmal in Blut stand auf beiden Bildern der gleiche Wortlaut: »Am Ende bist du doch allein!«

»Krass«, murmelte Sylvia. »Jetzt fehlt nur noch, dass die Fingerabrücke der beiden Tatorte übereinstimmen. Ich gehe gleich nach unten und schaue mir das an.«

Mira nickte. »Bitte mach das.«

»Und was bedeutet das nun?«, fragte Philipp und sah mit großen Augen von einem zum anderen. »Ist das ein Serienkiller?«

»Nun mal ganz ruhig«, wehrte Mira ab. »Du solltest aufhören, so viel fernzusehen. Das tut dir anscheinend ganz und gar nicht gut!«

»Aber –«

»Von einer Serie spricht man erst ab drei Fällen«, erklärte Axel in schulmeisterlichem Tonfall.

»Das mag ja sein«, entgegnete Philipp aufmüpfig, »aber wenn

ein dritter Fall reinkommt, war es vorher auch schon eine Serie, nur habt ihr es da noch nicht gecheckt!«

»Still jetzt, verdammt!«, unterbrach Mira ärgerlich das Geplänkel. »Keiner spricht hier von einer Serie. Sonst haben wir schneller, als uns lieb ist, einen Schlauberger von der Fallanalyse an der Backe.«

Ihr Ton duldete keinen Widerspruch, und Philipp zog unbehaglich den Kopf ein.

»Also, Leute, Ruhe bewahren. Was wir haben, ist ein vielversprechender Ansatzpunkt. Das ist etwas Gutes!« Eindringlich sah sie in die Runde. »Sylvia, gibst du uns Bescheid, wenn die Spuren der beiden Tatorte abgeglichen sind?«

»Klar, bin schon unterwegs«, sagte sie und eilte zur Tür hinaus. Miras Entdeckung schien ihr Beine zu machen.

»Philipp, du versuchst bitte, möglichst viel über Martin Stich herauszufinden. Rufe dafür aber bitte nicht seine Frau an. Die werden Axel und ich später besuchen. Wende dich, wenn nötig, lieber an die Verkäuferin aus der Metzgerei, die ihn gefunden hat. Okay?«

Er nickte und wandte sich zum Gehen.

»Und besorg auch die Verbindungsnachweise im Fall Stich, ja?«, rief Mira ihm nach und erntete ein zustimmendes Brummen von Philipp, der schon fast aus dem Zimmer war.

»Du hattest mich gebeten rauszufinden, ob Eva Wolframs Schwester liiert war. Ist das jetzt noch wichtig?«, wollte Axel wissen.

Mira nickte. »Ja, wir sollten für alle Richtungen offenbleiben.«

»Gut, ihr Mann ist arbeitslos und deshalb bestimmt gerade zu Hause. Wollen wir kurz vorbeifahren?«, schlug Axel vor.

»Ja, gute Idee. Und danach besuchen wir Frau Stich.«

Gemeinsam verließen sie das Büro und gingen zum Dienstwagen.

»Bist du heute gar nicht mit deiner Ducati da?«, fragte Axel, als sie das Gebäude verließen, vor dem nur Pkw standen.

Die Kollegen schienen ihr Kommen und Gehen doch genauer zu beobachten, als ihr lieb war. Hatte er sie am Morgen womöglich mit Nils ankommen sehen und wollte sie nun ausfragen? Oder war der Neue einfach ein Motorradfan?

»Ach, ist sie dir aufgefallen? Ich bin heute gelaufen«, antwortete sie unverbindlich.

»Eine 899 Panigale! Na, also wem die nicht auffällt, der hat wohl Tomaten auf den Augen!« Begeisterung schwang in seiner Stimme mit, und Mira entspannte sich.

»Fährst du auch Motorrad?«

»Ja, jetzt wieder mehr. In Landshut war es etwas eingeschlafen, außerdem hatte ich einige Probleme mit meiner Maschine.«

»Was fährst du denn?«

»Eine Hyosung.«

»Ah ja.« Kein Wunder, dass er Probleme mit dem Ding gehabt hatte. Verwunderlich war eher, dass sie nun behoben sein sollten. Wie konnte man auf die Idee kommen, sich Schrott aus Korea zu importieren, wenn im heimischen Europa wunderbare zweirädrige Kunststücke gebaut wurden? Sie warf ihm einen verstohlenen Blick von der Seite zu. Heidelbeertee und ein Hyosung-Bike. Na, Prost Mahlzeit!

Während sie ihn noch unauffällig musterte, schaute er sie auf einmal an. »Möchtest du fahren?«

Ertappt wandte Mira den Blick ab. »Nein, nein, fahr gerne du«, sagte sie und ging zur Beifahrertür des Passats.

Axel steuerte den Wagen zielsicher über den Wittelsbacher Ring und dann quer durch die Stadt am Hofgarten vorbei. Marlies' Ehemann, Jörg Wurz, wohnte in einem der Hochhäuser neben dem altehrwürdigen Bau des Markgräfin-Wilhelmine-Gymnasiums. Zwar standen diese in der Hübschstraße, doch der Name war hier nicht unbedingt Programm. 1896 als königliche Lehranstalt errichtet, hätten die Mauern des heutigen Gymnasiums sich wohl nicht träumen lassen, dass in ihrem Westen Plattenbauten errichtet werden würden. Schließlich erinnerte die Stuckdecke der Aula beinahe an ein Kirchenschiff, und der Pausenhof ähnelte auch heute noch einem Park.

Direkt vor dem Wohnhaus befand sich ein großer Parkplatz, der ungefähr zur Hälfte leer war. Axel hielt vor dem Eingang.

Vor der langen Reihe an Klingelschildern steckten sie die Köpfe zusammen und suchten den Namen Wurz. Nachdem sie zweimal alles durchgeschaut hatten, mussten sie feststellen, dass der Name fehlte.

»Bist du dir sicher mit der Adresse?«, fragte Mira. Axel nickte und drückte kurzerhand auf einen von zwei unbeschrifteten Klingelknöpfen.

Nachdem sie dreimal geklingelt hatten und Mira gerade das zweite leere Namensschild ins Visier nahm, meldete sich eine unwirsche Männerstimme.

»Ja?«

»Guten Tag«, antwortete Mira. »Sind Sie Jörg Wurz?«

»Wer will das wissen?«

»Kriminalpolizei.«

Der Mann ließ sich Zeit, schien dann jedoch zu dem Entschluss zu kommen, dass er wohl nicht wirklich eine Wahl hatte. Ein schnarrendes Geräusch ertönte.

»Siebter Stock. Aufzug ist kaputt.«

Axel warf Mira einen leidenden Blick zu und drückte die Tür auf.

»Na, komm schon. Du bist doch noch jung«, sagte sie feixend und klopfte ihm aufmunternd auf die Schulter.

Die sieben Stockwerke brachten sie allerdings auch ganz schön ins Schnaufen. Sie sollte ihre Mitgliedschaft im Fitnessstudio wieder nutzen. Seit dem Ende der Beziehung mit Nils hatte sie ihr Training vernachlässigt. Sie war nämlich in dem Studio in der alten Spinnerei bei ihm um die Ecke angemeldet, und nach der Trennung hatte es sie ganz und gar nicht mehr in diese Gegend gelockt. Sie nahm sich fest vor, ihn bald wieder mit in den »Freiraum« zu schleppen. Schließlich beherbergte das frisch sanierte Backsteingebäude nicht nur die PizzaRia, auch wenn seine Präferenz hier eindeutig mehr auf italienischer Küche als auf Zirkeltraining lag.

Endlich erreichten sie den siebten Stock. In der offenen Wohnungstür stand ein grimmig dreinschauender Mann. Seine aschblonden Haare standen fettig und wirr vom Kopf ab, und er machte keinen Hehl daraus, dass er keine Lust hatte, mit ihnen zu sprechen.

»Es hat einen Grund, dass ich kein Klingelschild habe«, sagte er mürrisch. »Was wollen Sie?«

Jörg Wurz schien ein wahres Sonnenscheinchen zu sein. Doch immerhin hatte er erst vor Kurzem seine Frau verloren. Mira konnte es nachvollziehen, wenn so ein Schicksalsschlag einen völlig aus der Bahn warf.

»Es geht um den Tod Ihrer Schwägerin.« Sie zeigten ihm ihre Ausweise und stellten sich vor. »Dürfen wir reinkommen?«

»Ungern.«

»Dürfen wir trotzdem?«

»Na gut.«

Er drehte sich um und schlurfte in die Wohnung zurück. Als sie ihm folgten, befiel Mira sofort der Drang, alle Fenster aufzureißen. Der Mann musste seit Tagen nicht gelüftet haben. Wider Erwarten war die Wohnung jedoch nicht besonders unordentlich. Sie wirkte eher so, als wären die Besitzer verreist. Auf den Möbeln hatte sich eine feine Staubschicht gebildet, und nirgends lag ein Buch, stand ein Glas oder gab es sonst irgendetwas, das verriet, womit Herr Wurz sich gerade beschäftigt hatte.

Mira ließ das Fenster unter größter Anstrengung geschlossen und lehnte sich mit dem Hintern ans Fensterbrett. »Unser herzliches Beileid, sowohl wegen des Verlusts Ihrer Frau als auch wegen Ihrer Schwägerin.«

Er schaute sie mit ausdrucksloser Miene an.

Mira räusperte sich unbehaglich. »Sie wissen ja wahrscheinlich bereits, dass Eva Wolfram ermordet worden ist?«

Jörg Wurz verschränkte die Arme vor der Brust. »Na und?«

Irritiert runzelte Mira die Stirn. Eva Wolframs Tod schien die Familie emotional in zwei Lager zu spalten. Während ihr Vater tieftraurig war, war ihr Ableben ihrem Ehemann und dem Schwager wohl ziemlich egal.

»Trauern Sie nicht um sie?«, fragte Mira nach.

»Nein. Ich trauere um Marlies.« Noch immer zeigte sich keinerlei Regung in seinen Zügen, doch in seiner Stimme lagen

Wut und Schmerz. »Eva hatte nie Spaß am Leben. Oft habe ich mir gedacht, dass Gott ein unfairer Scheißkerl sein muss. Meiner fröhlichen Marlies hat er es so schwer gemacht, und Eva wusste ihr Leben nie zu schätzen. Wäre sie nicht ermordet worden, hätte sie sich wahrscheinlich irgendwann selbst umgebracht. Sie hätte ihr Leben einfach weggeschmissen, während Marlies so lange gegen das Sterben gekämpft hat. Ich habe Eva immer dafür gehasst und tue es noch.«

Mira brauchte einen Moment, um sich zu sammeln. Die Rede des Witwers hatte sie aus dem Konzept gebracht.

»Hatten Sie dann überhaupt Kontakt zu ihr?«, wollte sie schließlich wissen.

»Nicht, wenn es sich vermeiden ließ.«

Ihre Intuition sagte Mira, dass Wurz mit Eva Wolframs Tod nichts zu tun hatte. Selbst wenn er ihr den Tod an den Hals gewünscht hatte, war er eher der Typ, der aus sicherer Distanz auf ihren Selbstmord gewartet hätte. Das hatte er eben selbst angedeutet, und es erschien ihr durchaus schlüssig. »Wenn Sie sie so wenig mochten, können Sie sich sicherlich gut in ihre Feinde hineinversetzen. Fällt Ihnen jemand ein, der Ihre Abneigung teilte?«

Wurz zuckte desinteressiert mit den Schultern. »Ihrem Mann war sie lästig, und er hätte wohl auch keine Skrupel gehabt, sie aus dem Weg zu räumen. Aber soweit ich weiß, war die Übergabe des Geschäfts noch nicht unterschrieben.«

Mira nickte wissend. Genau die gleiche Überlegung hatte sie auch schon gehabt. »Fällt Ihnen sonst jemand ein?«

»Keine Ahnung. Sie war eine Mitläuferin. Vermutlich konnte sie niemand leiden, der nicht auf selbstverordnete Unmündigkeit steht.«

Der Mann überraschte Mira. Nach dem ersten Eindruck hätte er ein dumpfer Alkoholiker sein können, doch sein Blick war wach und seine Worte klar. Auch wenn man über deren Inhalt natürlich anderer Meinung sein konnte. Wenn er nur um Himmels willen mal diese Wohnung lüften würde.

## 16

»Das Verhältnis von Marlies und ihrer Schwester war gut. Von klein auf und obwohl sie so unterschiedlich waren. Vielleicht gerade deshalb«, erzählte Jörg Wurz. »Wie dem auch sei, schon allein, weil Marlies mich dafür gehasst hätte, wär ich nie auf die Idee gekommen, ihrer Schwester etwas anzutun.«

»Aber Ihre Frau ist nun tot. Vielleicht hat sie Ihre Skrupel ja mit ins Grab genommen«, warf Mira ein.

Zum ersten Mal, seit sie hier waren, huschte ein Lächeln über sein maskenhaftes Gesicht, auch wenn es ein wehmütiges war.

»Sie haben recht, das hätte durchaus sein können. Sie hat so vieles mitgenommen, so vieles auch von mir.« Versonnen betrachtete er seine Hände. Dann wurden seine Züge wieder hart und verbittert. »Sind Sie gläubig, Frau Hauptkommissarin? Ich bin es. Und ich bin fest entschlossen, Marlies irgendwann wiederzusehen. Deshalb versuche ich, meine Frau auch jetzt nicht zu sehr zu enttäuschen, schon gar nicht wegen ihrer nutzlosen Schwester.«

Mira atmete tief durch. Wurz hatte eine Art an sich, die an ihren Nerven zehrte. »Kennen Sie einen Martin Stich?«

»Nein, wer soll das sein?«

Mira winkte ab, anstatt ihm zu antworten. Wie es aussah, waren sie hier erst einmal fertig. »Könnten Sie bitte morgen zu uns in die Dienststelle kommen? Melden Sie sich bei Sylvia Lind zur Abnahme der Fingerabdrücke.«

»Ist das eine Einladung oder eine Vorladung?«

Mira schaute ihn tadelnd an, doch seine Miene blieb ausdruckslos. Fast unschuldig erwiderte er ihren Blick.

»Noch ist es eine Einladung«, sagte sie und bemühte sich, ebenso gleichmütig zu wirken wie er. »Sollten Sie sie aber ausschlagen, können wir Sie gerne vorladen. Wir sind durchaus anpassungsfähig.«

»Verstehe«, sagte er, stand auf und brachte sie zur Tür. Als Mira und Axel seine Wohnung verließen, ging neben ihnen auf einmal mit einem satten, schmatzenden Geräusch der Aufzug auf. Irritiert drehte Mira sich zu Wurz um. Hatte er nicht behauptet, der Lift sei kaputt, und sie sieben Stockwerke nach oben laufen lassen?

Wurz schaute ebenfalls zum Aufzug und beobachtete die alte Frau, die mit ihrem Rollwägelchen heraustrat und an ihnen vorbeischlurfte.

»Ups«, meinte er, als er Miras verwundertem Blick begegnete.

Sie schüttelte ungläubig den Kopf. Doch ehe sie etwas sagen konnte, knallte er ihnen die Tür vor der Nase zu.

So viel Schwung hätte sie ihm gar nicht zugetraut. »Was für ein Typ.«

»Ja, komischer Kerl. Wäre interessant zu wissen, ob er vor dem Tod seiner Frau auch schon so ein Kotzbrocken war.«

»Der Tod verändert die Menschen oft sehr«, murmelte Mira, während sie sich der Treppe zuwandte.

»Wollen wir nicht wenigstens jetzt den Aufzug nehmen?«, fragte Axel überrascht.

»Ne, den Gefallen tun wir ihm nicht. Womöglich steht er hinterm Spion und schaut uns nach.«

Erhobenen Hauptes und mit wesentlich mehr sportlichem Elan, als sie verspürte, trabte sie die Stufen hinunter.

Die Sonne brannte heiß vom Himmel, als sie aus der Kühle des dunklen Treppenhauses hinaustraten. Mira sah auf ihre Armbanduhr. »Wollen wir erst Mittagspause machen und danach zu Frau Stich fahren? Ich könnte ein kühles Getränk vertragen, und zur Mittagszeit dort reinzuschneien ist vielleicht auch nicht so optimal.«

Die Wahrheit war, dass sie sich vor dem nächsten Besuch eine Pause wünschte. Menschen waren für Mira manchmal eine Herausforderung und stachen an Stress jeden noch so lästigen Papierkram locker aus.

»Klar, gerne. Wo wollen wir hingehen?«

»Ich weiß nicht. Du bist doch gebürtiger Bayreuther, habe

ich gehört. Hast du einen Tipp? Irgendwas hier draußen, was man gut anfahren kann?«

Axel schob die Unterlippe vor, als würde er angestrengt überlegen. »Wenn wir eh nach Kreuz fahren, könnten wir ja in den Herzogkeller gehen. Biergarten ist bei dem Wetter doch genau das Richtige, oder?«

»Das ist eine ganz fabelhafte Idee!«, lobte Mira und klopfte ihm anerkennend auf die Schulter. Nach Heidelbeertee und Hyosung-Bike hatte ihn dieser Vorschlag beinahe wieder rehabilitiert.

Der Biergarten war für einen lausigen Donnerstagmittag außerordentlich gut besucht, obwohl der Parkplatz verhältnismäßig leer war. Die meisten Gäste hatten bei dem schönen Wetter wohl eine kleine Radtour gemacht oder waren zum Herzogkeller spaziert. Zudem war es nicht verwunderlich, dass an den Biertischen überwiegend Leute im Studentenalter saßen. Die wenigen Mittagspausler fielen durch ihre unpraktischen Klamotten auf, und nicht zuletzt das Schuhwerk verriet, wer zu den wenigen gehörte, die mit dem Auto hergekommen waren.

Als hätten sie sich abgesprochen, steuerten Mira und Axel einen Tisch im Schatten einer der großen Linden an, die dem Biergarten sein idyllisches Flair verliehen. Seufzend ließ Mira sich auf die Bank sinken.

»Es ist wirklich wunderschön hier. Ich sollte viel öfter herkommen«, sagte sie mehr zu sich selbst, während sie den Blick schweifen ließ.

»Der Herzogkeller ist auch etwas Besonderes«, erwiderte Axel. »Es ist nicht nur der größte Biergarten in Bayreuth. Wusstest du, dass die Halle eine Zeit lang nur als Lager benutzt wurde? Dann hat man sie saniert, und jetzt steht sie sogar unter Denkmalschutz.«

Damit hatte Axel ihr Interesse geweckt. Für historische Bauwerke hatte Mira ein Faible, egal ob es sich nun um ein prunkvolles Justizgebäude oder eine Halle inmitten eines Biergartens handelte. Mira musterte interessiert die weiß lackierten Holzstreben, die einen hübschen Kontrast zum rötlichen Braunton der restlichen Wände bildeten.

»Es ist den Parkbauten des 17. Jahrhunderts nachempfunden, die dem Adel zur Freizeitgestaltung dienten.«

»Woher weißt du das denn alles?«

»Habe ich während der Fahrt hierher auf der Internetseite gelesen«, gab Axel mit verschmitztem Lächeln zu.

Mira lachte. »Und ich dachte schon, an dir ist ein Stadtführer verloren gegangen.«

»Nein, das wohl eher nicht. Aber jetzt, wo ich weiß, wie ich dich begeistern kann, werde ich mich vielleicht ein bisschen einlesen.«

»Das klingt gut. Und wie kann ich dich begeistern? Vielleicht mit einer Apfelschorle?«

Axel grinste. »Lieber ein alkoholfreies Weißbier, bitte.«

»Ich sehe, der Mann hat Geschmack.« Sie zwinkerte ihrem neuen Kollegen zu und ging zum Ausschank, während Axel anfing, die Speisekarte zu studieren.

Wenig später prosteten sie sich zu. »Auf dass wir diesen Fall bald lösen werden!«

Axel befreite sich umständlich von dem Schaum-Schnurrbart, den das Bier in seinem Gesicht hinterlassen hatte. »Wird schon werden«, meinte er dann lapidar.

Mira stutzte, die verhaltene Äußerung wollte nicht zu dem Eifer passen, den er bisher an den Tag gelegt hatte. Vielleicht hatte er mehr Respekt vor einem potenziellen Serienmörder, als er sich anmerken ließ? Oder war er der Abteilung schon nach so wenigen Tagen überdrüssig geworden und bereute seine Entscheidung, sich zu ihnen versetzen lassen zu haben?

»Ich esse einen Schweinshaxen«, verkündete er mit einem letzten Blick auf die Speisekarte.

»Im Ernst?«, fragte Mira amüsiert nach. »Kannst du denn dann noch arbeiten? Nicht dass du mir danach ins Verdauungskoma fällst und ich allein zu Frau Stich muss.«

»Keine Bange, ich vertrage das schon.« Um seinen Worten Nachdruck zu verleihen, klopfte er sich demonstrativ auf den

Bauch. Die Geste lenkte Miras Blick auf seine schmächtige Statur. Ja, er konnte wohl wirklich ein paar Kalorien vertragen.

Als sie bei Schweinshaxen und Brotzeitplatte unter der Linde saßen, nutzte Mira die Gunst der Stunde, um die Gedanken, die vorhin durch ihren Kopf gegeistert waren, wieder aufzugreifen.

»Wie gefällt es dir denn bis jetzt bei uns?«

»Gut«, meinte Axel kauend. Damit schien das Gespräch für ihn schon wieder beendet zu sein. Zumindest widmete er sich voll und ganz seinem Teller und machte nicht den Eindruck, noch etwas sagen zu wollen.

»Und die Tatorte waren auch okay für dich?«, bohrte sie nach. »Ich meine, die waren ja beide nicht ganz ohne.«

Axel nickte. »War schon okay«, sagte er und schob sich ein großes Stück Fleisch in den Mund.

Mira gab auf und widmete sich ihrer Brotzeitplatte. Da vibrierte ihr Handy. Sylvia hatte ihr eine Textnachricht geschickt. Die Fingerabdrücke, die sie in Eva Wolframs Sarg und an der Tür zu Martin Stichs Kühlraum genommen hatten, stimmten überein.

## 17

Ein mulmiges Gefühl beschlich Mira, als sie den Passat aus dem Fahrzeugpool der Kripo vor der Metzgerei Stich parkte. Axel hingegen war tiefenentspannt; er hatte nach seiner Völlerei prompt den Beifahrersitz belegt, die Augen geschlossen und keinen Mucks mehr von sich gegeben. Gerade als sie ihn rütteln wollte, öffnete er sie jedoch und schnallte sich ab. Okay, vielleicht hatte sie zu früh geurteilt – wieder einmal.

Die Metzgerei war geschlossen, und in der Tür hing ein Schild, das auf einen Trauerfall verwies. Miras mulmiges Gefühl verstärkte sich, als sie den Klingelknopf drückte. Im Gegensatz zu Eva Wolframs Mann schien Klara Stich den Tod ihres Ehepartners gar nicht gut verkraftet zu haben. Mit jeder Sekunde, die sie warteten, wurde Mira daher unruhiger. Klara Stich wäre nicht die erste Hinterbliebene, die ihrem verstorbenen Mann aus Verzweiflung nachfolgte. Und was würde dann aus dem kleinen Kind werden?

»Wir haben geschlossen«, tönte da eine Frauenstimme aus der Sprechanlage. Erleichtert atmete Mira auf, erklärte, wer sie waren, und fragte, ob sie reinkommen dürften.

»Gehen Sie zur Einfahrt hinein, der Eingang zum Wohnbereich ist auf der Rückseite.«

Im Hof standen mehrere Fahrzeuge. Vielleicht hatte Frau Stich Besuch, Freunde oder Verwandte, die ihr in dieser schwierigen Situation beistanden. Mira hoffte es.

Kaum erreichten sie die Haustür, schnarrte der Öffner. Sie warf einen prüfenden Blick nach oben und sah, wie sich der Vorhang hinter einem der Fenster bewegte.

Von der Haustür aus führten steinerne Stufen ins Obergeschoss hinauf. Nach dem Treppenpodest kam eine Frau in Sicht, die sie in der offenen Wohnungstür erwartete. Sie wirkte etwas älter, als Mira sich Frau Stich vorgestellt hatte. Auf ihrem Arm zappelte ein Baby in einem rosafarbenen Strampler. Sie wechselte die Kleine auf die linke Seite und streckte ihnen die Hand entgegen.

»Guten Tag, ich bin Luise Frey, Klaras Schwester.«

Ihr Händedruck war energisch, und Mira war froh, dass sie hier war. Axel und sie wiesen sich aus und folgten ihr in den Flur.

»Wie geht es Ihrer Schwester?«, wollte Mira wissen, ehe sie in die Wohnräume hineingingen.

Luise Frey zog die Hand vom Türgriff zurück, den sie eben hatte herunterdrücken wollen, und drehte sich zu ihnen um. »Nicht gut. Ich glaube, sie macht sich Vorwürfe, dass sie zu dieser Kur gefahren ist. Aber was hätte sie gegen einen Mörder denn ausrichten sollen? So waren Anni und sie wenigstens in Sicherheit.«

Sie wirkte plötzlich aufgebracht, wahrscheinlich hatte sie dieselben Worte auch ihrer Schwester schon einige Male gesagt. Das Baby auf ihrem Arm fing prompt an zu weinen, als spürte es die Anspannung, und Luise Frey wiegte es mit einem leisen »Schschsch« hin und her.

Als sie die Tür schließlich öffnete, blieben Mira und Axel überrascht in dem offenen Wohn-Esszimmer stehen. Klara Stichs Schwester war nicht die Einzige, die zur Unterstützung herbeigeeilt war. Mira hatte ja durchaus gehofft, dass die Witwe nicht allein sein würde, doch mit den vielen Leuten erinnerte die Szene schon fast an eine Party. Mehrere Frauen hatten sich um den runden Esszimmertisch versammelt, tranken Kaffee aus geblümten Tassen, während die Wohnzimmergarnitur von vier Männern in Beschlag genommen worden war. Im Fernsehen lief Fußball.

Frau Frey stellte ihnen alle der Reihe nach vor. Die ganze Familie schien sich hier versammelt zu haben. Luises Ehemann und ihr fast erwachsener Sohn waren dabei, ebenso die Eltern und Schwiegereltern des Opfers.

Mira nickte in die Runde und schritt dann quer durch den Raum zur Witwe, die bei den anderen Frauen am Esstisch saß und beinahe entrückt über ihre Tasse hinweg in die Ferne schaute. »Mein herzliches Beileid«, sagte sie und streckte Frau Stich ihre Hand entgegen. Die reagierte nicht.

»Klara?«, fragte eine ältere Dame, um ihre Aufmerksamkeit zu erregen. Mira war sich nicht mehr sicher, ob es ihre Mutter oder Schwiegermutter war. Auf so viele neue Gesichter war sie nicht gefasst gewesen. Die Frau zuckte resignierend mit den Schultern und trank weiter ihren Kaffee.

»Möchten Sie auch einen?«, fragte Luise Frey. Anscheinend war Miras Blick eine Idee zu lange an der Tasse hängen geblieben. Sie nahm dankend an. Axel gab sie mit einem Kopfnicken in Richtung der Männerrunde zu verstehen, dass er sich dort mal ein bisschen umhören sollte. Luise übergab das Baby der älteren Dame, und Mira folgte ihr in die Küche.

»Schön, dass Ihre Schwester nicht allein ist in so einer schwierigen Situation«, versuchte sie das Gespräch in Gang zu bekommen.

Luise nahm eine Packung Kaffeepulver aus dem Hängeschrank der rustikalen Küche und nickte. »Ja, sie ist gar nicht mehr sie selbst. Schon wegen der kleinen Anni muss momentan immer jemand hier sein.«

»Sie muss ihren Mann sehr geliebt haben.«

»Das hat sie. Natürlich war nicht immer alles eitel Sonnenschein. Deshalb hatte sie sich auch auf die Kur als kleine Auszeit gefreut. Genau das scheint sie jetzt zu belasten.«

»Ich verstehe. Wenn ein Mensch so abrupt aus dem Leben gerissen wird, bekommen die flüchtigsten Gedanken plötzlich Gewicht.«

Luise löffelte Pulver in die Filtermaschine. Sie wollte wohl nicht nur Mira bewirten, sondern auch alle anderen Tassen wieder auffüllen. »Haben Sie denn schon eine Spur?«

Das war die Frage, die jeder Ermittler hasste und die trotzdem mit quälender Regelmäßigkeit gestellt wurde. Tappte man im Dunkeln, erinnerte sie einen an das eigene Versagen, hatte man eine Spur, kam man auch in die Bredouille, weil man nichts verraten durfte.

»Wir gehen gerade verschiedenen Hinweisen nach.« Miras

Standardantwort. Viele gaben sich damit nicht zufrieden, doch Luise war gnädig. »Sie sind jetzt sicher eine große Stütze. Hatte Herr Stich keine Geschwister?«

»Sie meinen, weil keine hier sind. Die ganze Familie ist hergekommen, aber kein Bruder, keine Schwester, also kann er keine gehabt haben. Nicht wahr? Das meinen Sie doch?« Eine bittere Note hatte sich in Luises Tonfall geschlichen. Da hatte Mira wohl einen wunden Punkt getroffen.

»Ja, das meinte ich. Aber wenn ich Sie richtig verstehe, hatte er wohl doch Geschwister?«

Luise schnaubte. »Ich weiß nicht, ob man das so nennen kann. Seine Schwester lässt sich nie blicken, und wenn doch, dann gibt es Streit. Valerie ist das selbstgerechteste Wesen, das ich je kennengelernt habe. Außerdem ist sie plemplem, lebt in ihrer eigenen Welt aus Chakren, Naturgeistern und Räucherstäbchen. Mit der kann ein normaler Mensch nicht auskommen.«

Eine verhasste Schwester, das war doch mal ein schöner Ansatzpunkt. »Kennen Sie eine Eva Wolfram?«

Verdutzt schüttelte Luise den Kopf. »Nein, tut mir leid.«

Mira würde auch die Hexenschwester nach Eva Wolfram fragen. Irgendwo musste es schließlich eine Verbindung geben. »Gab es sonst irgendwelche Konflikte in der Familie?«

Luise schaute sie verständnislos an. »Ist die Frage ernst gemeint? Ich kenne keine Familie, in der es nicht jeden Tag Konflikte gibt.«

»Da haben Sie wohl recht. Aber nicht jeden Tag wird einer ermordet, ein Bruder, Ehemann, Familienvater.«

»Sie denken, der Täter sitzt da draußen im Wohnzimmer?« Ihre Augen wurden schmal. Auf ihre Familie würde sie nichts kommen lassen, das machte ihr Gesichtsausdruck mehr als deutlich.

Mira musste schleunigst zurückrudern, wenn sie nicht wollte, dass dieses Gespräch abrupt endete. Abwehrend hob sie beide Hände. »Mir ist klar, dass dieser Gedanke unerhört und schmerzhaft für Sie sein muss. Aber verstehen Sie bitte auch mich. Ich kann nicht von vornherein mögliche Verdächtige einfach ausschließen.«

»Pfff, Sie verschwenden meine Zeit. Und Ihre übrigens auch. Suchen Sie lieber Martins Mörder, als eine trauernde Familie zu belästigen.« Sie drückte Mira einen Kaffee in die Hand, verließ mit der Kanne die Küche und ließ sie stehen.

Unzufrieden ging Mira an den Kühlschrank und goss sich einen Schluck Milch in die Tasse. Das war nicht optimal gelaufen. Sie hätte durchaus noch ein paar Fragen gehabt. Ob sie Luise Frey vorladen sollte? Grundsätzlich versuchte sie, das zu vermeiden. Sie hatte die Erfahrung gemacht, dass Menschen in einem ungezwungenen Gespräch sehr viel mehr Informationen preisgaben. Eine Vorladung hatte leider oft den Effekt, dass man entweder jedes Wort erst einmal genau abwägte aus Angst, etwas Falsches zu sagen, und vieles einfach verschwieg, selbst wenn man nichts zu verbergen hatte.

Aber diese Situation hier war schwierig. Sie wollte nicht alle zusammen im Wohnzimmer befragen. Die Aussagen würden sich dadurch von ganz allein angleichen, auch wenn die Befragten es gar nicht wollten. Ihr würde wohl nichts anderes übrig bleiben, als sie einzeln auf die Dienststelle kommen zu lassen. Schließlich musste sie sich ein Bild von Martin Stich und seinem Umfeld machen. Ärgerlich schlug sie die Tür des Kühlschranks zu.

## 18

»Ja, jetzt wo Sie es sagen. Vielleicht war da eine Schleife an dem Sarg.«

Herr Roder klang völlig verunsichert. Hätte Mira ihn gefragt, ob ein rosa Elefant neben dem Sarg mit Eva Wolframs Leiche gesessen hatte, hätte er das womöglich auch in Betracht gezogen. Sie konnte es ihm kaum verübeln. Die Fliegen hatten die Tote weit vor dem Bestatter-Ehepaar entdeckt. Der Anblick war nicht ohne gewesen, selbst für sie als erfahrene Kriminalbeamtin. Dass das Bestatter-Ehepaar keine Augen für Details rund um den Sarg gehabt hatte, war nur zu verständlich. Sie bedankte sich höflich und beendete das Gespräch.

»Die Roders haben keine Ahnung, wie die Schleife an den Sarg kam«, rief sie Axel zu. Der legte statt einer Antwort den Finger auf die Lippen. Sie hatte nicht bemerkt, dass er selbst gerade telefonierte.

Miras Blick wanderte zu Philipps Stellwand, an die er pflichtbewusst die beiden Tatortfotos mit dem ominösen Schriftzug gepinnt hatte.

»Am Ende bist du doch allein.«

War das eine direkte Ansprache des Opfers durch den Täter oder eher eine allgemeine Aussage, in der das Du stellvertretend für »man« stand? Mira kniff die Augen zusammen und sagte sich den Satz halblaut in verschiedenen Betonungsvarianten vor. Das bestärkende »doch« schien für sie auf etwas Persönliches hinzudeuten, fast so, als wollte der Verfasser der Nachricht jemandem oder etwas widersprechen. Axel riss sie aus ihren Gedanken.

»Sorry, ich hatte gerade Frau Nickl in der Leitung«, sagte er.

»Frau Nickl?«

»Die Verkäuferin aus der Metzgerei Stich.«

»Ach ja. Und?«

»Sie hat zwar mitbekommen, dass jemand eine Bestellung über vier Schweinehälften aufgegeben hat, aber sie hat den Käufer nicht gesehen. Das lief wohl telefonisch, und der Termin, um die Ware abzuholen, war nach Ladenschluss. Da ist sie schon weg gewesen.«

»Warum wurde die Bestellung erst so spät geholt?«

»Der Käufer hatte angegeben, dass er tagsüber beruflich stark eingebunden sei und die Schweinehälften erst am Abend holen könne. Martin Stich war davon nicht begeistert, machte wegen der Größe der Bestellung aber eine Ausnahme. Frau Nickl meinte, sein Feierabend sei ihm heilig gewesen.«

»Hmmm.« Mira fing an, sich mit ihrem Bürostuhl hin- und herzudrehen. Eine dumme Angewohnheit, doch sie hatte das Gefühl, dann besser denken zu können. »Es kam also nicht oft vor, dass Kundschaft nach Ladenschluss noch bedient wurde?«

»Nie. Barbara Nickl sagte, soweit sie sich erinnern könne, sei es das erste Mal gewesen.«

Das erste und wohl auch das letzte Mal.

»Das ist schon komisch. Wenn ich wetten müsste, würde ich sagen, dieser mysteriöse Kunde ist unser Mann«, sagte sie mehr zu sich selbst.

Axel konzentrierte sich wieder auf seinen Computerbildschirm.

Mira stand auf und ging ins Büro nebenan, wo Philipp seinen Schreibtisch hatte. Irritiert blieb ihr Blick an dem hängen, was er einen Bart nannte. Er hatte das Gezausel gebändigt. Dadurch war es natürlich nicht dichter geworden, nur waren die wenigen krausen Härchen nun etwas weniger durcheinander. Außerdem glänzten sie verdächtig, und ein Duft, der Mira eindeutig an die Pomade ihres Vaters erinnerte, umfing den Praktikanten. An Philipps Kinn baumelte eine kleine silberne Perle. Ihr Blick saugte sich an dem »Schmuckstück« fest, und sie fühlte sich völlig außerstande, es zu ignorieren.

»Echt jetzt?«, kommentierte sie seinen neuen Look.

Seine Augen wurden schmal. »Ich dachte mir schon, dass du wieder etwas auszusetzen haben würdest!«, brauste er auf. »Was willst du mir diesmal an den Kopf werfen? Dass ich aussehe wie ein Christbaum? Ein Pfingstochse? Ein Halbstarker?«

Alles gute Ideen. Sie hatte sowohl Philipps Menschenkenntnis als auch seine Kreativität unterschätzt.

»Nicht doch.« Sie hob beide Hände zu einer beschwichtigenden Geste. »Du siehst gut aus. Ein bisschen ungewöhnlich hier in unserer biederen Dienststelle, aber sehr gut.« Sie wusste, dass er ihr an der Nasenspitze ansah, dass sie es nicht ernst meinte. Aber was sollte sie schon sagen? Alle guten Kommentare hatte er bereits vorweggenommen. Der Spielverderber.

Philipp schnaubte verärgert, was die Perle an seinem Kinn erzittern ließ. Ob sie wohl abfiel, wenn sie ihn richtig in Rage brachte? Sie würde das auf jeden Fall einmal ausprobieren müssen, aber nicht heute.

»Würdest du dich bitte bei den Nachbarn von Martin Stich umhören, ob jemandem vorgestern nach Ladenschluss etwas aufgefallen ist? Ein Kunde, ein Kühlwagen, irgendwas.«

Philipp nickte mürrisch.

Sie wollte sich bereits zum Gehen wenden, da nahm er ein Dokument, an dem er gerade noch gearbeitet hatte, und reichte es ihr.

»Das sind die Verbindungsnachweise von Martin Stich. Die eingekreiste Nummer ist dieselbe, von der auch Eva Wolfram kurz vor ihrem Tod angerufen wurde. Es ist ein Prepaidhandy.«

»Oh, das ist interessant. Ist es eine der beiden Nummern, die du im Fall Wolfram nicht auf Anhieb zuordnen konntest?«

»Genau. Die andere hat sich erledigt, war auch ein Kondolenzanruf.«

»Danke dir, du bist ein Schatz!« Mira konnte sich gerade noch davon abhalten, mit dem Finger gegen die Perle zu schnipsen, und verließ das Büro.

Zurück an ihrem Schreibtisch hätte sie am liebsten sofort die eingekreiste Nummer gewählt. Doch wenn sie dem Täter gehörte, wäre dieser dann womöglich gewarnt. Sie würde lieber eine Ortung veranlassen.

In ihrem E-Mail-Postfach war eine Besprechungseinladung eingegangen. Nils hatte sie geschickt. Kurz dachte Mira, es ginge um ein kleines erotisches Stelldichein in seinem Büro. Doch der

Verteiler ließ sie stutzen und wischte ihr das Grinsen aus dem Gesicht. Außer ihr waren auch Axel, Sylvia und Philipp eingeladen, es ging um die Mordfälle Wolfram und Stich. Er hatte den Termin auf morgen Früh, sieben Uhr gesetzt. Vermutlich weil Axel und sie ab acht den halben Tag für Befragungen geblockt hatten.

Solch eine offizielle Teambesprechung war ungewöhnlich. Sie spitzte über den Bildschirm und fragte Axel, ob er mit Nils kürzlich über die beiden Fälle gesprochen hätte.

Er schüttelte den Kopf. »Nein, aber vielleicht hat der Chef erfahren, dass du einen Zusammenhang entdeckt hast«, spekulierte er.

Mira griff zum Telefonhörer und rief bei Sylvia an.

»Weißt du etwas zu der Teambesprechung morgen?«, fiel sie mit der Tür ins Haus.

»Welche Teambesprechung?«

»Schau mal in deine Mails.«

»Ah. Nein, keine Ahnung. Vielleicht gehen ihm eure Ermittlungen zu langsam, und der Chef will euch ein bisschen Feuer unterm Hintern machen.«

»Du hast schon bemerkt, dass du auch eingeladen bist, oder? Vielleicht gilt das Feuer ja dir!«

»Schon gut.« Mira glaubte, Sylvia durch die Leitung grinsen zu hören. »Wir werden ja morgen sehen, was er will.«

Sylvia war keine Hilfe, Mira legte auf. Sie warf einen Blick ins Nachbarbüro, doch Philipp war bereits nach Hause gegangen. Unschlüssig blieb sie im Türrahmen stehen. Weder Axels Idee noch Sylvias Spekulationen waren wirklich erbaulich. Auch wenn sie Nils' Aufmerksamkeit in anderen Situationen sehr genoss, für ihre Ermittlungen brauchte sie sie nicht. Niemand hatte es gern, wenn einem der Chef auf die Finger schaute. Nicht einmal, wenn er ein so heißes Exemplar wie Nils war.

Energisch schloss Mira die Zwischentür. Sie hatte keine Lust, sich den ganzen Abend darüber Gedanken zu machen, ob er womöglich mit den Ermittlungen unzufrieden war. Zielstrebig ging sie zu seinem Büro. Doch als sie anklopfen wollte, drangen

Stimmen durch die Tür. Mist! Er hatte gerade einen Termin. Missmutig ging sie zurück.

Als sie sich in ihren Schreibtischstuhl fallen ließ, streifte ein zarter Luftzug durchs offene Fenster ihren nackten Arm. Es war noch immer warm, doch die unerträgliche Hitze hatte sich etwas abgekühlt. Vielleicht war irgendwo in der Nähe ein Gewitter runtergegangen. Man konnte sich wieder bewegen, ohne zu zerfließen. Sie könnte die Gunst der Abendstunde nutzen und wieder einmal ins Fitnessstudio gehen, wie sie es sich vorgenommen hatte.

»Ich hau ab«, stellte Axel fest, während er seine Tasche zusammenpackte.

»Das ist eine sehr gute Idee«, sagte Mira und tat es ihm gleich.

## 19

Eigentlich hatte Mira mit ihrem Bike zur Dienststelle fahren wollen. Das Wochenende stand vor der Tür, und wenn sie frühzeitig aus dem Büro kam, könnte sie direkt zu einer kleinen Tour durch die Fränkische Schweiz aufbrechen. Ihr Muskelkater machte ihr allerdings einen Strich durch die Rechnung. Sie hatte sich am Vorabend tatsächlich dazu aufgerafft, ins Fitnessstudio zu gehen. Nun rebellierten ihre Oberschenkel gegen das Motorrad, ja sogar gegen jeden einzelnen Schritt. Kurz überlegte sie, ob sie auf dem Treppengeländer zur Garage hinunterrutschen sollte, doch sie biss die Zähne zusammen und bewältigte die Stufen ihres Mietshauses. Unten ließ sie sich in den Mini fallen, statt auf die Ducati zu klettern. Die Motorradtour musste warten.

Im Büro angekommen, überflog sie kurz ihre neuen E-Mails, bis Axel und Sylvia lachend zur Tür hereinkamen und sie begrüßten. Beide hielten eine Tasse in der Hand, aus der ein violettes Teezettelchen heraushing. Hoffentlich hatte auch irgendjemand daran gedacht, Kaffee zu kochen. Mira warf einen Blick auf die Zeitanzeige in der unteren Ecke ihres Bildschirms. Noch vier Minuten bis zur Teambesprechung.

»Wir treffen uns im Besprechungszimmer«, sagte sie und schob sich an den Kollegen vorbei.

Als sie die Küche betrat, stieg ihr Kaffeeduft in die Nase. Nils stand an der Maschine.

»Soll ich dir auch einen einschenken?«, fragte er lächelnd, als er sie erblickte. Egal was er gleich mit ihnen besprechen wollte, im Moment hatte er schon allein deswegen einen Stein bei ihr im Brett.

»Sehr gerne, danke!«

Er reichte ihr einen dampfenden Becher. Gemeinsam schlenderten sie den Gang entlang.

»Entschuldige, dass ich dich gestern Abend nicht mehr zurückgerufen habe«, sagte Mira. Sie hatte nach dem Training einen entgangenen Anruf von ihm auf dem Handy gehabt. »Aber ich war so platt nach dem Fitnessstudio. Ich bin vorm Fernseher eingeschlafen.«

Er lachte auf. »Dann solltest du wohl wieder öfter trainieren gehen. Und wenn du schon in der Ecke bist, kannst du anschließend auch gleich bei mir vorbeikommen.«

»Klingt nach einem guten Plan.«

»Sehen wir uns am Wochenende?«

»Na, das will ich doch hoffen.« Sie knuffte ihn in die Seite, ehe sie in das Besprechungszimmer gingen.

Sylvia, Axel und Philipp saßen bereits um den runden Tisch versammelt. Kaum hatten sie sich dazugesetzt, wurde es still, und alle Augen ruhten erwartungsvoll auf Nils.

»Guten Morgen, zusammen.« Er nickte freundlich in die Runde. »Philipp hat mich darüber informiert, dass die Fälle Wolfram und Stich zusammenhängen.«

Miras Kinnlade fiel herunter. Fassungslos starrte sie den Praktikanten an, der ihrem Blick auswich.

»Mira?«

Sie hatte sich so darauf konzentrieren müssen, nicht sofort aufzuspringen und Philipp zu schütteln, dass sie die letzten Sätze nicht mitbekommen hatte.

»Entschuldigung. Wie bitte?«

Nils lächelte nachsichtig. »Philipp meinte, du hättest den Zusammenhang erkannt. Möchtest du uns das kurz erläutern?«

»An beiden Tatorten haben wir denselben Schriftzug gefunden. Er lautet ›Am Ende bist du doch allein‹. Im Bestattungsinstitut stand er auf einer Schleife, die an dem Sarg angebracht war, in dem Eva Wolfram verdurstet ist. In der Metzgerei wurde der Satz mit Tierblut an die Tür der Kühlkammer geschrieben. Aber das wissen ja bereits alle hier.« Ihr Blick bohrte sich in Philipps Schädel. Was sollte das? Was hatte er sich dabei nur gedacht?

»Danke«, sagte Nils geschäftsmäßig.

»Wir haben übereinstimmende Fingerabdrücke an den beiden Tatorten gefunden«, schob Sylvia nach.

Nils nickte. »Auch wenn man im Fachjargon erst ab drei Fällen von einer Mordserie spricht, müssen wir diesen offensichtlichen Zusammenhang ernst nehmen. Die Fälle Stich und Wolfram haben absolute Priorität«, stellte er fest.

Philipp schaute Mira kurz an wie ein verschrecktes Karnickel seinen Fressfeind.

»Ich habe einen guten Freund bei der operativen Fallanalyse in München. Er heißt Eckhard Gneis. Er wird ab Montag hier sein, um uns zu unterstützen«, fuhr Nils fort.

Mira ballte die Faust unter dem Tisch. Nun war genau das eingetreten, was sie hatte vermeiden wollen. Und warum? Weil ein wichtigtuerischer Praktikant zu viele CSI-Serien geguckt hatte. Philipp hatte wohl vergessen, dass sie seine Bewertung schreiben würde und nicht Nils oder irgendein Klugscheißer aus München!

»Ich werde gleich allen eine Mail mit seinen Kontaktdaten zusenden. Bitte übermittelt ihm alle Informationen zu den beiden Mordfällen, damit er sich übers Wochenende einlesen kann.« Nils schien nicht zu bemerken, dass Mira kurz davor war, selbst einen Mord zu begehen. »Praktischerweise haben Mira und Axel ja ohnehin beide Fälle in Bearbeitung. Das erleichtert die Organisation. Hat noch jemand eine Frage?«

»Warum brauchen wir einen Fallanalytiker?«, platzte Mira heraus. »Wir sind in anderen Mordfällen auch gut ohne einen solchen ›Spezialisten‹ zurechtgekommen.« Beim Wort Spezialist malte sie mit den Fingern Gänsefüßchen in die Luft.

Nils reagierte irritiert. »Ich dachte nicht, dass das ein Problem sein könnte. Unterstützung ist doch immer gut.«

Im Augenwinkel sah Mira Philipp und Axel nicken. Verdammte Schleimer.

»Außerdem hatte ich einen Anruf von der Staatsanwaltschaft. Herr Schaller, der Vater der toten Eva Wolfram, hat dort Druck aufgebaut. Offenbar hat er einen guten Draht sowohl zum Oberstaatsanwalt als auch zum Bürgermeister. Wir ermitteln nun quasi im Scheinwerferlicht. Ich denke, da ist es durchaus sinnvoll, zu zeigen, dass wir alle Register ziehen, um die Morde aufzuklären.«

Mira hätte am liebsten laut geflucht. Sie hatte Schaller doch extra ihre Karte gegeben. Dass er zur Staatsanwaltschaft gerannt war, statt sich bei ihr zu melden, kratzte an ihrem Ego.

»Niemand zweifelt an eurer Kompetenz«, sagte Nils.

Störrisch verschränkte Mira die Arme vor der Brust. Es war wohl besser, wenn sie nun nichts mehr sagte. Dieser Streit war für sie schon verloren gewesen, bevor er angefangen hatte.

»Eckhard Gneis ist sehr nett. Wir sind seit Jahren befreundet, und ich bin sicher, dass ihr gut zusammenarbeiten werdet.« Nils bemühte sich um versöhnliche Töne. Doch Mira ließ sie an sich abprallen.

Ein unangenehmes Schweigen entstand, das Nils schließlich brach, indem er ihnen einen schönen Tag wünschte und das Besprechungszimmer verließ. Kaum war er außer Sichtweite, fixierte Mira wieder ihren Praktikanten. Sie musste gar nichts sagen, er fing schon von allein an, sich zu rechtfertigen.

»Ich kann nichts dafür, Mira«, begann er kleinlaut.

»Was hat dich geritten, zum Chef zu rennen und von einer Mordserie zu faseln? Erklärung bitte! Jetzt!«

»Ich bin doch nicht zu ihm, es war ein ganz blöder Zufall. Gestern Nachmittag kam ich in euer Büro, um euch von der übereinstimmenden Handynummer in den Verbindungsnachweisen der Mordopfer zu erzählen. Ihr wart aber nicht da, stattdessen stieß ich auf Nils Färber. Er stand vor unserer Visualisierungstafel.«

Mira schlug zornig mit der flachen Hand auf die Tischplatte. »Diese Scheißtafel!«

Philipp zuckte zusammen. »Ich wollte gleich wieder an meinen Schreibtisch zurück, aber er hatte mich gehört und fragte, worum es geht. Na ja, ich konnte ihn doch schlecht anlügen, und er hatte die Fotos außerdem ohnehin schon gesehen.«

»Und du denkst nicht, es wäre angemessen gewesen, mal einen Pieps darüber zu verlieren?«

»Doch, schon. Es hat sich nur irgendwie nicht ergeben«, nuschelte er halblaut.

Mira ließ sich stöhnend gegen die Rückenlehne ihres Stuhls fallen.

»Nun beruhigen wir uns alle mal«, meinte Sylvia. »Vielleicht ist dieser Gneis ja ganz heiß!« Sie kicherte albern über ihren Reim, und Mira rollte die Augen zur Decke des Besprechungszimmers. »Kommt schon, es wird bestimmt interessant, mit ihm zu arbeiten. Und wie Nils schon sagte: Unterstützung ist immer gut, nicht wahr?«

Mira klappte resigniert ihren Schreibblock zu. Notizen hatte sie sich keine gemacht. Das Gesagte würde sie ohnehin nicht so schnell vergessen.

»Und jetzt«, trällerte Sylvia, »trinken wir alle zusammen einen schönen Heidelbeertee. Dann sieht die Welt gleich ganz anders aus.«

## 20

Kaum hatte Mira sich abgeregt, erreichte sie die nächste schlechte Nachricht: Die Eltern von Martin Stich, mit denen sie um elf einen Termin hatten, waren kurzfristig erkrankt und ließen sich entschuldigen. So ein Mist! Gern hätte sie die Gespräche mit der Familie heute direkt abgearbeitet, nicht zuletzt, um am Montag einen vollständigen Bericht darüber parat zu haben. Sie sträubte sich, es zuzugeben, aber natürlich wollte sie vor dem Münchner einen guten Eindruck machen und ihm vor allem keine Angriffsfläche bieten.

Nun gut, wenn Mira es sich genau überlegte, reichten ihr die bevorstehenden Termine trotzdem völlig. Der Verhörmarathon würde auch so nervenzehrend genug werden.

Die Schwiegereltern waren bereits eingetroffen. Axel hatte sie in den Besprechungsraum geführt und mit Getränken versorgt. Mira begrüßte die beiden und setzte sich mit Axel dazu. Das Gespräch kam nur stockend in Gang. Herr und Frau Klemm schienen sich unwohl zu fühlen, und vor allem Letztere betonte immer und immer wieder, wie sehr Klara ihren Mann geliebt habe und was für ein wunderbares Paar die beiden doch gewesen seien.

Bedächtig legte Mira die Fingerspitzen aneinander und bemühte sich um einen ruhigen und einfühlsamen Tonfall. »Hören Sie, wir sind hier, um einen Mordfall aufzuklären. Dass Sie Ihre Tochter schützen möchten, ist nur menschlich. Aber Sie tun ihr gerade keinen Gefallen. Je öfter Sie betonen, was für eine Bilderbuchehe die beiden führten, desto unglaubwürdiger wird es.«

Frau Klemm schnappte nach Luft. Sie schien zu einem empörten Widerspruch ansetzen zu wollen, doch ihr Mann legte ihr die Hand auf den Arm.

Er hatte sich bisher zurückgehalten. Nun ergriff er das Wort. »Klara ist nicht mehr sie selbst seit Martins Tod, Sie haben sie ja gesehen.«

Erst jetzt fiel Mira auf, wie viel Kummer in seinen Zügen lag. Er schien nicht nur um seinen Schwiegersohn zu trauern, sondern ein Stück weit auch um seine Tochter.

»Natürlich wollen wir sie schützen, aber Sie haben recht – am besten können wir das wohl, indem wir alles tun, was in unserer Macht steht, damit Martins Mörder bald gefunden wird. Vielleicht hilft eine Festnahme ja auch ihr, um ihn etwas leichter gehen lassen zu können.«

Mira entging nicht, dass Frau Klemms abwehrende Körperhaltung sich bei den Worten ihres Mannes etwas entspannte.

»Aber Klara hat Martin wirklich geliebt«, fuhr der unterdessen fort. »Die beiden waren sehr glücklich, vor allem, als sie endlich schwanger wurde. So genau sind wir darüber nicht im Bilde, aber es hat wie so oft nicht sofort geklappt.«

Mira schwieg. Sie würde ihn nicht unterbrechen und ihn erst einmal erzählen lassen.

»Als die kleine Anni dann da war, dachten natürlich alle, dass ihr Glück nun perfekt sei.« Er stockte, und seine Frau schien sich wieder etwas zu verspannen. »Nun ja, es wollte sich aber nicht so recht einstellen, das Glück. Klara hatte Probleme, sich in ihre neue Rolle als Mutter einzufinden, und machte sich deshalb fürchterliche Vorwürfe. Wir konnten sie schließlich dazu überreden, sich Hilfe bei einem Psychotherapeuten zu holen. Von da an lief es besser. Der Therapeut hatte auch die Idee mit der Mutter-Kind-Kur.«

Mira hatte schon öfter von postnatalen Depressionen gehört. Auch ihre ältere Schwester hatte nach der Geburt ihres Babys psychische Probleme gehabt. Unvermittelt beschlich Mira ein schlechtes Gewissen, weil sie Lenis Befinden damals nicht ernster genommen hatte. Hatte ihre Schwester womöglich auch tagelang so apathisch und verloren zu Hause gesessen wie Klara Stich? Sie schluckte gegen den Kloß in ihrem Hals an und trank von ihrem Kaffee.

»War Klara schon seit Annis Geburt so ... ähm ... still?«

»Nein, nein.« Herr Klemm winkte ab, und Mira versuchte, ihre Erleichterung zu verbergen. »Am besten reden Sie mal mit ihrem Psychiater. Klara hat sicher nichts dagegen. Sein Name ist Dr. Friedmann.«

Mira horchte auf. »Dr. Friedmann aus St. Georgen?«

»Genau. Kennen Sie ihn?«

»Flüchtig«, sagte sie. Sie entschuldigte sich für einen Moment und flitzte rüber zu Philipp, der zum Glück gerade an seinem Schreibtisch saß. »Hör zu, du musst für mich einen Termin mit Herrn Dr. Friedmann machen. Du erinnerst dich? Der Psychotherapeut von Eva Wolfram. Ich will noch heute Nachmittag zu ihm, egal ob es ihm passt oder nicht.«

Philipp machte ein betretenes Gesicht. »Mira, es tut mir leid. Bitte steigere dich da nicht so rein. Das wird schon alles wieder.«

Überrascht hielt sie inne. War Philipp nun doch einsichtig und bereute seine Offenheit gegenüber dem Chef? Das wäre wohl das Mindeste.

»Vielleicht ist der Gneis ja wirklich ganz nett, und du profitierst von seinem Besuch.«

»Hast du jetzt doch ein schlechtes Gewissen, oder was?«

»Natürlich. Aber ich konnte wirklich nichts dafür. Und ich konnte ja auch nicht ahnen, dass dich das so dermaßen mitnehmen würde.«

Mira legte den Kopf schief und musterte ihren Praktikanten.

»Wir können ja noch mal eine Teambesprechung ohne den Chef machen und über alles reden«, schlug er nun vor und suchte ihren Blick.

»Nicht nötig. Kümmere dich um deine Arbeit. Mach den Termin, und dann bring deine Tafel auf Stand. Wenn wir schon so ein Ding hier herumstehen haben, will ich, dass es perfekt ist.«

Philipp nickte hastig, und Mira eilte zurück in das Besprechungszimmer, um Klaras Eltern nicht unnötig lange warten zu lassen.

»Herr und Frau Klemm haben keine Idee, wer etwas gegen Martin gehabt haben könnte«, klärte Axel sie auf, als sie sich wieder zu den dreien an den runden Tisch in dem schmucklosen Besprechungszimmer setzte.

»Er hatte also keine Feinde? Geldprobleme? Streit?«, nahm Mira den Faden auf. Das Ehepaar Klemm schüttelte einträchtig den Kopf.

»Was ist mit Martins Schwester, Valerie?«

Frau Klemm schnaubte abfällig.

»Sie ist etwas eigen, ja«, gab sich ihr Mann diplomatisch. »Aber Martin hat sie immer in Schutz genommen.«

»Kennen Sie eine Eva Wolfram?« Als Antwort bekam sie wieder ratlose Gesichter.

Sie beendete das Gespräch, und Herr und Frau Klemm verabschiedeten sich. Axel begleitete sie auf den Gang hinaus. Mira hörte Stimmen, anscheinend waren die nächsten Familienmitglieder bereits eingetroffen, und sie konnten nahtlos weitermachen. Prompt kam Axel in Begleitung von Luise Freys Mann und Sohn zurück. Mira zwang sich zu einem Lächeln. Sie hatte jetzt schon keine Lust mehr. Außerdem brannte sie darauf, Dr. Friedmann mit seiner Verbindung zu beiden Opfern zu konfrontieren. Sie trank ihren inzwischen kalten Kaffee aus und versuchte, sich auf die beiden Männer zu konzentrieren.

»Wo haben Sie denn Ihre Frau gelassen?«, fragte Mira bei der Begrüßung.

»Mama wollte nicht mit. Sie meinte, Sie hätten sie schon genug ausgefragt«, sagte Luise Freys Sohn und erntete dafür von seinem Vater einen Knuff in die Seite. Der Teenager gefiel Mira. Er hieß Christoph und machte den Eindruck, als würde er ihre Fragen offen beantworten und sich nicht vorher doppelt und dreifach überlegen, was er sagen durfte und was er besser für sich behielt.

Das Gespräch plätscherte so dahin und brachte keine neuen Erkenntnisse. Schließlich lenkte Mira das Augenmerk auf Valerie, Martins Schwester.

»Ich habe sie nur einmal gesehen«, erzählte Herr Frey. »Aber das hat mir gereicht. Es war auf Klaras und Martins Hochzeit.« Christoph fing an zu grinsen, während sein Vater weitersprach. »Sie trug damals ein Kleid, das wie ein langes Spitzennachthemd aussah. Und sie hatte einen riesigen Blumenkranz auf dem Kopf und kam barfuß in die Kirche. Das müssen Sie sich mal vorstellen!« Er fuhr sich über das Gesicht, als könne er Valeries damaligen Auftritt immer noch nicht fassen.

Christophs Grinsen wurde breiter.

»Dann hat sie auch noch gesungen. Das war gar nicht geplant. Sie ist, als alle zur Kommunion aufstanden, einfach neben den Altar getreten, hat die Arme in die Höhe gerissen und losgelegt. Wenn man das überhaupt singen nennen kann. Das Lied hatte ja weder instrumentale Begleitung noch Text.« Er tippte sich mit dem Zeigefinger gegen die Stirn. »Also, mit der stimmt doch was nicht.«

»Ja, der Singsang war ziemlich schräg«, pflichte Christoph ihm bei. Sein beständiges Grinsen bekam einen verklärten Zug. »Aber das durchsichtige Nachthemd war geil.«

## 21

So langwierig und anstrengend die Gespräche mit Martin Stichs Verwandtschaft auch waren, am Ende des Vormittags hatten Mira und Axel drei Gemeinsamkeiten der Opfer herausgefunden. Dass Klara und Eva denselben Psychotherapeuten gehabt hatten, war schon bemerkenswert. Darüber hinaus waren Eva und Martin im selben Tennisclub Mitglied gewesen und, was noch viel interessanter war, auf dieselbe Schule gegangen. Das hatten sie in den Lebensläufen bisher übersehen, weil Martin Stich das Gymnasium bereits nach der zehnten Klasse mit der Mittleren Reife verlassen hatte. Zum Glück hatten sie dies durch die Gespräche noch entdeckt. Mira hätte sich nur ungern von Eckhard Gneis darauf aufmerksam machen lassen.

Den Tennissport hatten beide nur gelegentlich ausgeübt und waren mit den Jahren immer weniger auf den Platz gegangen. Mira priorisierte die Clubmitgliedschaft deshalb nicht. Erst einmal würde sie sich mit der Schulzeit der Opfer befassen und natürlich mit Dr. Friedmann.

Das Wartezimmer der psychologischen Praxis war klein und gemütlich. In Form von knautschigen Sesseln bot es Platz für drei Personen. Mira ließ sich in einen davon fallen. Das Leder war angenehm kühl. Durch das offene Fenster blickte sie auf den Turm der Ordenskirche. Die Hitze ließ die Luft draußen flirren.

Axel war in der Dienststelle geblieben, um die Unterlagen für den Münchner Fallanalytiker zusammenzustellen und übersichtlich zu ordnen. Mira war dankbar, dass er ihr den Kontakt zu Gneis abnahm.

Als sie gerade nach einer Zeitschrift greifen wollte, wurde sie auch schon aufgerufen.

Der gemütliche Stil setzte sich im Behandlungszimmer fort. Neben einem massiven Holzschreibtisch gab es eine kleine Sitzgruppe und ein monströses Bücherregal. Was fehlte, war die obligatorische Couch.

Dr. Friedmann begrüßte sie mit Handschlag und freundlichem Lächeln. Sein dunkles welliges Haar hatte einen Schnitt nötig und verlieh ihm den Charme eines Lebemannes. Seine Wangen hingegen waren glatt rasiert. Die Markenlogos auf seiner legeren Kleidung legten den Verdacht nahe, dass die Praxis gut lief.

»Setzen Sie sich bitte, Frau Streitberg.« Er deutete mit einer einladenden Geste auf einen der beige gepolsterten Sessel, und sie nahmen Platz. »Was kann ich für Sie tun?«

»Es geht um unseren aktuellen Fall, wir hatten dazu bereits telefoniert.«

Der Psychotherapeut nickte. »Ich kann mir vorstellen, dass solche Ermittlungen sehr belastend sind.«

»Man gewöhnt sich daran.«

»Aber dieser Fall ist anders als Ihre bisherigen, nicht wahr? Neuer Kollege, Unterstützung aus München … Sie müssen sich auf viele neue Gegebenheiten einstellen. Wie fühlen Sie sich damit?«

Mira stutzte. »Woher wissen Sie das?«

»Ihr Praktikant, der den Termin für Sie gemacht hat, hat das am Telefon angedeutet.«

Philipp war ja eine echte Plaudertasche! Erst tratschte er mit Nils über den Fall und jetzt auch noch mit Dr. Friedmann über die Personalstruktur. Sie würde ein ernstes Wörtchen mit ihm reden müssen, sobald sie zurück in der Dienststelle war.

»Mag sein, aber das tut jetzt nichts zur Sache.«

»Nicht?« Der Psychotherapeut wirkte irritiert.

»Natürlich nicht«, antwortete Mira eine Spur zu barsch. Dieses Geplänkel hier zerrte an ihren Nerven, die im Laufe des Tages ohnehin um einiges dünner geworden waren.

»Aber ich dachte, deshalb sind Sie hier?«

»Moment.« Mira betrachtete ihn argwöhnisch. »Sie halten mich für eine Patientin?«

Dr. Friedmann kratzte sich unbehaglich am Hals. »Ja, Ihr

Kollege meinte, das Hinzuziehen dieses Fallanalytikers hätte Ihnen schwer zugesetzt, und Sie bestünden darauf, noch heute mit einem Therapeuten zu sprechen.«

Mira dachte an Philipps Miene, als sie ihn gebeten hatte, Dr. Friedmann anzurufen. Seine beschwichtigenden Worte kamen ihr in den Sinn. In einer Mischung aus Überraschung und Amüsiertheit holte sie tief Luft. Hatte er womöglich gedacht, sie stünde kurz vor einem Nervenzusammenbruch? Falls dem so war, musste sie dringend an ihrem Auftreten arbeiten und daran, welche Signale sie unbewusst in die Welt hinausschickte.

»Ist alles in Ordnung?«, meldete sich da Dr. Friedmann vorsichtig zu Wort. Sie nickte und winkte unwirsch ab.

»Das ist ein Missverständnis. Ich bin nicht wegen meines Wohlbefindens hier oder wegen irgendeinem unerwünschten Fallanalytiker.« Es ärgerte sie noch immer, dass Philipp einem Verdächtigen gegenüber Interna ausgeplaudert hatte. Aber anscheinend hatte er sich Sorgen um sie gemacht, was sie bei allem Groll auch rührte.

»Nicht?« Er straffte sich. »Was kann ich dann für Sie tun?«

»Wo waren Sie, als Eva Wolfram ermordet wurde?«

Mit unergründlicher Miene lehnte er sich in seinem Sessel zurück. Er hätte einen guten Pokerspieler abgegeben.

»Ich habe mich schon gefragt, ob Sie das irgendwann wissen wollen. Bei unserem letzten Gespräch hatten Sie diesen Punkt ausgelassen. Was macht mich nun verdächtiger als damals?«

Versuchte er, ihrer Frage auszuweichen?

»Antworten Sie bitte.«

Ergeben stand er auf und ging zum Schreibtisch, wo er einen schlichten Tischkalender zur Hand nahm. Er blätterte einige Seiten zurück.

»Das muss vor ungefähr zwei Wochen gewesen sein, oder?«

»Ja, sogar genau vor zwei Wochen. Was haben Sie an diesem Freitag gemacht?«

Mit Blick auf den Kalender begann er zu erzählen. »Ein Patient hatte am Vortag kurzfristig den ersten Termin abgesagt, daher bin ich am Morgen etwas später in die Praxis gekommen als üblich. Am Vormittag hatte ich zwei Patienten, einen um neun Uhr dreißig und einen um elf. Gegen halb eins ist René vorbeigekommen, und wir haben zusammen gegessen. Er hatte wieder einmal viel zu viel gekocht, deshalb haben wir Katja gleich mitversorgt.«

»René?«, fragte Mira nach.

»Das ist mein Ehemann. Er ist leidenschaftlicher Koch und probiert zurzeit oft Rezepte aus. Er möchte sich vielleicht mit einem kleinen Restaurant selbstständig machen.«

»Und wer ist Katja?«

»Frau Hörmann. Sie hilft mir hier zweimal pro Woche mit dem Papierkram, meistens dienstags und freitags.«

»Sie kann also bestätigen, dass Sie die ganze Zeit hier waren?«

»Sicher. Soll ich sie rufen? Sie tippt im Nebenzimmer gerade ein Sitzungsprotokoll ab.«

»Ich würde nach unserem Gespräch lieber kurz allein mit ihr sprechen.«

»Von mir aus auch das«, sagte Dr. Friedmann und hob beide Hände, als wollte er sich ergeben. »Verraten Sie mir nun, warum Sie mich plötzlich im Visier haben?«

»Wann haben Sie Eva Wolfram zum letzten Mal gesehen?«

»Das war am Tag vor ihrem Tod, aber das wissen Sie doch bereits, oder? Sie war jeden Donnerstagnachmittag bei mir.«

»Und wann haben Sie Klara Stich zum letzten Mal gesehen?«

Er schien ehrlich verblüfft über Miras Frage zu sein. »Wieso fragen Sie das? Sie ist doch nicht etwa auch …« Er brach mitten im Satz ab, so als wäre sein Verdacht zu schrecklich, um ihn auszusprechen. Sein Pokerface war dahin. Oder gehörte sein Mitgefühl zum Plan, und er war ein guter Schauspieler?

Mira legte den Kopf schief und beobachtete ihn aufmerksam. Er schluckte gut hörbar. Offenbar wurde er sich gerade der Ernsthaftigkeit seiner Lage bewusst. »Frau Stich war schon länger nicht mehr bei mir. Ich dachte aber, das läge daran, dass sie mit ihrer kleinen Tochter zur Kur gefahren ist.« Er legte sich gedankenverloren die Fingerspitzen auf die Lippen und starrte ins Leere.

»Das ist sie auch. Sie hat den Aufenthalt allerdings vor ein paar Tagen abgebrochen. Stimmt es, dass Sie ihr diese Kur empfohlen haben?«

Hatte er Klara Stich womöglich weggeschickt, damit sie ihm beim Mord an ihrem Mann nicht in die Quere kam? Miras Gedanken kreisten wie ein Schwarm Wespen um den Psychotherapeuten, der nun unwohl auf seinem Sessel hin und her rutschte.

»Ja, sie hatte Probleme, sich auf ihre Mutterrolle einzulassen. Das ist keine Seltenheit, nur leider geht unsere Gesellschaft sehr schlecht mit postnatalen Depressionen um. Betroffene fühlen sich schnell unverstanden und unter Druck gesetzt. Ich dachte, es würde Frau Stich guttun, ihrem gewohnten Umfeld eine Weile zu entfliehen, um sich selbst und die Beziehung zu ihrem Kind in Ruhe wahrnehmen zu können. Was ist passiert?«

Mira entschloss sich, noch ein paar Informationen preiszugeben. Wenn Dr. Friedmann etwas mit den Morden zu tun haben sollte, so hatte er sich und seine Rolle als geschockter Vertrauter glänzend im Griff.

»Frau Stich lebt.«

Er schaute Mira gespannt an.

»Es ist ihr Mann, der ermordet wurde.«

»Nun ja, das macht die Sache auch nicht besser«, sagte er ernüchtert.

»Kannten Sie Martin Stich?«

»Nein, ich bin ihm nie begegnet.«

»Wo waren Sie am Dienstagabend?«

Dr. Friedmann streckte die Hand nach seinem Kalender aus, ließ sie jedoch auf halbem Weg sinken.

»Da brauche ich nicht nachzusehen. Ich habe den Abend mit René verbracht. Am Dienstag hatten wir unseren Hochzeitstag.«

»Wie schön für Sie.« Obwohl Mira das ernst und nicht ironisch meinte, zog Dr. Friedmann die Augenbrauen in die Höhe und schaute sie an, als sei er auf der Hut. Verbarg der Doktor etwas, oder hatte er sich wegen seiner Beziehung mit einem Mann einfach schon zu oft dumme Sprüche anhören müssen?

»Wie kann ich Ihren Ehemann erreichen?«

Widerwillig kritzelte er etwas auf einen Zettel und reichte ihn ihr. »Das hier ist unsere Adresse und die private Festnetznummer.«

Sie beschloss, es für heute dabei zu belassen. »Halten Sie sich bitte weiterhin zur Verfügung.«

Er nickte zackig und stand auf. »Kommen Sie, ich bringe Sie zu Frau Hörmann rüber.«

## 22

Als Mira ins Büro zurückkam, war Axel schon gegangen, und Nils saß auf dessen Stuhl. Sie ging an ihm vorbei, ohne ihn zu beachten, setzte sich an ihren Schreibtisch und notierte einige Stichpunkte zu ihrem Gespräch mit Dr. Friedmann. Sowohl Katja Hörmann als auch René Friedmann, den sie von unterwegs aus angerufen hatte, hatten die Aussagen des Psychotherapeuten bestätigt.

»Ich habe auf dich gewartet«, sprach Nils das Offensichtliche aus und lugte über die Bildschirme hinweg zu ihr herüber.

Sie sah nicht auf. »Schön, dann hast du darin jetzt ja schon Übung. Weiter so.«

Mira hörte ein leises Seufzen, und Nils' braunes Haar, das hinter den Monitoren hervorgelugt hatte, verschwand. Verbissen versuchte sie, sich weiter auf ihre Notizen zu konzentrieren, obwohl sie angestrengt auf jedes Geräusch von Nils lauschte. Er schien sitzen zu bleiben. Hatte er etwa nicht verstanden, dass sie nicht mit ihm reden wollte? Wie deutlich musste sie denn noch werden? Stoisch hackte sie auf ihre Computertastatur ein.

»Es tut mir leid, Mira.«

Sie hielt inne. Zwar konnte sie sein Gesicht hinter den Bildschirmen nicht sehen, doch in seiner Stimme lag echtes Bedauern.

»Das sollte es auch«, brummte sie. Gerne hätte sie einfach ihre Arbeit fortgesetzt und ihn ignoriert, aber es gärte in ihr. Sie sprang auf, stützte sich mit beiden Händen auf ihrem Schreibtisch ab und beugte sich zu ihm hinüber. »Wie konntest du so etwas hinter meinem Rücken ausmachen? Du hast mich ins offene Messer laufen lassen!«

»So war das doch gar nicht.«

»Natürlich! Vor vollendete Tatsachen hast du mich gestellt. Du bist eben doch mehr Chef als Freund, wie es aussieht!«

Zu ihrer Überraschung verschränkte er die Arme vor der Brust und sah sie aus schmalen Augen an.

»Was?«, blaffte sie.

»Ich wollte mit dir reden, doch hier im Büro habe ich dich nicht angetroffen. Erst war hier nur Philipp, dann hatte ich einen Termin, und später war gar keiner mehr da. Und ans Telefon gegangen bist du auch nicht.«

Mira erinnerte sich an den entgangenen Anruf während ihres Trainings im Fitnessstudio. Sie hatte nicht zurückgerufen. Kurz biss sie sich auf die Lippe, ehe auch sie die Arme demonstrativ vor der Brust verschränkte. »Ach, da war der Drops doch längst gelutscht! Oder willst du mir weismachen, dass du deinen Kumpel erst nach unserer Besprechung heute Morgen kontaktiert hast?«

»Nein, das will ich nicht. Aber ich konnte ja auch nicht ahnen, dass du so ein störrischer Esel bist. Was ist nun wichtiger, dein Ego oder dass wir diese Mordfälle zügig gelöst kriegen?«

Hatte er das gerade wirklich gesagt? Wutschnaubend starrte sie ihn an. Auch in seinen Augen funkelte Zorn.

»Raus hier!«, schrie sie.

Nils sprang auf. »Gerne, ich habe sowieso das Gefühl, im Kindergarten gelandet zu sein.« Anklagend fuhr er den Zeigefinger aus. »Du bist ein kleines, trotziges Kind, das sich als Hauptkommissarin verkleidet hat!« Dann drehte er sich auf dem Absatz um und stürmte hinaus.

Mira griff nach der SpuSi-Mappe zum Fall Wolfram und schmetterte sie ihm hinterher. Doch sie prallte an der Tür ab, die Nils lautstark hinter sich zugeworfen hatte. Mit der flachen Hand schlug sie auf die Tischplatte und ließ sich dann kraftlos auf ihren Stuhl fallen. Ihr war, als hätte Nils ihren ganzen Elan und ihre Energie mit sich genommen. Mira vergrub das Gesicht in ihren Händen. Was für ein riesengroßer Mist! Einige Zeit saß sie so da, atmete gegen die Tränen an, die sich hinter ihren geschlossenen Lidern sammelten, und fühlte sich schlecht. Schließlich ging sie zur Tür und hob die Mappe auf. Ein paar Bilder waren herausgefallen.

Ihr Blick fiel durch die offene Zwischentür zum Nachbarbüro. Es war leer. Auch sonst regte sich nichts. Mira war froh, dass sich die Kollegen anscheinend schon ins Wochenende aufgemacht und von dem Streit nichts mitbekommen hatten. Sorgsam klebte sie die losen Bilder wieder ein und fing an, ihren Schreibtisch aufzuräumen. Das war ihr kleines Ritual, um die Arbeitswoche abzuschließen. Mira hatte das Gefühl, die ungelösten Fragen der aktuellen Fälle würden ihr weniger leicht ins Wochenende folgen können, wenn sie vorher aufräumte. Diesmal war das aber wohl vergebene Liebesmühe. Zu viele Fragezeichen hingen in der Luft.

Sie fotografierte mit dem Handy die Nummer von Martin Stichs Schwester Valerie ab, nachdem sie ein paarmal vergeblich versucht hatte, sie zu erreichen.

Dann wählte sie die Nummer des Kollegen Winterling, der die ominöse Prepaidnummer orten sollte. Zwar war er noch nicht im Wochenende, aber was er zu sagen hatte, verstärkte Miras Frustration nur noch mehr.

»Da ist nichts zu machen, tut mir leid. Das Handy gibt keinen Mucks von sich. Wahrscheinlich schaltet der Besitzer es nur bei Bedarf ein.«

Der Kollege schien nebenbei etwas zu essen.

Mira versuchte angestrengt, die ausgeprägten Kaugeräusche auszublenden. »Können Sie feststellen, wo es zum letzten Mal eingeschaltet war?«

»Das haben wir schon.« Es folgte eine Pause, in der er erneut von irgendwas abbiss, um dann mit vollem Mund weiterzusprechen. »Die beiden Anrufe, die Ihnen bereits bekannt sind, scheinen bislang die einzigen zu sein, die mit dieser Karte getätigt wurden. Beim ersten muss der Anrufer irgendwo in der Nähe des Klinikums oder am Ostrand von Oberpreuschwitz gewesen sein.« Mira hörte ein Rascheln. »Und beim zweiten war er wohl irgendwo mitten in Bindlach.«

Mira seufzte.

»Ja«, schmatzte der Kollege am anderen Ende der Leitung. »Bringt Ihnen nicht wirklich viel, was?«

»Nein, leider nicht.« Sie notierte sich das Gesagte trotzdem und bat den Kollegen, die Überprüfung fortzusetzen und sich zu melden, sobald das Handy eingeschaltet wurde. Er versprach es mit vollem Mund, und Mira legte entnervt auf.

Nachdenklich lehnte sie sich zurück. Es gab zwei Anrufe und zwei Opfer. Vielleicht war es also ein gutes Zeichen, dass das Handy schwieg. Mira klammerte sich förmlich an diese Überlegung. Sie musste versuchen, positiv zu denken, wenn sie nicht ausflippen wollte.

## 23

Schon seit eineinhalb Stunden lungerte er nun hier im Eingangsbereich des Supermarktes herum. Er hatte beim Bäcker eine Cola getrunken, hatte das Schwarze Brett mit all seinen Aushängen studiert und Pfandflaschen in den Rücknahmeautomaten gesteckt. Langsam gingen ihm die Ideen aus. Er hatte das Gefühl, die Verkäuferin hinter der Bäckereitheke würde ihn schon kritisch beäugen. Das war gar nicht gut.

Mit gemäßigtem Tempo, den Blick auf den Boden gerichtet, verließ er den Supermarkt. Damit sich keiner sein Auto oder gar sein Nummernschild merken konnte, war er zu Fuß hergekommen. Er hatte es für eine geniale Idee gehalten, Lilly hier »rein zufällig« zu begegnen. Doch wo blieb sie nur? In den letzten Wochen war sie jeden Samstagmorgen etwa um die gleiche Zeit hier aufgetaucht, hatte eingekauft, beim Verlassen des Marktes das Schwarze Brett studiert und ein Brot mitgenommen. Warum nicht auch heute?

Verärgert ballte er die Hand zur Faust. Bisher war alles so einfach gewesen. Eva Wolfram hatte sich ihm auf den Präsentierteller gelegt und ihn förmlich eingeladen, sie in den Sarg zu werfen. Eigentlich hatte er vorgehabt, sie auf dem Heimweg zu betäuben und später in den Sarg zu legen, wenn das Bestatter-Ehepaar in den Urlaub gefahren war. Aber so war es noch leichter gewesen, er hatte sich den Einbruch und das Schleppen gespart. Denn betäubt und ohne jegliche Körperspannung wurde selbst eine so zierliche Frau wie Eva zu einer Last, die erst einmal bewegt werden musste.

Deshalb hatte er auch beschlossen, Martin Stich direkt dort zu überwältigen, wo er ihn liegen lassen konnte. An dem Hünen hätte er sich ansonsten womöglich einen Bruch gehoben. Martins Schreie klangen ihm noch in den Ohren. Wie er an die Tür des Kühlraumes getrommelt, wie er gerufen und schließlich gewinselt hatte, all das war Musik für seine Ohren gewesen.

Gut, dass er ihm eine geringere Dosis verpasst hatte als Eva, sonst wäre ihm all das wieder entgangen. Im Bestattungsinstitut hatte er nicht bleiben und darauf warten können, dass sie wieder zu sich kam. Und nun tauchte Lilly einfach nicht auf. Das war ein herber Rückschlag. Sie würde ihm nicht entkommen, da war er sich sicher, trotzdem ärgerte ihn diese unvorhergesehene Verzögerung.

Scheinbar ziellos schlenderte er durch den Stadtteil Hammerstadt, doch in Wahrheit hatte er sein Ziel ganz klar vor Augen. Lillys Wohnung lag in einem der großen Mietshäuser schräg gegenüber dem Kindergarten. Und wie der Zufall es wollte, befand sie sich im Erdgeschoss.

Neugierig spähte er zur Terrassentür. In den letzten Wochen hatte sie die Rollläden stets zur Hälfte geschlossen, vermutlich, um die Sommerhitze nicht hineinzulassen. Nun standen sie offen. Er kniff die Augen zusammen, doch wegen der Vorhänge konnte er im Inneren der Wohnung nichts erkennen. Sollte sie übers Wochenende weggefahren sein? Vielleicht waren die Rollläden heute deshalb nicht bewegt worden?

Gemäß seinen Recherchen war Lilly stets knapp bei Kasse und hielt sich mit allerlei Gelegenheitsjobs über Wasser. Ein Wochenendtrip erschien ihm da nicht besonders wahrscheinlich.

Die schöne, eingebildete Lilly. Er schüttelte sinnend den Kopf. Er hätte wetten können, dass sie sich einen reichen Mann angeln und sich auf den Partys der lokalen High Society herumtreiben würde. Nun ja, ganz falsch hatte er mit dieser Vermutung auch nicht gelegen. Nur dass der reiche Mann sie inzwischen wieder absorbiert hatte. Ihrem jetzigen Lebensstandard nach zu urteilen musste es wohl einen Ehevertrag gegeben haben, der nicht gerade zu ihren Gunsten ausgefallen war.

Aufgeregtes Bellen ertönte. Ein Chihuahua kam mit aufmüpfig erhobenem Haupt auf ihn zugesprungen und zerrte an der Leine seines Frauchens, als wollte er ihn anfallen. Am liebsten wäre er auf den kleinen Scheißer draufgetreten. Die alte Dame am anderen Ende der Leine lächelte entschuldigend.

»Mumpfi, sei brav. Lass den netten Mann in Ruhe«, tadelte sie ihn mit liebevollem Blick.

Mumpfi. Damit war der Köter gestraft genug. Er würde ihn wohl doch nicht zertreten. Außerdem musste er unauffällig bleiben, nicht dass die alte Dame noch bemerkte, dass er gar kein netter Mann war. Mühsam überwand er seine Abscheu und beugte sich zu dem kleinen Kläffer hinunter. Statt ihm den Hals umzudrehen, streichelte er ihm kurz über den schmalen Rücken. Die alte Dame lächelte selig.

## 24

Mira wurde vom Piepsen ihres Handys geweckt. Verschlafen tastete sie auf ihrem Nachtkästchen danach und sah blinzelnd auf den Bildschirm. Es war eine Nachricht von Nils. Hatte er ihr gestern etwa noch nicht genug an den Kopf geworfen und wollte nun übers Handy noch ein paar Vorwürfe nachlegen? Lustlos rief sie den Text auf, doch was da stand, nahm ihr wider Erwarten den Wind aus den Segeln.

»Es tut mir leid, Mira. Ich hätte das vorher mit dir besprechen sollen. Kommt nicht wieder vor. Können wir uns bitte wieder vertragen? Kuss, Nils«.

Natürlich würde sie sich wieder mit ihm vertragen. Aber noch grollte der Zorn in ihrem Inneren wie eine Gewitterwolke. Sie würde ein bisschen Zeit brauchen. Und dass am Montag der Fallanalytiker aus München bei ihnen aufkreuzen würde, verkürzte diesen Zeitraum nicht gerade. Im Gegenteil. Wenn sie an die bevorstehende Zusammenarbeit dachte, hatte sie das Gefühl, ihre kleine böse Gewitterwolke würde sich gerade erst häuslich einrichten und noch lange nicht daran denken zu verschwinden.

Sie blickte aus dem Fenster. Strahlender Sonnenschein lag über der Stadt. Da würde sie bei ihrer Tour heute ganz schön ins Schwitzen kommen. Doch das würde sie nicht abhalten. Sie sehnte sich danach, mit ihrer Ducati unterwegs zu sein und sich in die Kurven der Fränkischen Schweiz zu legen. Doch erst einmal brauchte sie einen Kaffee. Außerdem wollte sie noch mal versuchen, Martin Stichs Schwester anzurufen. Sie würde sich am Montag von diesem Münchner Schnösel sicherlich nicht aufs Brot schmieren lassen, dass sie das noch nicht erledigt hatte.

Da sie Valerie Stich bislang nicht erreichen konnte, war sie fast überrumpelt, als sie nun gleich nach dem zweiten Klingeln ans Telefon ging. Sie hatte das Handy auf Lautsprecher gestellt und auf die Küchentheke gelegt.

Hastig bugsierte Mira die Kaffeekanne zurück in die Maschine und grabschte nach dem Handy. »Guten Tag, Frau Stich. Hier ist Mira Streitberg von der Kripo Bayreuth. Entschuldigen Sie bitte die Störung am Wochenende, aber ich konnte Sie gestern nicht erreichen.«

»Hallo, ja, ich war den ganzen Tag im Wald unterwegs. Was kann ich für Sie tun?«

Valerie Stich wirkte sehr freundlich. Nach den abfälligen Bemerkungen der Familie war Mira positiv überrascht.

»Ich möchte mit Ihnen über Ihren Bruder sprechen.«

»Das dachte ich mir schon.« Ein trauriger Unterton lag in ihrer Stimme. »Kommen Sie doch vorbei, wenn Sie möchten.«

Einerseits wollte Mira das Gespräch mit Stichs Schwester gerne abhaken, andererseits rief ihre Ducati nach ihr.

»Wo wohnen Sie denn?«

»In Gößweinstein.«

Jackpot! Vielleicht gab es doch ein paar gute Geister, die Mira nach dem ganzen Aufruhr wohlgesinnt waren. Dass Valerie Stich in der Fränkischen Schweiz wohnte, hätte sie nicht zu hoffen gewagt.

»Wenn Ihnen das zu weit ist, kann ich auch am Montag zu Ihnen aufs Präsidium kommen.«

»Nein, nein«, beeilte Mira sich zu sagen. »Wann passt es Ihnen?«

»Ich bin heute tagsüber im Garten beschäftigt. Kommen Sie einfach irgendwann vorbei.«

Mira notierte sich die Adresse, legte auf und widmete sich endlich ihrem Kaffee. Dann schlüpfte sie in ihre Motorradkombi und machte sich auf den Weg.

Im Westen waren ein paar Wolken am Himmel aufgetaucht, doch auch dieser Sommertag würde heiß werden. Vielleicht konnte sie später irgendwo auf ein kühles Radler einkehren. An Möglichkeiten dafür mangelte es an der Fränkischen Bierstraße ja nicht.

Die Adresse, die Valerie Stich ihr gegeben hatte, führte Mira um die Mittagszeit zu einem alten Bauernhaus am Rand von Gößweinstein. Der Putz blätterte an einigen Stellen von den Wänden. Trotzdem wirkte das kleine Anwesen nicht heruntergekommen. Auf den Fensterbrettern blühten rote Geranien, und neben der Haustür lud eine rustikale Holzbank zum Verweilen ein.

Auf Miras Klingeln reagierte niemand. Sie drückte die Klinke des Gartentürchens hinunter. Es war offen, und sie ging hinein. Auch das Klingeln an der Haustür bewirkte nichts, obwohl Mira das Schrillen, das der kleine weiße Knopf auslöste, hier draußen deutlich hören konnte. Ratlos stand sie vor der Tür. Hatte Valerie Stich nicht gesagt, sie hätte im Garten zu tun? Kurz entschlossen ging sie um die Hausecke und stieß dort auf einige Gemüsebeete. Noch eine Hausecke weiter fand sie schließlich die Hausherrin. Sie saß an einer Biertischgarnitur mitten im Garten unter einem knorrigen Apfelbaum. Auf dem Tisch standen allerlei Gläser und Flaschen, und drum herum lagen verschiedene grüne Büschel ausgebreitet.

»Guten Tag!« Mira machte sich schon von Weitem bemerkbar, um sie nicht zu erschrecken.

»Ach, hallo! Sie haben mich gefunden.« Valerie Stich wischte sich die Hände an einem Tuch ab und begrüßte Mira lächelnd. Sie trug eine kurze Jeans, die sie wohl selbst abgeschnitten hatte, eine Leinentunika mit bunter Stickerei am Kragen und eine Sonnenbrille mit kreisrunden orangen Gläsern. Die nahm sie nun ab und legte sie zwischen die Gras- und Blumenbüschel auf den Tisch. »Setzen Sie sich. Möchten Sie etwas trinken?«

Mira nickte. Wie erwartet war sie mit Motoradkombi und Helm etwas ins Schwitzen gekommen.

Valerie Stich verschwand im Haus, dessen Rückseite fast komplett von Efeu bewachsen war. Wenig später kam sie mit einem Krug und zwei Gläsern zurück. »Ich hoffe, Sie mögen Holunder.«

Mira nickte erneut. Ihr Haar klebte ihr verschwitzt am Kopf. In diesem Moment hätte sie alles getrunken.

Valerie schenkte ihnen beiden ein. Im Krug schwammen zwei Orangenscheiben. Mira überlegte kurz, wie hygienisch es war, sie inklusive Schale ins Getränk zu geben. Doch bevor ihre Gedanken zu Kassenbändern und Krankheitserregern abschweifen konnten, siegte der Durst. Und es schmeckte köstlich.

»Ich habe den Sirup selbst gemacht.«

»Mhmm, wirklich sehr gut.«

Valerie Stich setzte sich Mira gegenüber auf die Bierbank und fuhr fort, Kräuter zu zerschnippeln und in Einmachgläser zu füllen. »Sie sind aber nicht hier, um mit mir über Holunderblütensirup zu sprechen«, stellte sie nach kurzem Schweigen fest. »Was möchten Sie wissen?«

»Erzählen Sie mir etwas über Ihren Bruder. Mein herzliches Beileid übrigens zu seinem Tod.«

»Danke. Nun ja, er war ein ziemlicher Arsch.«

Mira horchte auf. Sie musste recht überrascht aussehen, denn Valerie Stich lächelte schief, als sich ihre Blicke trafen. In ihrem Gesicht rangen verschiedene Emotionen miteinander.

»Mir wurde erzählt, Sie beide hätten ein gutes Verhältnis gehabt und dass er Sie immer in Schutz genommen hat.«

»Ja, das hat er. Ich bin mir selbst nicht sicher, warum. Manchmal denke ich, es war, weil er insgeheim wusste, dass nicht ich das schwarze Schaf der Familie bin, sondern er. Oder vielleicht, weil ich die Einzige war, die ihm immer offen die Meinung gegeigt hat. Ich weiß es nicht.« Sie wischte sich eine Träne aus dem Augenwinkel. »Ich hab ihn geliebt. Aber man muss es einfach so sagen, er war ein Arsch.« Sie schnaubte, und Mira war sich nicht sicher, ob es ein verunglückter Lacher war oder Empörung ausdrücken sollte.

»Was meinen Sie damit? Hat er seine Frau schlecht behandelt?«

»Nein, nein, auf keinen Fall.« Valerie Stich winkte ab. »Klara und Anni waren sein Ein und Alles.« Sie nahm einen Schluck von der Holunderblütenlimonade. »Aber zu anderen war er oft garstig. Er hatte ein Gespür dafür, wenn jemand in irgendeiner Art und Weise schwächer war als er.«

»Reden wir hier von Mobbing?«

»Ja, Mobbing und Schikane. Seine Verkäuferinnen zum Beispiel sind ihm immer schnell wieder weggerannt. Obwohl er, seit er mit Klara zusammen war, ruhiger geworden war. Beim Ausgehen hatte er vorher regelmäßig Schlägereien angezettelt. Einmal warf er sogar einen Rollstuhlfahrer um. Daraufhin habe ich lange Zeit den Kontakt zu ihm abgebrochen. Erst später, etwa um die Zeit, als er Klara kennengelernt hat, habe ich ihn wiedergesehen und auch wieder gelegentlich Kontakt zu ihm gehabt.«

Meine Güte! Was die Schwester da erzählte, warf ein völlig neues Licht auf den Familienvater. Wenn es stimmte, hatte sie hier einen ganzen Haufen an potenziellen neuen Verdächtigen. Jedes von Martin Stichs Mobbingopfern käme in Frage.

»Wann hat denn das angefangen? War er in der Schulzeit auch schon so schwierig?«

»Allerdings. Ich glaube, als er nach der Zehnten vom Gymnasium abging, waren alle erleichtert, Schüler und Lehrer gleichermaßen. Vor ihm war damals keiner sicher.«

## 25

Nachdenklich rollte Mira mit ihrer Ducati von Valerie Stichs Hof. Die Schilderungen über ihren Bruder waren mehr als aufschlussreich gewesen. Der Kerl schien ein enormes Egoproblem gehabt zu haben. Regelmäßig hatte er andere klein und niedergemacht. Mira hoffte inständig, dass Klara Stich bald ansprechbar sein würde. Nach dem Gespräch mit der Schwester brannte sie geradezu darauf, etwas über die Sicht der Ehefrau zu erfahren. Eine Anzeige wegen häuslicher Gewalt hatte es nie gegeben, und auch Valerie Stich hatte kategorisch ausgeschlossen, dass ihr Bruder Klara schlecht behandelt hatte. Trotzdem würde ein Gespräch mit der Witwe vielleicht neue Erkenntnisse bringen.

Mira atmete tief durch. Sie durfte sich nicht dazu hinreißen lassen, voreilige Schlüsse zu ziehen, musste in alle Richtungen weiterermitteln und offenbleiben. Auch wenn sich die Idee eines Racheaktes nun geradezu aufdrängte. War es einem seiner Mobbingopfer zu viel geworden? Hatte jemand unbarmherzig zurückgeschlagen? Möglich, doch wie passte Eva Wolfram in dieses Bild? Sie schien das krasse Gegenteil von Stich gewesen zu sein.

Valerie Stich hatte sie mit Schnittlauchbroten und Tomaten aus ihrem Garten verköstigt. Mira verwarf deshalb ihren ursprünglichen Plan, irgendwo einzukehren. Trotzdem rollte sie gemächlich nach Gößweinstein hinein.

Der Kern des Wallfahrtsorts empfing sie mit typisch fränkischen Fachwerkhäusern, die trotz ihrer traditionellen Erscheinung herausgeputzt wirkten. Viele Fassaden waren frisch gestrichen, und auf den Fensterbänken leuchteten Geranien. Spontan beschloss Mira, einen Stopp einzulegen und sich die Basilika anzusehen. Viele Ausflügler saßen um diese Zeit vermutlich noch bei Schäufele und Kloß in den Gaststätten, trotzdem war bereits unheimlich viel los.

Sie spazierte die kurvenreiche Straße in Richtung der Basilika hinauf. Unterwegs kaufte sie sich ein Eis, und in der Ferne leuchtete die Burg, die auf einem Berg oberhalb thronte, hell in der Sommersonne. Mira stellte zufrieden fest, dass man seine Wochenenden durchaus unangenehmer verbringen konnte. Trotz der erfrischenden Zitroneneiscreme wurde ihr schnell warm in ihrer Lederkombi. Deshalb steuerte sie eilig die Basilika an. Auf dem Vorplatz blieb sie noch einmal kurz stehen und ließ ihren Blick am Gebäude emporwandern. Der Bau war erhaben und wunderschön. Das helle Beige der Fassade verlieh der Kirche einen freundlichen Charme. Wenige goldene Akzente glänzten nur dezent, da die Fassade im Schatten lag.

Mira befürchtete, dass ihr die Kirche von innen weniger gefallen würde, da der Pomp des Barocks nicht unbedingt ihren Geschmack traf. Doch die Hitze, die sich unter ihrem Motorradanzug sammelte, trieb sie hinein.

Angenehme Kühle empfing sie und wurde durch das Weiß, das den Innenraum dominierte, noch unterstrichen. Reich an Stuck und verschnörkelten Ornamenten wölbte sich die Decke über den Besuchern, und Mira musste zugeben, dass das Zuckerbäckerensemble seinen Charme hatte. Interessiert drehte sie eine Runde durch das Kirchenschiff.

Vor dem bekannten Gnadenbild herrschte reges Gedränge. Eine Gruppe Wallfahrer stand davor und ließ sich von einer Reiseleiterin die Legende erzählen, nach der das Bildnis, das Marias Krönung durch die Dreifaltigkeit zeigte, eigentlich nach Bamberg hätte geschafft werden sollen. Trotz vier starker Ochsen, die damals vor den Karren gespannt geworden waren, hatte es sich jedoch nicht bewegen lassen. Ein göttliches Zeichen, dass die Lindenholzfiguren eben nach Gößweinstein gehörten, wie die Reiseleiterin lächelnd betonte. Auch Mira musste grinsen. Sie mochte solche Geschichten.

Nach ihrem Besuch in der Basilika schlenderte sie zu ihrer Ducati zurück. Die Burg würde sie ein andermal besuchen. Stattdessen wollte sie noch ein bisschen das Fahrgefühl auf den kurvenreichen Straßen der Fränkischen Schweiz genießen. In der Heimat ihrer Kindheit, dem Taunusgebiet, gab es auch schöne Motorradstrecken, aber die Fränkische Schweiz war diesbezüglich ein wahres Eldorado. Regelmäßig kabbelte sie sich mit ihrer Schwester, wo man besser fahren konnte. Sie sollte Leni unbedingt mal wieder zu sich einladen, um sie doch noch zu überzeugen.

Einige Zeit später bog Mira auf einen der vielen Wanderparkplätze ab, mit der die Gegend gespickt war. Sie trank einen Schluck Wasser und zog ihr Handy aus der Tasche, um zu sehen, wie spät es war. Statt der Uhrzeit sprangen ihr jedoch zwei entgangene Anrufe von Nils ins Auge. Sie hatte sich seit seiner Entschuldigungsnachricht noch nicht bei ihm gemeldet. Kurz haderte sie mit sich, dann wählte sie seine Nummer. Er ging sofort ran, fast so, als hätte er auf ihren Anruf gewartet.

»Hallo, Mira. Schön, dass du zurückrufst.«

»Hallo. Nur um das klarzustellen: Ich bin trotzdem noch sauer auf dich.«

Sie meinte, ihn schmunzeln zu hören.

»Ich weiß.«

Erhitzt strich sie sich das Haar aus dem Gesicht. Doch der Wind machte ihre Bemühungen augenblicklich wieder zunichte.

»Ich wollte dich fragen, ob du vielleicht heute Abend mit Eckhard und mir essen gehen möchtest. Er ist bereits unterwegs hierher. Vielleicht ist es gut, wenn ihr euch vorab kennenlernt.«

Mira presste die Lippen aufeinander. Ihr war durchaus klar, dass Nils' Idee gut gemeint und objektiv betrachtet vermutlich auch gar nicht so schlecht war. Aber der Gedanke, den unerwünschten Fallanalytiker nun auch noch zwei Tage früher zu treffen als notwendig, löste sofort Widerwillen in ihr aus.

»Es ist nur ein Vorschlag«, sagte Nils in ihr Schweigen hinein. »Er kommt am Nachmittag mit dem Zug in Bayreuth an und ist in dem neuen Hotel am Bahnhof untergebracht. Wir könnten später zusammen mit ihm Sushi essen gehen oder in den Biergarten in der Friedrichstraße, den du so magst.«

Nils zog alle Register, doch selbst die Aussicht auf ein kühles Radler unter den Bäumen ihres Lieblingsbiergartens konnte Mira nicht locken.

»Ich weiß, du meinst es gut«, antwortete sie zögerlich. »Aber ich habe wirklich absolut gar keine Lust.«

»Hmmm, hab ich mir ehrlich gesagt schon gedacht. Aber einen Versuch war es wert.« In Nils' Stimme lag weder Enttäuschung noch Groll.

Wenn man mal von diesem Alleingang mit Gneis absah, war er echt ein toller Kerl.

»Mira, wenn Eckhard blöd wäre, hätte ich ihn nicht dazugeholt. Du brauchst keine Bedenken haben.«

»Schon okay. Wir sehen uns am Montag, ja?«

»Okay, bis dann.«

»Bis dann.« Sie drückte auf den roten Hörer. Am liebsten hätte sie das Handy vor Wut auf den Waldboden des Parkplatzes geschmettert. Nils hatte leicht reden. Es war ja nicht sein Fall, der zerpflückt werden sollte. Und es war damit auch nicht er, der durch einen Spezialisten aus München quasi degradiert wurde. Ob dieser Eckhard Gneis freundlich war oder nicht, war ihr im Grunde völlig egal. Seine pure Anwesenheit ging ihr gegen den Strich. Hatte Nils mit seinem Anruf bei ihm doch bewiesen, dass er ihr das Lösen dieser Mordfälle nicht zutraute.

Bei dem Gedanken machte sich ein bitterer Geschmack in ihrem Mund breit. Schaller hatte Druck gemacht, okay. Aber was für ein Zeichen setzte Nils damit, dass er daraufhin einen Externen hinzuholte? Deutlicher hätte er gar nicht zeigen können, dass er an ihr zweifelte. Er hatte sie vor den Kollegen und der Staatsanwaltschaft bloßgestellt. Ihr verletzter Stolz nagte so vehement an ihr, dass es fast körperlich schmerzte. Und das Schlimmste daran war, dass sie selbst auch an sich zweifelte. Das ungute Gefühl hatte sich eingeschlichen, seit Gruber weg war. Der Kollege hatte immer gewusst, wo es langging und was zu tun war. Ohne seinen Rat und seine Erfahrung verspürte Mira neuerdings eine Unsicherheit, die sie nicht für möglich gehalten hätte. Wahrscheinlich setzte ihr die Sache mit Gneis deshalb so zu. Sie hätte von Nils Bestärkung gebraucht, dass sie diese kniffligen Fälle auch ohne Gruber meistern konnte. Stattdessen hatte er den Fall in Münchner Hände gelegt.

Dann schob sie ihr Handy in ihre Tasche zurück. Es hatte keinen Sinn, sich von diesem Eckhard das Wochenende verderben zu lassen. Liebevoll fuhr sie mit den Fingerspitzen über die gelb-schwarze Lackierung ihrer Ducati, stülpte sich den Helm über den Kopf und saß wieder auf. Nichts ließ sie besser abschalten, als auf ihrem Bike durch die Pampa zu jagen. Am Montag würde sie sich mit Eckhard Gneis auseinandersetzen, aber keine Sekunde früher!

Waghalsig legte sie sich in eine Kurve. Es fehlte nicht viel, und ihr Knie hätte den Asphalt gestreift. Kaum war sie wieder in der Senkrechten, gab sie Gas und raste ihren trüben Gedanken davon.

## 26

Er parkte den Wagen in dem Waldstück, das direkt an das kleine Dorf angrenzte, in dem Lillys Eltern wohnten. Mit Basecap, Rucksack und Walkingstöcken ausgerüstet, würde man ihn sicherlich für einen Wanderer halten. Immerhin lag mit der Gänskopfhütte ein beliebtes Ausflugsziel ganz in der Nähe, und die sommerlichen Temperaturen luden dazu ein, den Sonntag im Freien zu verbringen. Deshalb hoffte er auch darauf, Lilly im elterlichen Garten zu erspähen, wenn sie denn hier sein sollte.

Während er in den Ort hineinspazierte, ließ er seinen Blick unauffällig schweifen. Einige der Häuser erweckten den Eindruck, leer zu stehen. Die Landflucht machte augenscheinlich auch vor fränkischer Idylle nicht halt. Dann trat eine ältere Frau aus einem Bauernhaus, das ebenso verlassen aussah wie die Nachbargebäude, und er erschrak. Offensichtlich hatte er die Wohnsituation falsch eingeschätzt. Er musste vorsichtiger sein. So kurz vor dem Ziel durfte er sich keine Fehler erlauben.

Die Frau trug ein Kopftuch und eine geblümte Kittelschürze und wirkte wie aus der Zeit gefallen. Sie beobachtete ihn mit unverhohlenem Interesse. Er tippte sich zum Gruß an die Mütze und lächelte freundlich. Erleichtert registrierte er kurz darauf im Augenwinkel, dass sie sich abwandte und über den Hof schlurfte. Er drehte sich nicht noch einmal nach ihr um, um nicht neugierig zu wirken. Mit betont wippenden Schritten ging er weiter. Nur nicht auffallen.

Lillys Elternhaus lag leider recht zentral im Ortsinneren, nicht optimal für eine unauffällige Observation. Doch wenigstens erlaubte ihm die Straßenführung, direkt am Garten entlang den nächsten Hügel hinaufzuwandern. Nach einigen Schritten blieb er stehen, drehte sich einmal um die eigene Achse und tat, als würde er die Umgebung genießen. Dabei sah er in den Garten und entdeckte ein älteres Ehepaar auf der Terrasse. Tassen standen auf dem Tisch, die Frau hielt ihr Gesicht mit geschlossenen Augen in die Morgensonne, der Mann blätterte in einer Zeitschrift.

Das mussten Lillys Eltern sein. Da sie keinerlei Notiz von ihm nahmen und er ansonsten niemanden entdeckte, nutzte er den Moment, um das Anwesen genauer zu betrachten. Im Obergeschoß waren an einem Fenster die Rollläden geschlossen. Das konnte bedeuten, dass dort noch jemand schlief. Andererseits stand auf dem Frühstückstisch keine dritte Tasse. Einen eindeutigen Hinweis, dass Lilly hier war, entdeckte er nicht.

Unverrichteter Dinge wandte er sich vom Haus ab und marschierte weiter bergauf. Er würde weiterlaufen, bis er außer Sichtweite war, und dann nach einer kurzen Pause kehrtmachen. Schade, dass Lilly kein Auto besaß, so hätte er nur Einfahrt und Garage überprüfen müssen.

Er biss ärgerlich die Zähne aufeinander, während er bergauf stapfte. Verdammt! Mira Streitberg war sicherlich nicht das hellste Licht am Kronleuchter der Bayreuther Kripo. Aber früher oder später würde sie ihm auf die Schliche kommen. Hätte er sich nur nicht so viel Zeit gelassen und dieses Projekt zügiger abgewickelt! Aber er hatte es genießen, ja auskosten wollen, seine Opfer dabei zu beobachten, wie sie ahnungslos vor sich hin lebten, während ihr letztes Stündlein bereits geschlagen hatte. Dann kam er sich vor wie eine Katze, die mit dem Mäuschen spielte, bevor sie ihm letztendlich den Garaus machte. War das denn nicht das Schönste daran, mit ihnen zu spielen und sie insgeheim zu verhöhnen, so wie sie es mit ihm getan hatten? Beinahe erregte es ihn, endlich die Fäden in der Hand zu halten, an denen ihre armseligen Leben hingen. Bei dem Gedanken schlich sich ein Lächeln auf seine Lippen.

Er blieb stehen und atmete tief ein. Für einen Augenblick genoss er tatsächlich die Natur um sich herum. Die fernen Bäume wiegten sich im Wind, Hummeln taumelten von einer Blüte am Wegesrand zur anderen, und ein Dompfaff saß neben ihm in einem Hagebuttenstrauch und betrachtete ihn interessiert mit seinen kleinen Knopfaugen.

Er erwiderte den Blick des Vogels und scheuchte ihn dann

mit einem Satz nach vorne davon. Befriedigt sah er ihm nach und nahm sich fest vor, sich seinen Triumph nicht durch Sorgen trüben zu lassen. Er würde sie schon kriegen. Schließlich musste der Gerechtigkeit Genüge getan werden.

Mit neuem Mut drehte er sich um und schlenderte den Hügel wieder hinunter.

## 27

»Hast du den Profiler schon gesehen?«, fragte Axel sie am Montagmorgen flüsternd über die Bildschirme hinweg.

Mira schüttelte den Kopf. »Du?«

»Nein, aber ich bin schon gespannt!«

Im Gegensatz zu ihr wirkte Axel freudig erregt. Mira versuchte, sich wieder auf ihren Posteingang zu konzentrieren. Doch da poppte mit einem zaghaften »Pling« die Ankündigung der Teambesprechung auf dem Bildschirm auf. Axel begann sofort, geschäftig in seinen Schreibtischschubladen zu wühlen und Unterlagen zu ordnen. Meine Güte, wie verhielt er sich denn erst vor einem Date, wenn ein Meeting ihn schon so in Aufruhr versetzte?

»Ich bin bereit«, verkündete er strahlend und sprang auf.

»Du bist ja ganz heiß auf den Kerl. Hast du Blumen besorgt?«

Seine Miene verfinsterte sich nur kurz. »Ist doch toll, dass so eine Koryphäe wegen unserer Fälle nach Bayreuth kommt. Bestimmt können wir viel von ihm lernen.«

»Ich kann's kaum erwarten.« Mira stand ebenfalls auf. Gemeinsam gingen sie zum Besprechungsraum schräg gegenüber.

Sylvia und Philipp waren bereits da. Interessanterweise standen sie vor der geöffneten Tür herum, statt sich drinnen an den großen runden Tisch zu setzen. Hier schienen alle einen Riesenrespekt vor diesem Fallanalytiker zu haben.

Sie begrüßten sich auf dem Gang. Philipp sah Mira abwartend an wie ein neues Haustier, das zum ersten Mal auf die Nachbarskatze stößt.

»Ich war übrigens nicht bei Dr. Friedmann, um mich therapieren zu lassen, sondern wegen unseres Falls«, sagte sie halblaut zu ihm.

»Oh.«

»Einem Zeugen und Verdächtigen gegenüber Interna unserer Ermittlungen preiszugegeben, war keine gute Idee. Aber ich finde es süß von dir, dass du dir Sorgen um mich gemacht hast«, flüsterte Mira versöhnlich. »Nervig zwar, aber auch ein bisschen süß.«

Philipp grinste ein wenig verlegen. Mira spürte, dass wieder alles in Ordnung war zwischen ihnen, und das fühlte sich erstaunlich gut an. Immer wieder musste sie feststellen, dass Differenzen mit Kollegen ihre Laune stark beeinflussten, auch wenn sie sich lieber cool gab. Betont gelassen schlenderte Mira vor den anderen in das Besprechungszimmer, ließ sich auf einen der Stühle fallen und verschränkte die Hände hinter dem Kopf.

Auf dem Gang wurden Stimmen laut. Mira widerstand dem Impuls, ihre lockere Haltung wieder aufzugeben. Auch die Kollegen starrten gebannt zur Tür. Doch statt eines Profiling-Gotts steckte Nils den Kopf herein.

»Mira, kommst du mal bitte?«

Sie erhob sich langsam und schritt unter den neugierigen Blicken von Axel, Philipp und Sylvia zur Tür hinaus. Dort stand Nils mit einer rundlichen Dame, die ihr vage bekannt vorkam, und einem Mann in Grau. Das Haar hatte er sich abrasiert, und in seiner Glatze spiegelte sich das Licht der Deckenlampe. Davon abgesehen war alles an ihm steingrau, von der runden Brille über den Anzug bis hin zu den Schuhen. Seine ausdruckslose Miene passte perfekt dazu.

»Das ist Eckhard Gneis«, stellte Nils ihn überflüssigerweise vor, und Miras Gedanken kreisten um die Tatsache, dass sogar der Name des Fallanalytikers gewissermaßen steingrau war.

Sie und Gneis nickten einander zu.

»Die Dame hier kennst du ja schon«, ergänzte Nils. Mira lächelte sie an und streckte ihr die Hand entgegen. So fiel hoffentlich nicht auf, dass sie ihr zwar bekannt vorkam, Mira jedoch gerade keinen blassen Schimmer hatte, wo sie sie schon einmal gesehen hatte. Glücklicherweise half ihr die Frau mit ihrer Redseligkeit schnell auf die Sprünge.

»Entschuldigen Sie bitte, Frau Hauptkommissarin, dass mein Mann und ich am Freitag nicht kommen konnten. Er liegt immer noch krank im Bett. Das kennen S' ja, bei den Männern dauert ein Schnupfen meist etwas länger.«

Mira schmunzelte in sich hinein. Frau Stich kam ihr gerade recht. »Kommen Sie doch bitte mit in mein Büro, da können wir ungestört reden. Möchten Sie einen Kaffee?« Sie wies ihr den Weg. Kurz bevor sie die Tür erreichten, wandte Mira sich zu den beiden Männern um. »Fangt ruhig schon mal ohne mich an. Ich bin sicher, ihr werdet sowieso nichts besprechen, was ich nicht schon weiß.«

Gneis' Gesichtsausdruck bekam einen verkniffenen Zug, und Nils ließ tadelnd eine Augenbraue emporschnellen. Rasch wandte Mira sich ab und verschwand mit Frau Stich in ihrem Büro. Die Tür schloss sie betont leise, da sie Nils nicht noch unnötig reizen wollte. Auch wenn ihr diese kleine Episode eben durchaus den Tag versüßt hatte.

»Bitte setzen Sie sich«, sagte sie und zog Axels Stuhl heran.

Frau Stich nahm umständlich darauf Platz und zupfte ihren schwarzen Faltenrock zurecht.

»Schön, dass Sie gekommen sind. Das alles muss sehr schwer für Sie sein.«

Sie nickte und starrte bekümmert auf den Fußboden. Mira ließ ihr Zeit. Egal, wie alt Martin Stich gewesen war. Diese Mutter hatte ihr Kind verloren, und das war ein Schmerz, den Mira nicht ermessen konnte.

Schließlich riss sich Frau Stich vom Anblick des Fußbodens los und schaute Mira an. »Nachdem die anderen am Freitag bei Ihnen waren, habe ich natürlich ein bisschen rumgefragt. Ich wollte wissen, wofür Sie sich interessiert haben, in welche Richtung Sie ermitteln …« Sie brach ab und fing an, in ihrer Handtasche zu kramen. Obwohl sie nicht groß war, brauchte Frau Stich lange, bis sie fand, was sie suchte. Sie förderte ein Foto zutage, warf einen kurzen, wehmütigen Blick darauf und reichte es Mira.

Auf dem Bild waren vier Teenager abgelichtet, die die Arme umeinander gelegt hatten, um vor der Kamera zu posieren. Einer davon war vermutlich Martin Stich. Mit etwas Phantasie erkannte Mira ihn am Stiernacken. Der zweite Junge auf dem Foto war schlaksig und hatte rotblondes Haar.

»Ist das Martin?«, fragte sie zur Sicherheit nach und deutete auf den bulligen Kerl.

Frau Stich nickte. »Da war er im letzten Schuljahr. Die drei anderen waren seine besten Freunde. Ich dachte ja, er würde Lilly irgendwann heiraten.« Sie deutete auf das blonde Mädchen zu seiner Linken. »Vielleicht ist das auch der Grund, warum er den Kontakt abgebrochen hat, als er Klara kennenlernte. Ich glaube, sie war ein bisschen eifersüchtig. Vielleicht sogar zu Recht.«

Eifersucht. Ein klassisches Mordmotiv. Aber konnte das sein? Bisher hatte sie Klara Stich eher als Opfer denn als Täterin gesehen. Der Tod ihres Mannes hatte sie völlig aus der Bahn geworfen. Oder war es womöglich eher eine schreckliche Tat, die sie so paralysiert hatte? Der Spruch »Am Ende bist du doch allein« konnte jedenfalls zu einem Mord aus Eifersucht passen. Miras Gedanken rasten.

»Wie geht es Klara denn inzwischen?«, fragte sie in bemüht ruhigem Tonfall.

Die Miene von Frau Stich wurde noch eine Spur bekümmerter, soweit das überhaupt möglich war. »Sie haben es ja gesehen, die Ärmste ist völlig verstört. Luise, ihre Schwester, war übers Wochenende bei ihr. Sie erzählte mir, dass Klara am Sonntagmorgen nicht mal mehr aufstehen wollte. Sie lag apathisch im Bett und reagierte weder auf Luises Worte noch auf den Hunger der kleinen Anni. Da wusste sie sich nicht mehr zu helfen und hat Klaras Psychotherapeuten angerufen.«

Mira horchte auf. »Dr. Friedmann?«

»Genau. Er ist dann gleich gekommen. Bis zum Mittag hatte er sie zumindest so weit, dass sie aus dem Bett raus ist und sich angezogen hat.«

Mira ertappte sich dabei, wie sie das hintere Ende ihres Bleistifts kaputtkaute, und warf ihn auf den Schreibtisch. Das klappernde Geräusch ließ Frau Stich zusammenzucken.

Sie griff erneut nach dem Foto. »Diese Lilly«, nahm sie den

Faden von vorhin wieder auf. »Sie sagten, Martin hätte keinen Kontakt mehr zu ihr gehabt?«

»Nicht dass ich wüsste, nein.«

»Kennen Sie ihren vollen Namen?«

»Sie heißt Elisabeth Dorn. So hieß sie auch früher schon. Sie war einige Zeit mit einem Chirurgen vom Klinikum verheiratet, aber nach der Scheidung hat sie dann wieder ihren Mädchennamen angenommen. Das hat mir ihre Mutter erzählt, die treffe ich manchmal zufällig in der Stadt. Wie das eben so ist. In Hammerstadt wohnt die Lilly jetzt, glaube ich.«

Mira schnappte sich den angekauten Bleistift und machte sich ein paar kurze Notizen.

»Wegen Klara und Lilly bin ich aber eigentlich gar nicht hergekommen«, merkte Frau Stich schüchtern an.

»Ach nein? Weshalb denn dann?«

»Na ja, ich hab gehört, dass Sie die anderen alle nach einer Eva Wolfram gefragt haben.«

Mira ließ den Bleistift sinken. Das untrügliche Gefühl, dass sie kurz davor war, einen entscheidenden Hinweis zu bekommen, legte sich wie ein prickelndes Wärmepflaster in ihren Nacken. »Kennen Sie sie etwa?«

»Natürlich kenne ich Eva. Oder besser gesagt kannte ich sie.«

Mira rutschte unruhig auf ihrem Stuhl nach vorne. Frau Stich machte es wirklich spannend. Auffordernd blickte sie sie an.

»Ich kannte sie aber unter dem Namen Schaller. Sie hatte mir Dr. Friedmann empfohlen, als Klara so traurig wurde.«

Mira stutzte überrascht. Diese Flut an neuen Informationen musste erst einmal verarbeitet werden.

»Und woher kannten Sie sie?«

Statt einer Antwort beugte Frau Stich sich vor und tippte auf das Foto, das nun auf dem Schreibtisch lag. In Martin Stichs rechtem Arm lachte ein dunkelhaariges Mädchen in die Kamera. Es strahlte über das ganze Gesicht. Mira fiel es schwer, das fröhliche Bild mit den bisherigen Schilderungen von Eva Wolfram in Einklang zu bringen.

»Das ist Eva Wolfram?«

Frau Stich nickte.

»Und als Ihr Sohn sich von seinen Freunden zurückzog, haben Sie weiter mit ihnen Kontakt gehalten?«

Frau Stich schaute so erschrocken, als hätte Mira sie bei etwas Unrechtem ertappt. »Nein, nein, so war das nicht. Das hätte Martin ja auch gar nicht gewollt und Klara erst recht nicht.« Schuldbewusst fixierte sie wieder den Fußboden, ehe sie weitersprach. »Aber man kennt sich halt, und in einer Kleinstadt wie Bayreuth läuft man sich ja zwangsläufig immer wieder über den Weg.« Sie sah auf. »Es hat mir so leidgetan, als ich hörte, dass sie gestorben ist. Denken Sie, sie hat sich selbst etwas angetan?«

Mira dachte an die Fesseln an Eva Wolframs Händen und die Verletzungen, die sie sich wohl bei dem verzweifelten Versuch zugezogen hatte, sich aus ihrem tödlichen Gefängnis zu befreien. »Das halte ich für ausgeschlossen.«

## 28

Nachdem Mira Frau Stich nach draußen begleitet und sich von ihr verabschiedet hatte, versuchte sie, sich unauffällig in das Besprechungszimmer zu schieben. Doch kaum hatte sie die Tür geöffnet, hielt Gneis, der gesprochen hatte, inne und starrte sie schweigend an. Eine Respektsperson war er, trotz seiner schmalen Statur, das musste sie ihm lassen. Mira fühlte sich kurz in ihre Schulzeit zurückversetzt, so als würde sie vor einem strengen Lehrer stehen, der über sie urteilte, weil sie zu spät zum Unterricht erschienen war. Unwillig streifte sie den Gedanken ab und gesellte sich zu Sylvia, Axel und Philipp, die Gneis und Nils gegenübersaßen, was den Lehrer-Schüler-Eindruck noch verstärkte.

»Es gibt neue Erkenntnisse«, stellte Mira fest, während sie sich setzte.

»Na, dann lassen Sie uns mal teilhaben, Frau Streitberg.« Gneis musterte sie interessiert.

Mira platzierte das Foto, das Frau Stich ihr gegeben hatte, auf dem Tisch zwischen ihnen, sodass alle es sehen konnten.

»Eva Wolfram und Martin Stich waren nicht nur auf derselben Schule. In der zehnten Klasse waren sie und die anderen beiden auf dem Foto laut Martin Stichs Mutter unzertrennlich. Die Clique zerschlug sich erst, als Martin später seine Frau kennenlernte. Er zog sich von seinen Freunden zurück. Frau Stich vermutet, dass Klara eifersüchtig war und er den Kontakt abbrach, um Konflikte zu vermeiden. Hinzu kommt, dass mir Valerie Stich am Wochenende erzählt hat, dass ihr Bruder so etwas wie der Schrecken der Schule war. Er hat Schwächere gemobbt und schikaniert, wo er nur konnte.«

»Interessant«, murmelte Gneis und zog das Foto zu sich heran. »Kennen Sie die Namen der anderen beiden?«

Mira nickte. »Elisabeth Dorn und Fabian Meister, sie wohnt in Hammerstadt und Meister recht zentral Nähe Friedrichstraße.«

Gneis blickte auf und rückte seine Brille zurecht. »Gut.«
Hatte er sie eben gelobt? Ehe Mira weiter darüber nachdenken konnte, fuhr er fort.

»Frau Lind, nehmen Sie bitte Fingerabdrücke von allen Involvierten, bei denen das bislang versäumt wurde. Wenn wir schon mal einen Fall mit astreinen Abdrücken des Täters haben, sollten wir das auch nutzen.«

*Versäumt.* Seine Ausdrucksweise gefiel Mira ganz und gar nicht. Sylvia nickte dienstbeflissen und machte sich aus dem Staub.

»Herr Scharnagel.« Philipp reagierte auf die Ansprache wie ein verschrecktes Kaninchen. »Fassen Sie bitte alle Verdächtigen in einer Übersicht zusammen. Ihr Visualisierungsansatz hat mir gut gefallen. Stellen Sie dabei bitte vor allem die Personen heraus, die beide Opfer kannten.«

Philipp schien bei Gneis' Lob gleich ein paar Zentimeter zu wachsen und warf Mira einen triumphierenden Blick zu, als er aufstand und den Raum verließ. Auch das noch.

»Und Sie beide«, er wandte sich an Axel und Mira, »besorgen sich Listen der Schulkameraden von damals. Gehen Sie alles dahingehend durch, ob eventuell jemand vorbestraft ist. Rache für erlittene Schmach kann ein starkes Motiv sein – auch, wenn diese schon einige Zeit zurückliegt. Ich könnte mir vorstellen, dass unser Täter den Behörden schon früher aufgefallen ist, bevor er oder sie zum Mörder wurde.«

Axel notierte sich etwas, und Mira fühlte sich degradiert. Gneis hatte sie beraten sollen. Wer hatte ihm stattdessen plötzlich das Kommando übergeben? Warum billigte Nils, wie sein »Freund« sich aufspielte? Oder war das womöglich sogar so abgesprochen? Nils blätterte in seinen Unterlagen, fast war ihr, als miede er ihren Blick.

»Außerdem sollten Sie mit Elisabeth Dorn und Fabian Meister sprechen. Wie es aussieht, haben sie die beiden Opfer ja sehr gut gekannt.«

»Das wollte ich ohnehin tun«, gab Mira trotzig zurück, wobei sie sich nur noch blöder vorkam.

»Schön, dann sind wir uns ja einig.« Damit war die Besprechung beendet. Zusammen mit Nils ging er hinaus und ließ Mira mit Axel und ihrem Groll im Besprechungsraum zurück. »Eigentlich wollte ich gleich noch mal zu Dr. Friedmann. Er war gestern bei Klara Stich. Da gab es wohl eine Art Notfall«, murmelte sie.

»Dann mach das doch.«

Verdutzt sah sie Axel an. »Du hast doch gehört, dass wir jetzt Anweisungen befolgen und nicht mehr machen, was wir selbst für richtig und wichtig erachten.« Es klang bissiger, als beabsichtigt.

»Na, diese Listen kann ich auch allein besorgen und durchgehen.« Er lächelte sie verschwörerisch an. »Ich verpetz dich schon nicht.«

Eine halbe Stunde später schob Mira die schwere Holztür zu Dr. Friedmanns Praxis auf. Im Eingangsbereich begegnete sie niemandem, deshalb betätigte sie die kleine Klingel, die am Tresen im Vorraum angebracht war. Schon bei ihrem ersten Besuch hatte sie sich gewundert, dass es hier keine Empfangsdame gab, wie es in anderen Praxen üblich war. Andererseits wirkten die Räumlichkeiten nicht rein zweckmäßig, sondern recht wohnlich.

Wenige Sekunden später tauchte Dr. Friedmann aus seinem Büro auf. Er wirkte überrascht, sie zu sehen. »Frau Streitberg«, sagte er ein wenig perplex und schüttelte ihr die Hand. »Was gibt es?«

»Sind Sie gerade frei?«, fragte Mira.

Er nickte, und sie gingen zusammen in sein Büro und ließen sich wie bei ihrem letzten Besuch auf der beigen Sitzgruppe nieder.

»Ich möchte, dass Sie mir von Ihrem Wochenende mit Klara Stich erzählen«, forderte Mira ohne Umschweife.

Er musterte sie mit zusammengekniffenen Augen. Dann griff er nach der Wasserflasche, die auf einem kleinen Beistelltisch stand, und schenkte zwei Gläser voll. Er reichte ihr eines davon und nippte von seinem.

Mira hatte das Gefühl, dass er auf Zeit spielte und ihrem Blick auswich.

Schließlich stellte er das Glas weg und schaute sie an. »Woher wissen Sie, dass ich am Wochenende bei Frau Stich war?«

»Was glauben Sie? Ihre Familie macht sich große Sorgen. Klaras Zustand kam daher zur Sprache, genauso wie Ihr heldenhafter Einsatz.«

Dr. Friedmann hob argwöhnisch eine Augenbraue, obwohl Miras Worte ausnahmsweise mal nicht ironisch gemeint gewesen waren.

»Ich bin kein Held, sondern Psychotherapeut«, konterte er prompt. »Deshalb unterliege ich auch der Schweigepflicht. Wenn Sie es genauer wissen möchten, nutzen Sie also bitte die Redseligkeit der Familie Stich oder fragen Sie Klara.«

Es war offensichtlich, dass sie ihn verärgert hatte. Nicht die beste Ausgangslage für ein konstruktives Gespräch. Nun war sie es, die einen Schluck Wasser trank, während sie darüber nachgrübelte, wie sie die Unterhaltung retten konnte.

»Frau Stich war bisher nicht vernehmungsfähig. Und nach dem, was ich über ihren Zustand am Wochenende gehört habe, ist sie es noch immer nicht«, tastete sie sich wieder an das Thema heran.

Dr. Friedmann reagierte nicht, er schien darauf zu warten, dass sie fortfuhr.

Mira würde schwerere Geschütze auffahren müssen. »Nach unseren jüngsten Erkenntnissen müssen wir davon ausgehen, dass Martin Stich kein einfacher Lebenspartner war. Hat Klara in ihren Sitzungen jemals erwähnt, dass er sie schlecht behandelte?«

Dr. Friedmann atmete tief ein und aus, ohne sie aus den Augen zu lassen. Er schien mit sich zu kämpfen und nicht genau zu wissen, was er preisgeben sollte, preisgeben durfte. Wenigstens hatte Mira diesmal wohl nicht wieder etwas Falsches gesagt, sondern vielmehr einen Nerv getroffen.

»Er hat nie Hand an sie gelegt, wenn Sie das meinen.«

Die Aussage überraschte Mira, doch sie ließ sich nichts anmerken. Sie durfte sich nicht dazu hinreißen lassen, voreilige Schlüsse zu ziehen. Auch wenn sich die Idee eines Racheaktes geradezu aufdrängte. Hatte eines seiner Mobbingopfer zurückgeschlagen? Möglich, doch wie passte Eva Wolfram in dieses Bild? Sie schien das krasse Gegenteil von Martin Stich gewesen zu sein. Ruhig und in sich gekehrt, wie sie Mira beschrieben worden war, hatte sie sich eher nicht an jeder Ecke Feinde gemacht.

»Aber wie soll ich sagen«, fuhr Dr. Friedmann mit besonderer Sorgfalt bei seiner Wortwahl fort. »Ihre Annahme, dass er in gewisser Weise schwierig war, ist richtig.«

»Inwiefern?«

»Nun, er konnte sehr verletzend werden. Klara hat sich das manchmal zu Herzen genommen und wälzte dann seine Vorwürfe tagelang im Kopf hin und her.«

»Was waren das für Vorwürfe?«

Dr. Friedmann presste die Lippen zusammen, als wollte er sich selbst davon abhalten, weiterzusprechen. »Dummes Zeug im Grunde«, antwortete er dann doch. »Wenn etwas schiefging, hat er stets Klara dafür verantwortlich gemacht. Er konnte kleine Pannen oder Missverständnisse nicht auf die leichte Schulter nehmen. Der berühmte Elefant aus der Mücke.«

»Können Sie mir ein Beispiel geben?«

»Ich erinnere mich an die letzte Urlaubsplanung, da beschimpfte er sie als dumme Ballermann-Tussi, weil sie Mallorca vorgeschlagen hatte.«

Mira zog die Augenbrauen hoch. Anscheinend hatte Valerie Stich mit dem Urteil über ihren Bruder nur teilweise richtiggelegen. Er hatte sich auch gegenüber seiner Frau wie ein Arsch verhalten und sie nicht gerade wie sein »Ein und Alles« behandelt.

»Schließlich sind sie dann nach Ägypten geflogen. Das müssen katastrophale zwei Wochen gewesen sein. Es herrschten fast vierzig Grad. Dementsprechend trug Klara kurze Sommerkleidung. Die einheimischen Männer warfen den Touristinnen immer wieder anzügliche Blicke zu, und Martin Stich machte Klara für jeden einzelnen dieser Blicke verantwortlich. Sie sei vulgär, lege es darauf an, andere Männer geil zu machen, Schlampe, Flittchen, suchen Sie sich etwas aus. Martin Stich war cholerisch und meiner Meinung nach krankhaft eifersüchtig.« Mira seufzte in sich hinein. »Und trotzdem hat sie ihn geliebt?«

»Ja, das war im Grunde ihr größtes Problem. Deshalb hat sie sich seine Beleidigungen auch so zu Herzen genommen.«

»Nun hat sich dieses Problem ja erledigt.«

»Würde sie das so sehen, würde es ihr besser gehen, meinen Sie nicht?«

Mira zuckte mit den Schultern, woraufhin er sich vorbeugte und sie ernst, fast durchdringend ansah.

»Klara ist hier Opfer und nicht Täter. Versuchen Sie nicht, meine Worte in diese Richtung zu verdrehen.«

# 29

Übellaunig hockte Mira an ihrem Schreibtisch. Was war sie froh, dass sie vormittags zu Dr. Friedmann gefahren war. Wirklich positiv oder erkenntnisreich war das Gespräch zwar nicht verlaufen, aber hier im Büro war es kaum auszuhalten. Mit dem Auftauchen von Mr. Mausgrau hatte ein beinahe verbissener Tatendrang im Team eingesetzt. Axel saß mit grüblerischer Miene vor dem Bildschirm und sah hochkonzentriert aus. Philipp baute voller Elan an einer geradezu monströsen Übersichtswand, und Sylvia tauchte stündlich auf, um nach neuen Erkenntnissen zu fragen, so als ob mit der Unterstützung aus München der Fall in den nächsten Stunden gelöst sein müsste. So konnte Mira sich nicht konzentrieren. Nicht im Geringsten.

Sie wählte die nächste Nummer auf ihrer kurzen Liste. Elisabeth Dorn war nicht zu erreichen. Sie arbeitete als Kellnerin in einem Eiscafé, hatte diese Woche aber Urlaub. Zu Hause und auf ihrem Handy hatten sie sie jedoch bislang nicht angetroffen.

Dafür ging Fabian Meister gleich an sein Mobiltelefon.

»Guten Tag, Herr Meister. Ich bin Mira Streitberg von der Bayreuther Kriminalpolizei. Können wir uns kurz unterhalten, oder ist es gerade schlecht?«

»Es passt. Sie rufen wegen Martin an, oder?«

Mira wusste, dass Meister in einer Bank arbeitete. Anscheinend hatte er ein eigenes Büro, in dem er ungestört reden konnte. »Sie haben von seinem Tod gehört?«

»Ja, ich kann es noch gar nicht fassen.«

»Hatten Sie noch Kontakt zu ihm?«

»Nein, leider nicht.«

Mira hatte das Gefühl, dass er diesen Umstand ehrlich bedauerte. Das passte zu der Information, dass Martin Stich derjenige gewesen war, der sich von den anderen zurückgezogen hatte.

»Sie waren in der Schule sehr gut befreundet, nicht wahr?«

»Ja, das waren wir. Auch danach noch eine ganze Weile. Es war eine tolle Zeit.«

Mira zog das Foto der vier zu sich heran. »Eva Wolfram, damals noch Schaller, und Elisabeth Dorn waren auch mit von der Partie?«

»Richtig. Wir waren quasi unzertrennlich.«

»Haben Sie zu den beiden Damen noch Kontakt?«

»Nein, ohne Martin ging das alles auseinander. Er war irgendwie der Kitt, der die Gruppe zusammengehalten hat.«

Wieder dieser wehmütige Tonfall.

»Sie scheinen diesen Freundschaften bis heute nachzutrauern, oder?«

Fabian Meister schwieg einen Moment, ehe er antwortete. »Sie haben recht. Ich habe Martin geliebt. Nicht im romantischen Sinn. Aber ich habe zu ihm aufgesehen. Eigentlich habe ich nie verstanden, warum so ein cooler Typ überhaupt etwas mit mir zu tun haben wollte.«

»Er war der Anführer Ihrer Clique, wenn ich Sie richtig verstehe.«

Fabian Meister brummte zustimmend. Axel spähte interessiert über die Bildschirme zu ihr herüber, also schaltete sie den Lautsprecher ein, damit er mithören konnte.

»Und welche Rolle spielte Eva Schaller?«

»Eva? Ich weiß nicht. Sie war nett, hübsch, aber eher unauffällig. Vielleicht ging es ihr ein bisschen wie mir. Ich denke, wir haben uns alle etwas in Martins Glanz gesonnt.«

Meine Güte, nun war es aber genug mit den Verklärungen. »War das Verhältnis der beiden anders als das zur restlichen Clique? Inniger? Konfliktbeladener? Alles könnte interessant sein.«

»Es war eher Lilly, mit der er oft rumgeschäkert hat. Ich dachte immer, die beiden würden irgendwann zusammenkommen. Eva war mehr ein Kumpel, wobei sie mir persönlich besser gefallen hat als Lilly. Wie auch immer. Wieso fragen Sie?«

Davon hatte Meister also noch nicht gehört. »Sie wurde ebenfalls ermordet.«

So gesprächig Fabian Meister bisher gewesen war, so still war er jetzt. Die Information, dass noch jemand aus der damaligen Clique tot war, verschlug ihm ganz offensichtlich die Sprache.

»Sie ... ich ... also ... Sie denken, es gibt da einen Zusammenhang?«, fragte er nach einigen Sekunden stockend.

»Alles deutet darauf hin, ja. Sie haben die beiden sehr gut gekannt. Überlegen Sie bitte noch einmal, fällt Ihnen etwas dazu ein? Irgendjemand, mit dem es sich die beiden verscherzt hatten, ein gemeinsamer Kontakt, der Ihnen komisch vorkam, irgendetwas?«

»Ich weiß nicht, ich habe sie ja seit Jahren nicht mehr gesehen.«

»Und wie war das früher? Denken Sie an damals, an Ihre gemeinsame Schulzeit oder die Zeit danach. Martin Stich ist nach der Zehnten abgegangen, aber Sie blieben noch eine ganze Weile befreundet, oder?«

»Natürlich. Wenn es nach mir gegangen wäre, hätte ich diese Freundschaft niemals aufgegeben. Wir sind viel zusammen ausgegangen, haben jedes Wochenende miteinander verbracht.«

»Und in Bezug auf Eva und Martin, fällt Ihnen da was ein? Feierten die beiden vielleicht auch mal allein?«

Mira konnte förmlich hören, wie angestrengt Fabian Meister nachdachte. »Nein. Die beiden haben keine Alleingänge gemacht. Wir waren immer zu viert. Wir waren ein Team, ein Dream-Team. Wobei, für manche sind wir wahrscheinlich eher ein Alptraum gewesen.«

Mira stutzte. »Warum?«

»Na ja, wir hatten eben unseren Spaß.« Er wirkte auf einmal etwas gehemmt. »Wir hatten unseren Spaß, aber meistens auf Kosten anderer.«

»Wie meinen Sie das?«

Mira hörte ihn leise atmen. Nun war wahrlich nicht der richtige Zeitpunkt, um Informationen zurückzuhalten.

»Wie meinen Sie das?«, wiederholte sie ihre Frage mit Nachdruck.

»Gut, wenn Sie es unbedingt hören wollen: Wir haben andere schikaniert. Ich bin nicht stolz drauf, aber so war es.«

Mira lehnte sich in ihrem Schreibtischstuhl zurück, ohne etwas zu entgegnen. Das musste sie erst einmal sacken lassen. Sie wäre nicht im Traum darauf gekommen, die zarte, psychisch labile Eva Wolfram mit den Mobbingvorwürfen gegen Martin Stich in Verbindung zu bringen.

Was Fabian Meisters Geständnis bedeuten konnte, wurde ihm und Mira im selben Moment klar.

»O Gott«, keuchte er. »Sie denken, der Mörder ist jemand, den wir damals gemobbt haben, nicht wahr?«

»Ich … Wir wissen es noch nicht.«

»Hören Sie auf, Sie wollen mich nur schonen. Ich bin der Nächste!« Meisters Stimme war plötzlich hoch und dünn, er klang beinahe hysterisch.

Doch Mira war gerade derselbe Gedanke gekommen. Wenn diese Alptraumclique das Merkmal war, das die beiden Morde verband, dann schwebten Fabian Meister und Elisabeth Dorn womöglich in höchster Gefahr.

»Hören Sie mir zu, Herr Meister.« Sie bemühte sich um einen ruhigen Tonfall. »Ich schicke Ihnen einen Streifenwagen zur Bank, der Sie nach Hause bringt. Außerdem werden wir Polizisten vor Ihrer Wohnung postieren. Es wird Ihnen nichts geschehen, versuchen Sie, ruhig zu bleiben. Bislang ist das nur eine Theorie. Wir sind noch mitten in den Ermittlungen, machen Sie sich nicht verrückt.«

»O Gott, o Gott, o Gott …«, hörte sie Fabian Meister verzweifelt murmeln.

Na, das mit dem Ruhigbleiben klappte ja nicht besonders gut. Doch wenn Mira ehrlich war, würde sie jetzt auch nicht mit ihm tauschen wollen.

# 30

Nachdem Mira noch einmal vergeblich versucht hatte, Elisabeth Dorn zu erreichen, wurde ihr mulmig zumute. Hatten sie womöglich zu spät begriffen, dass es vielleicht nicht nur um Eva Wolfram und Martin Stich ging und auch die beiden anderen der Viererclique in Gefahr sein könnten?

In ihrer Verzweiflung rief sie erneut im Eiscafé an und wurde wider Erwarten für ihre Hartnäckigkeit belohnt. Der Betreiber gab Mira die Nummer von Elisabeth Dorns Mutter, die dort als Notfallkontakt hinterlegt war.

Mit bangem Gefühl griff sie erneut zum Telefonhörer. Wenn die Eltern sie nicht über den Aufenthaltsort von Elisabeth Dorn aufklären konnten, mussten sie sie umgehend zur Fahndung ausschreiben. Womöglich schwebte sie bereits in Lebensgefahr.

»Dorn«, meldete sich eine tiefe Männerstimme.

»Guten Tag, mein Name ist Streitberg. Ich bin von der Bayreuther Kriminalpolizei.«

»Aha. Wieso rufen Sie an?« Überraschung schwang in der Stimme mit.

Mira war diese Reaktion schon vertraut. Bei den meisten Menschen schrillten beim Wort »Kriminalpolizei« sofort die Alarmglocken, und Gedanken an die TV-Ermittlungen vom Vorabend stellten sich ein. »Sind Sie der Vater von Elisabeth Dorn?«

»Ja. Es geht um Lilly? Was ist mit ihr?«

Die Überraschung war schlagartig von Sorge verdrängt worden. Mira bemühte sich daher um einen sachlichen, gleichmütigen Tonfall. »Wir suchen nach ihr. Wissen Sie, wo sie sich aufhält?«

»Warum suchen Sie sie denn?«

Nun meinte Mira, einen Anflug von Argwohn aus seiner Stimme herauszuhören. Sie würde die Karten auf den Tisch legen müssen. »Wir vermuten, dass sie in Gefahr ist. Bitte nennen Sie mir ihren Aufenthaltsort, falls Sie ihn wissen.«

»O Gott, hat das etwas mit ihren getöteten Schulkameraden zu tun? Ist da ein Verrückter hinter ihr her?« Die tiefe Stimme wurde unerwartet schrill.

»Ich kann Ihnen dazu im Moment keine näheren Informationen geben«, presste Mira hervor. »Wissen Sie nun, wo Lilly ist, oder nicht?«

»Ja, ja, ich weiß es!« Der Mann war jetzt regelrecht panisch. Mira konnte förmlich sehen, wie er sich die Haare raufte. »Sie ist bei ihrer Schwester in Würzburg.«

Erleichtert atmete Mira auf. In Würzburg war sie zwar wahrlich nicht aus der Welt, doch vielleicht war es weit genug weg, dass der Täter sie sich noch nicht geschnappt hatte. »Geben Sie mir bitte Namen, Telefonnummer und Adresse.«

Mira notierte sich alles und verabschiedete sich dann hastig. Zuerst gab sie die Informationen an die Würzburger Kollegen weiter und rief dann selbst bei Elisabeth Dorns Schwester an. Zum Glück waren die beiden zu Hause. Mira beschwor sie, in der Wohnung zu bleiben, bis die Streife eintraf. Elisabeth Dorn äußerte sich am Telefon verständig und gefasst, was Mira ungemein beruhigte. Es klang nicht so, als würde sie in der Zwischenzeit Dummheiten machen oder einen Nervenzusammenbruch erleiden. Beides hatte Mira in ähnlichen Situationen bereits erlebt. Darauf konnte sie gut verzichten.

»Elisabeth Dorn ist nun also auch in Sicherheit?«, fragte Axel, nachdem sie aufgelegt hatte.

»Ja, sieht so aus.«

»Das ist gut. Wenn wir Glück haben, weiß unser Täter gar nicht, dass sie in Würzburg ist. Vielleicht sollte sie dortbleiben und vorerst nicht nach Bayreuth zurückkommen.«

»Daran habe ich auch schon gedacht. Sie hat meine Nummer und wird anrufen, sobald der Polizeischutz eingetroffen ist. Dann sehen wir weiter.«

Mira nahm einen Schluck von ihrem Kaffee, der inzwischen kalt geworden war. In all der Aufregung um den Personenschutz von Elisabeth Dorn und Fabian Meister hatte sie ihn vergessen. Also ging sie in die Kaffeeküche, um neuen zu holen.

Es war nicht mehr viel in der Kanne. Vermutlich war dieser Kaffee genauso alt wie der in Miras Tasse, aber wenigstens war er noch warm. Als sie wieder hinausging, rannte sie beinahe in Nils hinein, der schwungvoll um die Ecke bog. Hastig wich sie zurück, um ihm nicht den Kaffee übers Hemd zu schütten.

»Huch! Entschuldige, ich wollte dich nicht erschrecken.«

»Alles gut. Ich war sowieso gerade auf dem Weg zu dir.«

»Soso, wie schön. Was wolltest du denn?«

Mira ignorierte sein anzügliches Grinsen. »Bericht erstatten. Es gibt neue Erkenntnisse. Die Theorie vom sich rächenden Mobbingopfer hat sich verdichtet. Es war nämlich nicht nur Martin Stich, der andere schikaniert hat. Die vier auf dem Foto, das ich euch heute Morgen in der Teambesprechung gezeigt habe, bildeten gemeinsam eine Art Alptraumgang. Das könnte nicht nur die Verbindung zwischen den beiden Morden sein, sondern auch ein gemeinsames Motiv darstellen.«

»Wow, das sind interessante Neuigkeiten.«

Mira nickte. »Ich habe Elisabeth Dorn und Fabian Meister sicherheitshalber unter Polizeischutz stellen lassen. Falls die Theorie von einem Racheakt tatsächlich zutrifft, sind die beiden möglicherweise in Gefahr.«

»Du hast recht. Sehr gut.«

Mira wollte sich an ihm vorbeischieben, da hielt er sie sanft am Arm zurück. »Hey, warte bitte noch kurz.«

Widerwillig blieb sie stehen und schaute ihn herausfordernd an. Sein Duft stieg ihr in die Nase. Ärgerlich schob sie den Eindruck beiseite und trat einen Schritt zurück. Sie wollte nicht empfänglich sein für seine Nähe, nicht jetzt, wo er sich mit diesem Gneis verbündet hatte.

»Das war nicht okay heute Morgen«, sagte Nils halblaut, als wollte er nicht, dass die Kollegen ihn durch die offen stehenden Bürotüren ebenfalls hörten. »Eckhard hätte nicht so autoritär auftreten dürfen. Ich will, dass du weißt, dass mir das klar ist und dass ich ihm das auch gesagt habe.«

Mira brauchte ein paar Sekunden, bis sie aus ihrem Schmollen herausfand. Doch Nils' Worte lösten ein warmes Gefühl in ihrem Bauch aus. Hinzu kam die Erleichterung darüber, dass seine Verbrüderung mit Gneis anscheinend doch nicht so eng war, wie sie sich eingeredet hatte. Sein Rückhalt tat ihr gut und fegte einen Teil der Anspannung von ihren Schultern, die sich seit dem Auftauchen des Münchner Fallanalytikers dort aufgestaut hatte. Sie ging wieder auf ihn zu und lehnte die Stirn an seine Brust.

Sachte streichelte er ihr über den Rücken. »Du hast den letzten Kaffee genommen …«

»… und keinen neuen gekocht. Stimmt. Vielleicht kann Gneis das machen«, stichelte sie grinsend.

Nils hob in gespielter Empörung die Augenbrauen. Dann zog er sie an sich und küsste sie. Nun, da Mira es endlich zuließ, tat es gut, seine Nähe zu spüren. Sie hatte ihn vermisst.

»Also, dann komm mal mit und kläre Eckhard Gneis über seine neuen Küchenpflichten auf«, sagte er provokant, als sie sich voneinander lösten.

Mira kicherte. »Die Arbeitsverteilung ist Chefsache.«

# 31

»Aloha, Ihr Lieben!«, flötete Sylvia gut gelaunt, als sie am Morgen in Miras Büro kam. Dann hielt sie inne. »Ist Axel noch gar nicht da?«

»Der hat einen Zahnarzttermin. Du wirst wohl mit mir vorliebnehmen müssen.«

»Na gut, wenn's sein muss«, antwortete sie, zog sich Axels Schreibtischstuhl heran und setzte sich zu Mira. Anscheinend wollte sie ein Pläuschchen halten, bevor es in der Dienststelle wieder rundging. »Ganz schön spannend zur Zeit, oder? Lauter neue Leute: Erst Axel, jetzt Eckhard Gneis ...«

»Hmm.«

»Wie findest du die beiden denn?«

»So toll wie du finde ich sie definitiv nicht. Aber das ist ja auch kein Kunststück.«

»Ach, komm schon, sei nicht immer so negativ.«

Mira trank betont langsam von ihrem Kaffee, um Sylvia noch etwas zappeln zu lassen. »Axel ist ziemlich in Ordnung, denke ich«, gab sie schließlich zu.

Sylvia klatschte in die Hände und tätschelte dann Miras Bein, so als wollte sie sie dafür loben, dass sie dem Neuen eine Chance gab.

Mira fühlte sich, als müsse sie sich rechtfertigen. Hatte sie ihrem alten Partner womöglich wirklich zu lange nachgetrauert?

»Schon gut, bleib ruhig. Interessanter ist doch wohl sowieso, wie du ihn findest, deinen neuen Heidelbeerteebuddy.«

Sylvia warf den Kopf in den Nacken und lachte. Es war ansteckend, und Mira gab ihren grummeligen Tonfall auf. Obwohl es noch so früh am Morgen war und eigentlich gar nicht ihre Zeit.

»Ja, ich muss zugeben, wenn ich dreißig Jahre jünger wäre, würde ich ihn nicht von der Bettkannte stoßen«, erklärte Sylvia amüsiert.

Interessant. Sie hatte zwar rein hypothetisch gesprochen, doch allem Anschein nach hielt Sylvia Beziehungen innerhalb der Dienststelle nicht für ein Problem. Sollte Mira also mal Rückendeckung brauchen, wusste sie nun, bei wem sie anklopfen würde.

Sie goss noch etwas Öl ins Feuer. »Vielleicht ist ihm das Alter ja egal.«

»Nein, nein, lass mal. Ich nähere mich gerade wieder meinem Ex-Mann an. Zumindest vom Alter her passt der besser zu mir als unser Jungspund.«

»Tatsächlich? Damit hatte ich jetzt nicht gerechnet. Sagtest du nicht mal, er sei der schlechteste Ehemann gewesen, den man sich vorstellen kann?«

Sylvia nickte mehrmals. »Das war er. Aber ich werde ihn ja nicht noch einmal heiraten.« Sie wackelte vielsagend mit den Augenbrauen, und Mira hatte das Gefühl, dass es an der Zeit war, das Thema zu wechseln.

»Hast du schon alle Fingerabdrücke? Gneis war ja not amused, dass sie nicht vollständig vorlagen.«

»Ach das. Na ja, er hat ja recht. Ich hab grad so viel auf dem Tisch, da ist es nicht immer drin, noch durch die Gegend zu fahren und Abdrücke einzusammeln. Aber ich bin dran. Keine Sorge, ich weiß, du leitest die Ermittlungen, und am Ende fällt es auch auf dich zurück, wenn etwas nicht da ist.«

Mira war gerührt. Zu oft hatte sie in letzter Zeit das Gefühl gehabt, dass sie nicht mehr als leitende Ermittlerin angesehen wurde, sondern eher als bockiges Schulmädchen. Doch gestern hatte Nils sich auf ihre Seite geschlagen, und heute saß Sylvia hier bei ihr. Jetzt war es an Mira, ihr das Bein zu tätscheln. Sie war sich sicher, dass die Geste nur halb so authentisch wirkte wie bei Sylvia. Aber vielleicht war der Versuch ja auch etwas wert.

Sylvia zumindest lächelte sie erleichtert an. »Das wird schon, auch das mit dir und Gneis, meine ich«, erklärte sie. »Vielleicht tut euch das Teamessen ja gut. Ich denke, ihr müsst euch einfach etwas besser kennenlernen.«

»Moment. Welches Teamessen?«

»Na, Nils hat doch für heute Abend alle eingeladen.« Sie nickte in Richtung des Bildschirms. Mira schwante Böses, als sie ihn entsperrte und das Mailpostfach öffnete. Tatsächlich, eine Einladung ab sechzehn Uhr dreißig in den Biergarten. Mira sah auf den Verteiler. Nils hatte das gesamte Team angeschrieben, inklusive Gneis. Mira weigerte sich nach wie vor, den Münchner als Teammitglied anzusehen, doch damit stand sie anscheinend auf verlorenem Posten. »In gemütlichem Ambiente wollen wir über die Fälle Wolfram und Stich brainstormen und uns besser kennenlernen«, stand da.

Na, Prost Mahlzeit. Mira stöhnte und ließ sich gegen die Lehne ihres Schreibtischstuhls fallen.

»Ach, sei doch nicht so«, tadelte Sylvia, doch es klang eher wie eine Bitte.

»Bin ich ja gar nicht.« Mira zwang sich zu einem Lächeln und nahm die Einladung mit einem Klick an. Sie würde gute Miene zu diesem Spiel machen. Sollte Gneis ihr ruhig wieder blöd kommen. Damit schoss er sich selbst ins Abseits und drängte Nils auf ihre Seite. Bestimmt war Mr. Mausgrau zudem überheblich genug, es sich von ganz allein mit den Kollegen zu verscherzen. Das schaffte er auch ohne Miras Zutun.

Nach der Mittagspause kam Axel ins Büro.

»Na, war es sehr schlimm beim Zahnarzt?«

Er nickte mit unglücklicher Miene. Und beinahe tat er Mira etwas leid.

»Hoffentlich kannst du heute Abend wieder etwas essen. Wir sind eingeladen.«

»Eingeladen?«

»Der Chef möchte, dass wir uns alle besser kennenlernen. Ist wohl eine Art Teambuildingmaßnahme. Wir gehen in den Biergarten.«

»Cool! Übernimmt er die Rechnung?«

Mira lachte auf. Ja, Axel ist ziemlich in Ordnung, dachte sie, so wie sie es am Morgen zu Sylvia gesagt hatte. »Ich habe übrigens mit den Schülerlisten weitergemacht. Ich wusste nicht genau, wie weit du mit der zehnten Jahrgangsstufe bist, deshalb habe ich die neunte bearbeitet. Eine Klasse fehlt mir noch, bisher war aber niemand Auffälliges dabei.«

Axel brummte etwas Unverständliches, während er auf seinen Bildschirm starrte. Er klang verstimmt, so als sei es ihm nicht recht, dass Mira sich ein paar der Listen geschnappt hatte.

»Alles okay?«, fragte sie irritiert nach.

»Ja, passt schon, danke für deine Hilfe, aber ich schaff den Rest allein.«

Mira schwieg überrascht. Fühlte er sich durch ihre Eigeninitiative bevormundet? Sie hätte wohl nicht einfach an seinen Schreibtisch gehen sollen. Oder war er wegen des Zahnarzttermins heute so komisch?

»Ich möchte mich gerne noch mal von Angesicht zu Angesicht mit Fabian Meister unterhalten. Kommst du mit?«, wechselte Mira das Thema.

Mit bedauerndem Blick fuhr Axel sich über das rasierte Kinn. »Wenn du mich nicht unbedingt dabeihaben willst, würde ich lieber hierbleiben«, gab er zu. »Ich habe schon den ganzen Vormittag verloren und möchte das heute gerne fertig machen. Außerdem hat mich die Wurzelbehandlung ziemlich mitgenommen.«

Was sollte das denn nun? Das mit dem Zahnarzt konnte Mira gut nachfühlen, sie ging da auch nicht gerne hin. Trotzdem verstand sie seine Reaktion nicht. Erst war er eingeschnappt, weil Mira ebenfalls an den Listen gearbeitet hatte. Und jetzt wurde er nicht fertig. Dabei waren diese schnöden Listen ja nun wirklich kein Job, um den man sich riss. Sie runzelte die Stirn und setzte bereits zu einem patzigen Kommentar an. Da dämmerte ihr, warum Axel diese Aufgabe so wichtig war. Der große Gneis hatte sie ihnen übertragen, und Axel war über dessen Einbeziehung in den Fall schließlich ganz aus dem Häuschen gewesen.

»Ist doch toll, dass so eine Koryphäe wegen unserer Fälle nach Bayreuth kommt«, hatte er gesagt. Pff!

Mira zog eine Schnute. »Lieber wäre es mir schon. Ich war

gestern schon allein bei Dr. Friedmann, und wir sollen solche Sachen doch zu zweit machen. Wenn der Gneis das spitzkriegt, wird es ihm sicherlich nicht gefallen. Der hat mich eh auf dem Kieker.«

»Mir kam es eher so vor, als hättest *du ihn* auf dem Kieker«, gab Axel trocken zurück.

»Beruht vielleicht auf Gegenseitigkeit«, murmelte sie.

Axel richtete seine Aufmerksamkeit wieder auf den Bildschirm. »Nimm doch Philipp mit. Dann sieht er auch mal was anderes als dieses Büro hier.«

Mira dachte an ihre eigenen Praktika und Ferienjobs, die sie als Schülerin und Studentin absolviert hatte. Der Löwenanteil davon war stinklangweilig gewesen.

»Okay, aber eins sage ich dir. Wenn du heute nicht fertig wirst, rückst du die Listen raus, und wir bearbeiten den Rest zusammen. Von mir aus kannst du ja vor Gneis angeben, du hättest es allein gemacht, aber wir können nicht wegen deines Egos ewig an dieser Aufgabe herumbasteln.«

Axel starrte sie an, als hätte sie ihn geohrfeigt. Kurz schnappte er nach Luft, als wollte er widersprechen, blieb jedoch still.

»Nun guck nicht so.« Manchmal brauchte es eben klare Worte.

Mira ignorierte Axel, der sie immer noch musterte, und ging nach nebenan. Philipp hatte die bisherigen Erkenntnisse pflichtbewusst zusammengetragen und an die große Pinnwand geheftet. Fehlte nur noch, dass er in echter CSI-Manier anfing, rote Fäden zu spannen, um Zusammenhänge zu verdeutlichen. Sie verkniff sich einen Kommentar, schließlich hatte Gneis ihn ja in dieser Sache noch befeuert.

»Du bist fertig mit der Übersicht?«, fragte sie.

Philipp nickte, ohne den Blick von seinem Bildschirm abzuwenden. Der verkniffene Zug um seine Mundwinkel verriet Mira, dass er einen dummen Spruch erwartete. Manchmal machte sie es ihren Kollegen wohl wirklich nicht leicht.

»Ich würde gerne Fabian Meister befragen. Hast du Lust, mich zu begleiten?«

Augenblicklich erhellte sich Philipps Miene. »Ja, gerne!« Er grinste und wollte aufstehen, hielt dann aber mitten in der Bewegung inne und musterte sie. »Das ist doch kein Trick, oder? Du sagst dann auf dem Parkplatz nicht, dass es ein Scherz war und ich wieder ins Büro gehen soll?«

Okay, sie musste sich wirklich etwas zurücknehmen und freundlicher sein. »Meine Güte, was denkst du denn von mir?«

Philipp öffnete zögerlich den Mund für eine Erwiderung, doch Mira hob abwehrend die Hände. »Nein, nicht, schon gut, lassen wir das. Komm einfach mit.«

## 32

Fabian Meister wohnte in einem Neubaukomplex ganz in der Nähe von Miras Wohnung. Sie müsste nur einmal quer durch den Hofgarten laufen, und schon wäre sie zu Hause. Eine verlockende Vorstellung, zumal die wachhabenden Polizisten ihr mitgeteilt hatten, dass Meister völlig fertig war, als sie ihren Besuch vorhin telefonisch angekündigt hatte. Sie seien schon kurz davor gewesen, einen Arzt zu rufen und ihm ein Beruhigungsmittel verabreichen zu lassen.

Sie ergatterten eine Parklücke auf dem Seitenstreifen vor dem Haus. Zwei Wagen vor ihnen machte sie die Polizisten aus, die zu Meisters Schutz abgestellt worden waren. Sie hatten sich gut platziert und von ihrem Auto aus sowohl den Eingang als auch Meisters Balkon im ersten Stock im Blick. Mira musterte die Anlage. Sie erinnerte ein bisschen an betreutes Wohnen, erschien jedoch durchaus schick und gehoben.

»Ist seine Wohnung direkt hier vorne zur Straße raus?«, fragte Philipp, als er neben sie trat und ebenfalls den Blick über die Häuserfront schweifen ließ.

Mira nickte und deutete auf Meisters Balkon.

»Mit etwas Anstrengung und einer Leiter oder einem Seil oder so kommt man rein«, stellte er nüchtern fest.

»Ja, das denke ich auch. Oder man nimmt einfach den Tisch von der Terrasse darunter zu Hilfe. Deshalb ist es auch ganz gut, dass er nicht in einem der hinteren Gebäude wohnt. Hier hat man alles gut im Blick.«

Sie ging nach vorne zu den Polizisten und wechselte ein paar Worte mit ihnen. Bisher sei nichts Auffälliges passiert, sagten sie.

»Sind das die einzigen Eingänge?«, fragte Mira und deutete auf den verglasten, bordeauxrot akzentuierten Quader, der in eine Art Empfangshalle führte, und die benachbarte Tiefgarageneinfahrt.

Die Polizisten nickten. »Die Glastür ist genau genommen sogar der einzige freie Zugang aufs Grundstück. Für die Tiefgarage braucht man einen Chip.«

»Gibt es drinnen einen Pförtner?« Mira reckte den Hals, konnte jedoch nichts erkennen.

»Ne, nichts dergleichen. So schick ist's dann doch nicht«, meinte der Mann auf dem Beifahrersitz.

Im Augenwinkel bemerkte Mira, wie Philipp von einem Fuß auf den anderen trat. Da holte sie ihn einmal raus aus der Dienststelle, und dann wurde ihm bereits nach ein paar Minuten langweilig! Nun gut, sollte Meister wirklich kurz vor einem Nervenzusammenbruch stehen, würde ihr kleiner Ausflug gleich spannender werden.

Sie verabschiedete sich und überquerte mit dem Praktikanten im Schlepptau die Straße. Über einen lobbyartigen Eingangsbereich im Erdgeschoss des Gebäudes gelangten sie auf das Gelände. Mehrere Häuser, die alle vier oder fünf Stockwerke hatten, gruppierten sich etwas unregelmäßig und in relativ geringem Abstand zueinander um eine getrimmte Rasenfläche. Bodendeckerrosen waren vor die Haustüren gepflanzt worden. Ihre Mutter hätte diese Anlage wohl als »adrett« bezeichnet. Auch Mira hatte durchaus den Eindruck, dass man hier gut leben konnte, zumindest ganz oben, wo die Dachterrassen der Penthäuser bestimmt einen schönen Blick über Bayreuth boten. Die anderen Wohnungen mit ihren direkt übereinander gestaffelten Balkonen, auf denen man sicherlich problemlos die Nachbarn über und unter sich belauschen konnte, wirkten im Gegensatz zu Miras Dachterrassenvorstellung geradezu zweitklassig.

»Bist du auf den Geschmack gekommen, weil du so interessiert die Wohnungen musterst?«, fragte Philipp. »Ein paar sind, glaube ich, inzwischen wieder zu haben.«

Mira winkte ab. »Ich bin recht zufrieden mit meiner Bleibe. Ist übrigens ganz in der Nähe.«

»Dann kannst du ja nach dem Termin hier direkt heimlaufen.«

»Verlockende Vorstellung.« Mira grinste und drückte auf Meisters Klingel.

Nichts rührte sich. Das konnte doch nicht sein! Die Kollegen draußen vor dem Eingang hatten ihr versichert, dass er in seiner Wohnung war. Philipp und Mira schauten sich fragend an, dann klingelte Mira erneut.

Gerade als sie in einem Anflug von Panik in Erwägung ziehen wollte, dass er womöglich doch unbemerkt das Haus verlassen hatte oder – was noch wesentlich schlimmer gewesen wäre – dass jemand ungesehen zu ihm in die Wohnung gelangt war, flüsterte eine kratzige Stimme ein kaum hörbares »Ja, bitte?« aus der Sprechanlage.

Mira atmete erleichtert aus und stellte Philipp und sich vor. »Treten Sie bitte einen Schritt zurück, damit ich Sie beide sehen kann.«

Sie brachten etwas Abstand zwischen sich und die Kamera. Mira wusste nicht, ob sie den rötlich schimmernden Punkt anlächeln sollte, und hob schließlich ihren Dienstausweis vors Gesicht. Es summte, und Philipp drückte die gläserne Haustür auf.

Gemeinsam stiegen sie die Stufen in den ersten Stock hinauf. Dort empfingen sie zwei Türen ohne Namensschilder, beide waren geschlossen. Neben einer stand ein großer Strauß Sonnenblumen in einer roten Milchkanne. Auf dem Fußabstreifer lagen Kinderschuhe.

Mira wandte sich der anderen Tür zu. Soweit sie wusste, war Fabian Meister solo und kinderlos. Sie klingelte, doch alles blieb still. Natürlich verstand Mira, dass er sich als potenzielles Mordopfer in einer Ausnahmesituation befand, aber wenn sie ehrlich war, nervte sie sein Gehabe schon jetzt. Sie wollte gerade erneut auf den Klingelknopf drücken, da wurde die Tür endlich geöffnet. Allerdings nur einen kleinen Spalt. Ein blasses Gesicht, etwas verquollen und von roten Flecken übersät, erschien und schaute sie unsicher an.

»Herr Fabian Meister?«

Er nickte, zog jedoch die Tür nicht weiter auf.

»Ich bin Mira Streitberg, wir haben gestern miteinander telefoniert.« Sie konnte nicht verhindern, dass sich ein ungeduldiger Unterton in ihre Stimme schlich.

Fabian Meister schien das durchaus zu bemerken. Zumindest sah er aus, als hätte er ein schlechtes Gewissen, als er ihnen endlich die Tür öffnete. Er wich ängstlich zurück, als würde er befürchten, sein Mörder könnte hinter der nächsten Ecke lauern und sich an ihnen vorbei zu ihm hineindrängen. Erst als die Tür hinter Mira und Philipp ins Schloss fiel, entspannte er sich ein bisschen. Wobei »entspannen« hier wohl der falsche Ausdruck war. Er ließ lediglich die Schultern etwas sinken und atmete lang gezogen aus, doch sein Blick wanderte weiter unstet durch den Raum, und jedes Geräusch ließ ihn zusammenzucken.

Als er ihnen etwas zu trinken anbot, nahm Mira dankend an, in der Hoffnung, die vertrauten Handgriffe würden ihn etwas beruhigen. Lautes Klappern aus der Küche verriet ihr jedoch, dass diese Rechnung nicht wirklich aufging. Zusammen mit Philipp saß sie im Wohnzimmer, während Meister nebenan hantierte. Draußen hatte es an die dreißig Grad, doch vor den Fenstern und der Balkontür waren die Rollläden heruntergelassen. In der Wohnung war es kühl, wenngleich etwas muffig. Bald würde Mira in eine Tasse mit frischem Kaffee atmen können. Der Gedanke stimmte sie hoffnungsvoll.

Philipp verhielt sich ausgesprochen still. Im Flur hatte er Meister gemustert wie ein Alien und seitdem keinen Pieps mehr von sich gegeben. Der Mann sah aber auch zum Erbarmen aus.

Fabian Meister kehrte mit einem gefüllten Tablett ins Wohnzimmer zurück. Kaffee, Milch, Zucker und Gummibärchen standen darauf.

»Wie geht es Ihnen?«, fragte Mira, um das Gespräch in Gang zu bringen, während Philipp sich sogleich das Schälchen mit den Gummibärchen schnappte und es dreist für sich allein beanspruchte. In der Rohheit der Dienststelle war ihr gar nicht aufgefallen, dass er so schlechte Manieren hatte. Sie schüttelte innerlich den Kopf und konzentrierte sich wieder auf Fabian

Meister, der gerade erzählte, dass er überzeugt war, nie wieder schlafen zu können.

»Sie sind in Sicherheit. Vor dem Haus parken Polizisten, die den Eingang bewachen.«

Meister war kurz davor, in Tränen auszubrechen. »Wenn er mich kriegen will, dann wird er mich auch kriegen«, jammerte er mit erstickter Stimme.

»Haben Sie denn eine Idee, wer die Person sein könnte, die womöglich hinter Ihnen her ist? Gibt es jemanden, dem Sie besonders übel mitgespielt haben?«

Hilflos zuckte er mit den Schultern. »Es sind so viele, die in Frage kommen.«

Nun rannen ihm Tränen über beide Wangen.

»Wenn Sie sagen, es kommen viele in Frage, meinen Sie dann Ihre Mitschüler von damals?«

»Auch einige Leute später. Von vielen kenne ich nicht einmal den Namen. Überwiegend waren es Mitschüler, aber wir haben vor niemandem Halt gemacht. Auch ein Lehrer war dabei.«

Als Mira nachfragte, erzählte Meister, dass sie einen Referendar auf einer Party abgefüllt und dann Fotos von ihm ins Internet gestellt hätten. Wenig später sei er sang- und klanglos aus dem Lehrkörper der Schule verschwunden. Meister wusste nicht, was aus ihm geworden war. Die vier hatten es wirklich faustdick hinter den Ohren gehabt.

Sie zog ihr Handy aus der Tasche und notierte darin den Namen des Lehrers. Schließlich war Axel, der immer pflichtbewusst sein Notizbüchlein zückte, nicht hier.

»Warum haben Sie das eigentlich getan?«, fragte Mira, als sie ihr Handy wieder weggesteckt hatte.

Fabian Meister wirkte irritiert. Sein Blick wanderte zum Fenster, obwohl der Rollladen geschlossen war. Doch Mira hatte eher das Gefühl, dass er in die Vergangenheit blickte.

»Wir waren die Coolen«, sagte er, und ganz kurz lag der Anflug eines Lächelns auf seinem Gesicht. »Ja, wir waren die Coolen, und das hatten wir nur Martin zu verdanken. Vor ihm hatte jeder Respekt. Doch nun ist er tot. Und ich bin es auch bald.« Er schluchzte laut auf und wurde schließlich von einem Weinkrampf geschüttelt.

Philipp hatte das Schälchen Gummibärchen geleert und auf das Tablett zurückgestellt. Nun schaute er Mira an, als wollte er sie beschwören, hier schnellstmöglich abzuhauen. Oder vielleicht kam es ihr auch nur so vor, weil sie selbst gerne gehen wollte. Sie zog eine Visitenkarte aus der Tasche und legte sie neben die Schale.

»Wir lassen Sie jetzt allein, aber Sie können mich jederzeit anrufen.«

Fabian Meister nickte dankbar und wischte sich mit beiden Händen über die tränennassen Wangen. Dann brachte er sie zur Tür. Mira vermied es, ihm zum Abschied die Hand zu geben. Kaum waren sie draußen, schlug er die Tür zu und drehte den Schlüssel hastig zweimal herum.

Philipp blies geräuschvoll die Luft aus. »Also in seiner Haut möchte ich nicht stecken«, sagte er, als sie unten angekommen waren.

»Ich auch nicht«, gab Mira zu. »Was sollte denn die Nummer mit den Gummibärchen, du Vielfraß?«

Philipp schaute ertappt. »Ich war unterzuckert, und dadrin war es so stickig.«

Mira musterte ihren Praktikanten. Wollte er sie auf den Arm nehmen?

»Mir war schon ganz schwindlig«, rechtfertigte er sich.

Sie war sich noch immer nicht sicher, ob er ihr nicht nur eine Ausrede auftischte. Da wechselte er plötzlich das Thema, was ihre Vermutung noch verstärkte.

»Wir sollten zurückfahren. Schließlich ist doch heute das Teamessen.«

Mira spürte, wie ihr die Gesichtszüge entglitten. Nils hatte ja die Schnapsidee gehabt, dass sie heute Abend alle zusammen essen gehen sollten, um zwanglos über den Fall zu brainstormen und sich besser kennenzulernen. Mira konnte sich nichts vorstellen, auf das sie weniger Lust hatte, als Gneis besser kennenzulernen. Deshalb hatte sie den abendlichen Termin bisher auch erfolgreich verdrängt.

»Du siehst aus, als hättest du in eine Zitrone gebissen«, stellte Philipp fest.

»Muss wohl daran liegen, dass die Gummibärchen schon weggefressen waren«, gab Mira zurück.

Philipp riss empört die Augen auf. »Ich habe sie quasi als Medizin gegessen!«

»Schon gut«, versuchte Mira ihn zu beschwichtigen. »Ich mache dir einen Vorschlag. Du fährst allein zurück zur Dienststelle und erzählst, dass nicht dir, sondern mir drinnen beim Meister schlecht geworden ist. Du hast mich heimgefahren und mich ganz fürsorglich die Treppe hochbegleitet. Wahrscheinlich ist es ein Migräneanfall, ich bin gleich ins Bett gegangen. Und als Gegenleistung für diesen Freundschaftsdienst bekommst du von mir eine Packung Gummibärchen. Na, was sagst du dazu?« Auffordernd streckte sie ihm die Hand entgegen, damit er einschlagen konnte.

Philipp schüttelte so ungläubig den Kopf, dass sie schon fürchtete, er würde ablehnen. Doch es war wohl nur sein Geschäftssinn erwacht. »Dafür will ich zwei Packungen. Und ich mache eine Woche lang meine Striche für die Kaffeekasse auf deinen Namen.«

»Abgemacht.«

## 33

Als Mira am nächsten Morgen zu Fuß an der Dienststelle ankam, wo ihr Mini noch vom Vortag stand und irgendwie vorwurfsvoll wirkte, beschlich sie ein flaues Gefühl. Vielleicht hätte sie das Teamessen doch nicht schwänzen sollen. Ob die anderen Philipp wohl abgekauft hatten, dass es ihr nicht gut ging? Was, wenn der kleine Scheißer die Gelegenheit genutzt hatte, sie in die Pfanne zu hauen, um sich für all ihre Gemeinheiten bezüglich seines Bartes zu rächen? Gestern war ihr diese Ausrede wie ein genialer Schachzug vorgekommen, um den Abend nicht mit Mr. Mausgrau verbringen zu müssen. Heute war sie sich nicht mehr so sicher.

Als sie den Gang betrat, hörte sie Gelächter in der Kaffeeküche. Sie erkannte Sylvia und Nils an den Stimmen. Mira wappnete sich innerlich, sich rechtfertigen zu müssen, und betrat zögerlich den kleinen Raum, aus dem Kaffeeduft drang. Das ganze Team war dort versammelt.

»Mira!«, rief Nils überrascht. »Wir hatten heute gar nicht mit dir gerechnet. Geht es dir schon besser?«

Sie suchte nach Argwohn in seinen Zügen, doch da war nichts. Er lächelte sie offen an.

»Ja, äh, ich habe die Rollläden runtergelassen und mich gleich hingelegt.«

»Schön, dass es dir wieder gut geht.«

Unwohl und unschlüssig stand Mira vor den anderen. Alle hatten eine Tasse und einen Donut in der Hand und ein Lächeln im Gesicht.

»Dieser Fall hat es auch in sich. Wenn man sich ständig mit solchen Gräueltaten befasst, fordert das schon mal seinen Tribut«, schaltete Gneis sich ein.

Die Welle aus Verständnis und Glückseligkeit, die da durch die Kaffeeküche schwappte, überforderte Mira. »Ja, also, nein, meine Migräne hat meistens mit dem Wetter zu tun oder den

Hormonen …« Am liebsten hätte sie sich die Hand gegen die Stirn geschlagen. Was stammelte sie hier für einen Mist?

»Wie auch immer.« Gneis winkte freundlich ab. Auch an ihm entdeckte Mira nichts Nachtragendes oder Argwöhnisches. »Möchten Sie einen Donut?«, fragte er und hielt ihr eine Schachtel hin.

»Wir haben gestern ausgemacht, dass jeder von uns abwechselnd montags Donuts mitbringt«, plapperte Sylvia, »für einen guten Start in die Woche. Und da hat Eckhard heute gleich damit angefangen.«

*Eckhard.* Mira schluckte den Kommentar, dass heute bereits Mittwoch war, verdattert hinunter.

Nils hatte inzwischen eine Tasse mit Kaffee und einem Schuss Milch gefüllt und hielt sie ihr entgegen.

Verdammt, wie es aussah, war nicht mehr Gneis hier der Unsympath, sondern sie. Oder war es eine raffinierte Masche von ihm, das Team mit süßem Backwerk gefügig zu machen und sie zu isolieren? Sie erinnerte sich betreten daran, dass sie selbst es gewesen war, die sich gestern Abend von den anderen distanziert hatte. »Danke«, krächzte sie und nahm Nils die Tasse aus der Hand.

»Eckhard meint, wir sollten unbedingt noch einmal versuchen, mit Klara Stich zu reden. Vielleicht ist sie ja inzwischen ansprechbar«, sagte Axel.

An dieses »Eckhard« würde sie sich erst noch gewöhnen müssen. Doch Mira war froh, dass Axel das Gespräch auf den Fall lenkte, und nickte. »Einen Versuch ist es wert. Komm, wir legen am besten gleich los.«

Ihr war durchaus bewusst, dass sie hier gerade den Spielverderber mimte, aber sie konnte es kaum erwarten, aus der Kaffeeküche herauszukommen.

»Ihr Donut!«, hörte sie Gneis in ihrem Rücken rufen. Mira drehte sich zu ihm um und fischte sich dankend einen der rosaroten Kringel aus der Schachtel. Dann verließ sie fluchtartig den Raum.

Axel folgte ihr in das gemeinsame Büro. »Schade, dass du

gestern nicht dabei warst. Wir hatten einen schönen Abend, und Eckhard ist wirklich nett.«

»Ja, ich merke schon, dass ihr alle richtig dicke Freunde geworden seid.«

»Du klingst ja, als wärst du eifersüchtig«, antwortete Axel grinsend.

Mira warf ihm einen genervten Blick zu, verkniff sich jedoch einen Kommentar und reichte ihm stattdessen den Schlüssel des Passats. Immerhin hatte Axel damit gar nicht so unrecht. Auch wenn Eifersucht es nicht wirklich traf. Mira fühlte sich eher verraten, als wäre ihre Einheit nun doch noch zum Feind übergelaufen.

Der Besuch bei Klara Stich erwies sich als Reinfall. Luise Frey öffnete ihnen zwar die Tür, zeigte sich dann aber abweisend. Sie stellte sich mit Anni auf dem Arm in den Rahmen der Küchentür, nachdem sie sie ins Wohnzimmer geführt hatte, und beobachtete sie aus schmalen Augen.

Klara saß am Esszimmertisch, vor ihr stand eine unberührte Tasse Kaffee. Ihre Augen waren gerötet, das Haar hing kraftlos und strähnig herab. Mira wertete es als gutes Zeichen, dass sie nicht im Bett lag und vollständig bekleidet war. Doch ihre Hoffnung auf neue Informationen zerschlug sich mit jedem stummen Achselzucken, das Klara ihnen als Antwort auf ihre Fragen gab.

Als sie die Wohnung wieder verließen, waren sie kein bisschen schlauer als vorher. Axel atmete erleichtert aus, als sie ins Freie traten. Anscheinend hatte er ihren Besuch als ebenso bedrückend empfunden wie Mira.

»Ob sie wohl wieder wird?«, murmelte Mira.

Axel nickte energisch. »Natürlich. Nach allem, was wir wissen, ist sie doch ohne ihn besser dran.«

»Sollte man meinen, ja. Aber offensichtlich kann sie das nicht so sehen.« Miras Handy vibrierte in ihrer Tasche. Sie sah auf das Display, erkannte die Nummer jedoch nicht. Als sie das Gespräch annahm, meldete sich Stichs Schwester Valerie.

»Hallo Frau Stich. Was gibt es denn?«

Axel blickte überrascht zu den Wohnungsfenstern hinter Mira hinauf. Vermutlich dachte er wegen der Namensgleichheit, Klara sei am Telefon, und wunderte sich über ihre plötzliche Redseligkeit.

»Wir hatten doch darüber geredet, dass Martin manchen Leuten durchaus übel mitgespielt hat.«

»Ja. Ist Ihnen dazu noch etwas eingefallen?«

»Ich habe den Namen des Rollstuhlfahrers herausgefunden, den er umgeworfen hat. Und neben seinen Mitschülern gab es da auch noch einen Lehrer.«

»Von dem Lehrer wissen wir bereits, aber den anderen Namen überprüfe ich gerne.«

Mira bat Axel, sich eine Notiz in seinem Büchlein zu machen und diktierte ihm, was Valerie ihr an Stichpunkten zu dem Vorfall sagte.

»Okay, vielen Dank.«

»Geht es Ihnen gut?«, fragte Valerie Stich etwas zögerlich, als Mira das Gespräch beenden wollte. Trotz des beklemmenden Gefühls, das die Begegnung mit Klara Stich in ihr hinterlassen hatte, musste Mira schmunzeln. Sie sah Valerie vor sich, wie sie in einem geblümten Kleid im Garten werkelte. Und nun war sie aufmerksam genug, auch über die Distanz hinweg zu spüren, dass Mira nicht gut drauf war. Früher wäre sie wahrscheinlich als Hexe verbrannt worden.

»Lieb, dass Sie fragen. Es ist alles in Ordnung, danke. Wir waren nur gerade bei Ihrer Schwägerin. Es geht ihr leider gar nicht gut.«

»Das tut mir leid. Sie hat sich Martin immer untergeordnet, ich kann mir gut vorstellen, dass es ihr nun, wo er weg ist, an Halt fehlt.«

Mira nickte nachdenklich. Valerie Stichs Spontananalyse schien den Nagel auf den Kopf zu treffen.

»Ach, wie konnte ich das nur vergessen!«, rief diese auf einmal bestürzt.

»Was ist denn?«

»Klara ist in psychologischer Behandlung.«

Mira stutzte. »Ja, das wissen wir. Aber inwiefern ist das wichtig?«

»Ist es an sich nicht. Aber ihren Therapeuten können Sie gleich mit auf die Liste der Verdächtigen setzen. Leider weiß ich seinen Namen nicht.«

»Wie meinen Sie das?«

»Am Anfang von Klaras Behandlung gab es einen unschönen Zwischenfall. Martin hatte sich in die Idee verrannt, dass auf der Behandlungscouch vielleicht mehr laufen könnte als nur ein paar Gespräche. Er war rasend eifersüchtig und hat den Doktor prompt eine Abreibung verpasst, damit der gar nicht erst auf die Idee kommt, in Klara womöglich etwas anderes zu sehen als eine Patientin.«

»Im Ernst? Er hat ihn angegriffen?«

»Ja, er hat auf ihn eingeschlagen. Es war wohl nicht so schlimm, dass er schwer verletzt wurde, aber doch heftig genug, dass Klara es mit der Angst zu tun bekam. Sie hat sogar einen Arzt gerufen, und der Psychiater musste an der Augenbraue genäht werden, soweit ich mich erinnere.«

»Ach du meine Güte!«, entfuhr es Mira. Warum hatte Dr. Friedmann ihr das verheimlicht? Noch viel interessanter war jedoch die Frage, ob es bei diesem einen Zusammenstoß geblieben war. Schließlich hatte Klara Stich ihre Behandlung auf diesen Ausraster hin nicht abgebrochen.

Mira verabschiedete sich von Valerie, die ihr das Versprechen abnahm, bei ihrer nächsten Tour durch die Fränkische Schweiz mal wieder bei ihr vorbeizuschauen. Dann wandte sie sich an Axel, der sie neugierig musterte und aus ihren Gesprächsfetzen wohl nicht recht schlau geworden war. »Du ahnst nicht, was Martin Stichs Schwester mir gerade erzählt hat!«

## 34

Axel und Mira fuhren direkt nach St. Georgen zur Praxis von Dr. Friedmann. Die ganze Fahrt über machte Mira sich Vorwürfe. Sie hätten ihn längst zur Dienststelle zitieren und seine Fingerabdrücke nehmen müssen. Schließlich stand er mit beiden Opfern in Verbindung. Dass er mit Martin Stich so unmittelbar aneinandergeraten war, hatten sie natürlich nicht ahnen können. Mira ärgerte sich trotzdem, denn Gneis hatte leider völlig recht: Da hatten sie schon einmal die Fingerabdrücke des Täters, und dann versäumten sie, dieses Ass auszuspielen. Aufgrund seiner Alibis hatte Mira Dr. Friedmann als Täter eigentlich schon ausgeschlossen gehabt. Nun fragte sie sich, wie viel das Alibi des Ehemannes wirklich wert war. Würden nicht viele Menschen für ihren geliebten Partner lügen?

Ungestüm schritt Mira zum Eingang der Praxis, kaum dass Axel den Wagen davor geparkt hatte. Doch sie prallte regelrecht daran ab. Die Tür war verschlossen. Verwundert trat Mira ein paar Schritte zurück und sah zu den Fenstern der Behandlungsräume hinauf. Normalerweise war die Praxis mittwochs geöffnet.

Axel stellte sich mit vor der Brust verschränkten Armen neben sie. »Das Vögelchen scheint ausgeflogen zu sein. Meinst du, er hat Wind davon bekommen, dass wir auf dem Weg zu ihm sind?«

»Das will ich nicht hoffen«, murmelte sie. Dann schüttelte sie jedoch den Kopf. »Nein, das muss Zufall sein. Valerie Stich hat uns ja eben erst von dem Vorfall erzählt. Und so, wie es am Telefon klang, ist ihr das spontan eingefallen. Sie hat sicherlich in der letzten Zeit mit niemandem darüber geredet.«

»Vielleicht kann unser Herr Doktor auch einfach eins und eins zusammenzählen. Es war absehbar, dass wir irgendwann darauf stoßen würden, dass Martin Stich und er Probleme miteinander hatten.«

Mira wandte sich vom Haus ab. Hier würden sie heute leider nichts mehr erreichen. »Komm, wir fahren zu seiner Wohnung, bevor wir in der Dienststelle die Gäule scheu machen. Wenn er dort auch nicht ist, können wir ihn immer noch zur Fahndung ausschreiben.«

Sie ging zurück zum Wagen, ließ sich auf den Beifahrersitz fallen und zog ihr Handy aus der Tasche. »Es ist nicht weit. Wir müssen Richtung Gasthof ›Grüner Baum‹, er wohnt dahinter in der Matrosengasse«, erklärte sie, und Axel startete pflichtergeben den Motor des Passats. Dann rief sie Philipp an.

»Hi, Mira. Seid ihr mit Frau Stich weitergekommen? Eckhard war schon zweimal hier und hat nach euch gefragt.«

Mira rollte die Augen zum stoffbezogenen Himmel des Autos, bemühte sich aber um einen gleichmütigen Tonfall. »Sie ist leider nach wie vor nicht wirklich ansprechbar. Auf uns hat sie kaum reagiert und lethargisch gewirkt.«

»Oje.«

»Philipp, könntest du bitte zwei Personen für mich ausfindig machen? Sie sind beide in der Vergangenheit mit Martin Stich und dessen Clique aneinandergeraten. Der eine war Lehrer an Stichs Schule und der andere ist ein Rollstuhlfahrer, den er umgeworfen hat.«

»Meine Güte.«

»Versuche bitte herauszufinden, ob der Rollstuhlfahrer auch eine Verbindung zu Eva Wolfram hat. Wenn nicht, stellen wir ihn hintenan und konzentrieren uns erst einmal auf den Lehrer und die damaligen Mitschüler.«

»Alles klar.«

Sie gab ihm die Namen durch und beendete das Gespräch dann zügig. Nicht dass »Eckhard« noch in Philipps Büro kam, und der ihm den Hörer in die Hand drückte.

»Welche Hausnummer?«, wollte Axel wissen, als sie das Handy wieder einsteckte. Er war in die Matrosengasse eingebogen und in zweiter Reihe abwartend stehen geblieben.

Sie rief sich den Zettel mit René Friedmanns Kontaktdaten

in Erinnerung, den der Psychotherapeut ihr gegeben hatte. »Ich weiß es nicht mehr ganz genau. 12 oder 13, denke ich.«

Die Matrosengasse hatte eine überschaubare Länge, und so fuhr Axel noch ein Stück weiter, um den Wagen ungefähr nach der Hälfte am Straßenrand abzustellen. »Dann heißt es wohl Klingelschilder studieren«, sagte er.

Mira versuchte inzwischen, Dr. Friedmann telefonisch zu erreichen. Doch er ging nicht an sein Handy. Beinahe hatte sie erwartet, dass ihr Anruf ins Leere laufen würde. In einem Anflug von Verzweiflung versuchte sie es auch in der Praxis, jedoch vergebens. Axel überprüfte die Namensschilder des ersten Hauses, und Mira ging zu den beiden Doppelhaushälften gegenüber. Da ließ ein Pfiff Mira zusammenzucken. Sie drehte sich um und erblickte Axel, der ihr zuwinkte. Anscheinend war er schon fündig geworden.

Als Mira auf das Haus zuging, dachte sie, dass sie auch einfach das hätten aussuchen können, das am besten in Schuss war. Die Doppelhaushälfte war toprenoviert. Vor allem im Kontrast zu der anderen Hälfte, die weit weniger schick und modern aussah, stach ins Auge, wie viel Dr. Friedmann hier investiert haben musste.

Im Laufschritt nahm Mira die wenigen Stufen zum Eingang. »Hast du schon geklingelt?«

Axel schüttelte den Kopf.

»Na, du machst es ja spannend.« Der lockere Spruch entsprach nicht Miras Gemütszustand. Ihr Bauchgefühl sagte ihr, dass diese nagelneue anthrazitgraue Haustür verschlossen bleiben würde. Sie gab sich einen Ruck und drückte auf die Klingel.

Lauschend starrten die beiden ins Leere. Nichts rührte sich. Mira klingelte erneut.

»Verdammt!«

Axel zog scharf die Luft ein und blickte sie fragend an. »Also doch Fahndung?«

Mira brummte eine Erwiderung und hastete die Stufen wieder hinunter. Sie bog um die Hausecke und ging nach hinten in den Garten, um einen Blick ins Innere zu erhaschen. Resigniert musste sie feststellen, dass die Rollläden heruntergelassen waren. Bevor sie aber aufgab und in die Dienststelle zurückfuhr, klingelte sie nebenan bei den Nachbarn. Sie rechnete sich keine großen Chancen aus, dass jemand öffnen würde. Vermutlich waren die Bewohner um diese Zeit bei der Arbeit. Doch sie hatte sich getäuscht. Eine ältere Dame öffnete die Tür. Ihr Kopf war übersät mit kleinen grünen Lockenwicklern. Etwas verlegen zupfte sie an einem davon herum.

Mira stellte sich vor und wies sich aus. Spätestens beim Wort »Kriminalpolizei« hatte die Dame ihre unvorteilhafte Frisur vergessen und machte große Augen.

»Wissen Sie, wo Ihre Nachbarn sind?« Sie deutete zu der Doppelhaushälfte von Dr. Friedmanns hinüber.

»Die sind nicht da. Sind heute schon in aller Frühe weggefahren und hatten jeder einen Koffer dabei.«

Mira hielt die Luft an und versuchte, sich ihr Entsetzen nicht anmerken zu lassen. Das durfte doch nicht wahr sein! Hatte der Doktor sich tatsächlich aus dem Staub gemacht? »Wo sie hinwollten, wissen Sie nicht zufällig?«

Die Dame hob die Schultern. »Normalerweise bringen sie mir immer ihre große Monstera rüber, wenn sie in den Urlaub fahren.« Sie klang beinahe beleidigt, dass sie diesmal übergangen worden war.

Mira bedankte sich für die Auskunft und eilte zu Axel, der bereits wieder im Passat saß und dort auf sie wartete. Sie stieg ebenfalls ein und erzählte ihm, was sie von der Nachbarin erfahren hatte.

»Das hört sich nicht gut an«, murmelte Axel halblaut.

Alles in Mira sträubte sich bei dem Gedanken, dass Dr. Friedmann mitsamt seinem Ehemann geflüchtet war. Wieso gerade jetzt?

Nur am Rande bekam sie mit, dass der Passat sich in Bewegung setzte. Wenn Dr. Friedmann wirklich etwas mit dem Tod von Martin Stich zu tun hatte, wie passte dann Eva Wolfram ins Bild? Und war es denn überhaupt plausibel, dass er Stich etwas antat? Schließlich machte eine handgreifliche Auseinandersetzung noch keinen Mörder, und seither schienen sie ja einigermaßen friedlich koexistiert zu haben, obwohl Klara Stich nach wie vor bei ihm in Behandlung war.

Die Zeit bis zur Dienststelle verging viel zu schnell. Mira hätte noch wesentlich länger gebraucht, um ihre Gedanken zu sortieren. Gestresst stieg sie aus und folgte Axel in das Polizeigebäude.

»Lass uns kurz mit Eckhard sprechen. Ich wüsste gerne, was er denkt, ob wir Friedmann nun zur Fahndung ausschreiben sollen oder nicht.«

Mira nickte ergeben.

# 35

Miras Job hatte ihr stets Spaß gemacht. Natürlich hatte es schon schwierige Fälle gegeben, und nicht immer war alles auf Anhieb glatt gelaufen. Doch heute musste sie sich zum ersten Mal regelrecht zur Dienststelle quälen.

Am Vorabend hatten sie noch die Fahndung nach Dr. Friedmann und seinem René veranlasst. Natürlich war die Sprache in diesem Zusammenhang auch auf die fehlenden Fingerabdrücke gekommen. Mira hatte gewusst, dass ihr das auf die Füße fallen könnte. Dass Gneis aber plötzlich auch Dr. Friedmanns Ehemann ins Visier nehmen würde, das hatte sie nicht kommen sehen.

»Ein guter Ermittler muss in alle Richtungen offen sein«, hatte er ihr schulmeisterlich eingeschärft. Das Schlimmste an dieser ganzen unglückseligen Situation war Nils' mitleidiger Blick gewesen – und die Tatsache, dass Gneis recht hatte.

Angespannt schlich Mira den Gang entlang. Noch blieb ihr eine zehnminütige Schonfrist bis zur Teambesprechung. Sie blieb vor der Kaffeeküche stehen und lauschte auf Geräusche. Als sie nichts hören konnte und vorsichtig einen Blick riskierte, sah sie, dass Nils an der Kaffeemaschine stand. Er war allein, von Gneis keine Spur. Erleichtert ging Mira zu ihm hinein.

»Guten Morgen«, begrüßte er sie mit einem unsicheren Lächeln.

»Morgen.«

»Wie geht es dir?«

Mira nickte zum Zeichen, dass alles okay war, und goss sich Kaffee ein. Vermutlich spielte Nils noch auf ihre Scheinmigräne an. Ob er einen Verdacht hatte, dass sie sich mit dieser Ausrede lediglich vor dem Teamessen hatte drücken wollen? Immerhin kannte er sie ziemlich gut.

Die dampfende Tasse in der Hand, wandte Mira sich ihm zu. Auch wenn Gneis gerade nicht mit ihnen in der Küche war, schien er trotzdem zwischen ihnen zu stehen wie ein großer grauer Elefant. Unbeholfen standen Nils und sie sich gegenüber. Es war eine dieser unglücklichen Situationen, in denen jeder sich in die Arme des anderen wünschte und doch keiner es schaffte, den ersten Schritt zu machen. Zu allem Überfluss setzte draußen Geplapper ein. Anscheinend hatte Sylvia den Gang betreten.

»Ich informiere mich noch kurz über den Stand der Fahndung«, murmelte Mira. »Wir sehen uns ja gleich.«

Nils schüttelte den Kopf. »Diesmal bin ich bei der Teambesprechung nicht dabei. Ich habe einen Termin mit Staatsanwältin Wirt.«

»Ach so. Hm.« Sie wollte gerade die Küche verlassen, da hielt Nils sie sachte am Arm zurück.

»Eckhard fährt übers Wochenende nach Hause. Wirst du dann endlich wieder etwas mit mir unternehmen?«

Sein schüchternes Lächeln rührte sie. Mira nickte.

»Guten Morgen, Team!« Eckhard Gneis saß bereits im Besprechungszimmer, als Mira mit ihren Kollegen eintrat. Bei seiner Begrüßung musste sie sich beherrschen, nicht genervt die Augen zu verdrehen.

»Guten Morgen!«, flötete Sylvia schräg hinter ihr. Als sie an ihm vorbei zum nächsten freien Stuhl ging, tätschelte sie ihm sogar die Schulter.

Kurz spielte Mira mit dem absurden Gedanken, es Sylvia gleichzutun. Wie »Eckhard« wohl reagieren würde, wenn sie ihn auch abtätschelte? Nun, das würde sie wohl nie erfahren.

Als sich alle gesetzt hatten und Mira aufsah, begegnete sie Gneis' auffordernden Blick. Sie räusperte sich.

»Bislang gibt es keine Ergebnisse hinsichtlich der Fahndung nach Dr. Friedmann und seinem Ehemann«, begann sie. »Auch der Polizeischutz von Fabian Meister meldet keine ungewöhnlichen Vorkommnisse. Bei Elisabeth Dorn ebenso. Sie hat sich allerdings nicht davon abbringen lassen, nach Hause zu kommen. Ich hatte bei unserem kurzen Telefonat vorhin den Eindruck, sie befürchtet, womöglich ihre Schwester in Gefahr zu bringen, wenn sie dortbleibt. Sie kommt heute mit dem Zug nach Bayreuth, eine Streife wird sie am Gleis in Empfang nehmen, nach Hause bringen und dann dort Stellung beziehen.« Mira machte eine Pause und überlegte, ob sie etwas vergessen hatte. Diese Meetings hatten das Ziel, das gesamte Team auf dem neusten Wissensstand zu halten. Deshalb ergänzte sie noch die erfolglose Befragung von Klara Stich, die sie Gneis schon am Vorabend geschildert hatten.

Der nickte nun und richtete seinen Blick auf Sylvia. Die wirkte trotz ihrer guten Laune etwas angespannt. Die Situation musste ungewohnt für sie sein. Normalerweise nahmen die Kriminaltechniker nur selten an regelmäßigen Updatebesprechungen teil. Gneis hatte sie jedoch voll involviert.

»Ich habe eine Liste erstellt, von wem wir Fingerabdrücke genommen und abgeglichen haben. Herr und Frau Roder vom Bestattungsinstitut, die Reinigungskraft dort, die Mitarbeiterinnen aus Stichs Metzgerei, Schallers Angestellte aus dem Weinladen und alle Verwandten der beiden Opfer sind überprüft worden. Lediglich die Schwester von Martin Stich fehlt mir noch. Es gab keine Übereinstimmungen.«

»Sobald wir diesen Psychiater haben, nimmst du bitte sofort dessen Abdrücke und auch die seines Mannes«, warf Gneis ein und schaute einen Moment lang mit vorwurfsvoller Miene zwischen Mira und Sylvia hin und her. Mira erwiderte seinen Blick stur, während Sylvia mit einem kleinlauten »Natürlich« den Kopf einzog.

»Was haben wir noch?«, fragte Gneis an Axel und Philipp gewandt.

»Frau Streitberg hatte mich gebeten, die Anwohner der Metzgerei zu befragen«, meldete sich Philipp zu Wort. »Ich bin während der letzten Tage also immer mal wieder hin und habe Klinken geputzt, weil ich die meisten leider nicht auf Anhieb angetroffen habe. Von den Anwohnern hat aber niemand etwas gesehen. Was ich allerdings interessant fand, war, dass am Abend, an dem Stich starb, neue Nachbarn ins Nebenhaus gezogen sind. Sie erzählten mir, dass sie die Straße und teilweise auch die Zufahrt zum Hinterhof der Metzgerei mit Sprinter und Anhänger dabei ziemlich blockiert hätten. Stich habe sie aufgefordert, den Weg freizumachen, da er noch einen Kunden erwarte, der Ware abholen wolle. Daraufhin haben die Nachbarn umgeparkt, aber sie sind sich ziemlich sicher, dass kein Kühltransporter oder Ähnliches auftauchte. Hundertprozentig ausschließen können sie es natürlich nicht, da sie ja immer wieder Möbelstücke hochgetragen und nicht ununterbrochen die Straße im Auge behalten haben. Aber es könnte durchaus bedeuten, dass die Bestellung der vier Schweinehälften tatsächlich nur ein Vorwand war, um Stich abends allein anzutreffen.« Philipp wirkte, als hätte er sich leergeredet, und klappte schwungvoll seinen Collegeblock zu. Mira nickte nachdenklich. Seine Vermutung passte perfekt dazu, dass die Rechnungsadresse nicht existierte. Irgendjemand hatte Stichs Ableben ziemlich geschickt eingefädelt.

»Danke«, sagte Gneis in geschäftsmäßigem Tonfall. »Wie weit seid ihr mit den Mitschülern der beiden Opfer?«, fragte er an Axel gewandt.

»Ich bin mit Stichs Jahrgangsstufe, als er in der Zehnten war, durch. Einer lebt nicht mehr, zwei sind vorbestraft.«

»Woran ist der Mitschüler gestorben?«

»Das muss ich noch herausfinden.«

»Tu das.«

Axel wirkte durch die Nachfrage aus dem Konzept gebracht. Womöglich fand er Gneis' fordernde Art gar nicht so angenehm, wie er Mira glauben machen wollte. Er sammelte sich jedoch schnell wieder und fuhr fort. »Eine ehemalige Mitschülerin wurde später mehrmals wegen Diebstahl verhaftet. Ein Klassenkamerad bekam eine Bewährungsstrafe wegen häuslicher Gewalt.«

Gneis nickte. »Den sollten wir uns genauer anschauen. Und mach bitte mit den Jahrgangsstufen darunter weiter.«

»Mira hat damit schon begonnen.«

»Ja, bei den Schülern und Schülerinnen der Neunten gibt es keine Auffälligkeiten.«

»In Ordnung. Weiter so.«

Axels Züge entspannten sich.

Gneis blickte erwartungsfroh in die Runde. »Noch etwas?«

»Martin Stichs Schwester hat uns auf zwei weitere Mobbing-opfer ihres Bruders aufmerksam gemacht«, sagte Mira. »Philipp ist bereits dran, sie ausfindig zu machen.«

»Sehr gut.«

Mira biss sich auf die Unterlippe. Dann gab sie sich einen Ruck und suchte das Gespräch mit Gneis. Wenn sie jetzt schon mal einen Spezialisten hierhatten, sollte er gefälligst auch liefern. »Halten Sie es denn tatsächlich für wahrscheinlich, dass der Täter aus der Schulzeit stammt? Ich meine, wieso stand ihm nicht früher der Sinn nach Rache, wieso erst jetzt, rund fünf-zehn Jahre später?«

»Der Einwand ist berechtigt. Sollte der Täter ein Mobbing-opfer der Clique sein, gehe ich davon aus, dass er schon länger Rachephantasien hegte oder zumindest nie über das Erlebte hinweggekommen ist. Vor Kurzem muss der Täter dann eine Erfahrung gemacht haben, die ihn eine Grenze überschreiten ließ. Deshalb würde ich auch sagen, dass er vermutlich vor-bestraft ist. Etwas könnte passiert sein, das seine Hemmungen gesenkt und/oder sein Selbstbild verändert hat. Und das war Auslöser für ihn, von der Opfer- in die Täterrolle zu wechseln.«

Mira war zwar kein Psychologe und laut Nils nicht einmal sonderlich emphatisch, doch rein theoretisch konnte sie sich durchaus vorstellen, dass an dieser Theorie etwas dran war.

»Auf Dr. Friedmann als potenziellen Täter trifft das nicht unbedingt zu«, fuhr Gneis fort. »Sein Zusammenstoß mit Stich liegt ja noch nicht so lange zurück, nicht mal ein halbes Jahr, nicht wahr? Hier bräuchte es kein solches Trigger-Erlebnis.«

Wieder nickte Mira. Nach allem, was sie bisher über Martin Stich erfahren hatte, war es nicht abwegig, dass ein früheres oder aktuelles Mobbingopfer ihn hatte loswerden wollen. Doch von Eva Wolfram hatte Dr. Friedmann nur positiv gesprochen.

»Im Fall Wolfram fehlt uns bei Dr. Friedmann allerdings das Motiv. Wir haben keinerlei Anhaltspunkt, dass es auch hier einen Konflikt gab. Eifersüchtig ist Peter Wolfram sicherlich nicht gewesen«, gab Mira zu bedenken.

»Tja, dann wissen Sie ja, was Sie zu tun haben, wenn Friedmann gefasst ist. Nehmen Sie ihn in die Mangel, bis er redet.« Gneis starrte sie herausfordernd an. »Schaffen Sie das?«

Mira hielt seinem Blick stand. »Natürlich.«

## 36

Elisabeth Dorn war wohlbehalten in ihrer Wohnung in Bayreuth Hammerstadt angekommen und hatte sie seitdem nicht verlassen. Auch sonst war den Kollegen, die vor dem Haus Wache hielten, nichts Verdächtiges aufgefallen. Als Mira aus Nils' Büro zurückkam, wo sie und Eckhard Gneis ihn nach seinem Gespräch mit der Staatsanwältin auf Stand gebracht hatten, telefonierte Axel gerade mit ihr. Mit einem Seitenblick auf Mira bedankte er sich bei Frau Dorn für das Gespräch und bat sie, Ruhe zu bewahren. Dann legte er auf.

»Und, wie geht es ihr? Fabian Meister ist nur noch ein Häufchen Elend, aber mir scheint, sie steckt die Situation wesentlich besser weg, oder?«

»Das Gefühl habe ich auch«, bestätigte Axel. »Aber das Telefonat war leider nicht sehr ergiebig. Ich wollte von ihr wissen, ob sie uns nicht irgendeinen Hinweis auf den Täter geben kann. Doch sie hat keine Ahnung. Sie meinte, dass es viele Leidtragende gegeben habe, doch niemanden, den sie mehr als andere ins Visier genommen hätten.«

»Klingt wie das, was Meister gesagt hat. Die haben anscheinend wirklich keine Ahnung, wer ihnen nach dem Leben trachten könnte. Wie kann man einem Menschen so übel mitspielen, dass er einen umbringen will, und es nicht einmal bemerken?«

»Und wenn die Anschläge doch nur Eva Wolfram und Martin Stich galten? Wir wissen schließlich nicht genau, ob die anderen beiden wirklich in Gefahr sind.«

Mira zuckte mit den Schultern. »Diese Viererclique ist neben Dr. Friedmann die beste Spur, die wir haben.«

»Dann können wir für die beiden nur hoffen, dass Friedmann der Täter ist. Das würde wohl bedeuten, dass sie nicht in Gefahr sind. Ich habe Elisabeth Dorn gefragt, ob sie ihn kennt. Das hat sie aber verneint.«

Mira presste die Lippen zusammen und drehte sich eine Weile

mit ihrem Bürostuhl hin und her. Dann schüttelte sie den Kopf.
»Je länger ich darüber nachdenke, desto weniger glaube ich
daran, dass Dr. Friedmann unser Täter ist.«

Axel suchte über die Computermonitore hinweg ihren Blick.
»Aber warum ist er dann abgehauen?«

»Wenn ich das wüsste.« Sie stand auf und lehnte sich in den
Türrahmen zum Nebenzimmer, in dem Philipp arbeitete; der
Praktikantenschreibtisch war nur wenige Meter entfernt. »Bist
du mit den beiden Mobbingopfern schon weitergekommen?«

Philipp drehte sich auf seinem Stuhl zu ihr um und nickte.
»Sie haben beide ein Alibi.«

Mira trat ein. »Erzähl mir mehr.«

»Der Lehrer, Willibald Knorr, wohnt inzwischen in Leip-
zig. Er hat ausgesagt, dass sein Vorname, den Martin Stich anscheinend witzig fand, damals ausgereicht hatte, um ihn zur
Zielscheibe zu machen.«

Nur mit Mühe verkniff sich Mira einen abfälligen Kommentar über das Mordopfer.

»Jedenfalls hat er am Telefon keinen Hehl daraus gemacht,
dass es Tage gab, an denen er Stich am liebsten den Hals umge-
dreht hätte. Er betonte aber auch, dass er längst darüber hinweg
sei. Zum Tatzeitpunkt war er auf einer Lehrerkonferenz wegen
der bevorstehenden Zeugnisse. An dem Tag, an dem Eva Wolfram überfallen wurde, ist er nach dem Unterricht direkt nach
Hause. Das kann niemand bezeugen, aber er hätte es zeitlich
nicht rechtzeitig nach Bayreuth geschafft.«

»Okay. Ich werde noch checken, ob er vorbestraft ist, und
wenn nicht, haken wir ihn ab.«

»Das zweite Opfer, Markus Schorle, sitzt seit seiner frühen
Kindheit im Rollstuhl. Er wohnt noch hier in Bayreuth. Als
ich ihn an den unschönen Vorfall mit Martin Stich erinnerte,
reagierte er sehr aufgebracht, aber wer will ihm das verübeln.
Er wohnt mit drei Mitbewohnern in einer WG. Die konnten bezeugen, dass er am Abend, an dem Stich im Kühlraum
eingesperrt wurde, zu Hause war. Freitagnachmittags hat er
Chorprobe, damit hätte er auch für den Tatzeitpunkt im Fall

Eva Wolfram ein Alibi. Das muss ich aber zuerst noch überprüfen.«

»Ich bin nicht sicher, ob es jemandem, der im Rollstuhl sitzt, überhaupt möglich gewesen wäre, Eva Wolfram in den Sarg zu hieven. Wenn, müsste er einen Helfer gehabt oder jemanden beauftragt haben. Vielleicht sollten wir die Bankverbindungen der beiden checken.«

Philipp drehte die Perle, die noch immer etwas verloren in seiner Gesichtsbehaarung hing. »Denkst du, das kriegst du durch?«

Mira wog abschätzend den Kopf hin und her. »Normalerweise würde ich sagen, eher nicht. Aber dieser Fall hat dank Schallers Kontakten Kreise gezogen. Einen Versuch wäre es wohl wert.«

»Soll ich mich darum kümmern?«

»Nein, ich mache das. Danke dir.«

Zurück am Schreibtisch rief sie Richter Eisenbeißer an. Er war ein freundlicher Mann in den Fünfzigern, der immer besonnen entschied und einer der angenehmsten Kollegen am Gericht war. Mira schätzte ihn sehr, doch heute machte er es ihr schwer. Er stellte viele Fragen, meinte, dass er die Überprüfung der Bankkonten nicht verhältnismäßig fand, und empfahl ihr, sich erst einmal an den Staatsanwalt zu wenden. Mira ging grundsätzlich lieber kurze Wege, aber der würde sie diesmal wohl nicht ans Ziel bringen.

Gegenüber wurde Axel auf einmal zappelig. Er stand auf und lenkte winkend Miras Aufmerksamkeit auf sich. Die beendete das Telefonat und schaute Axel fragend an.

»Wir haben Dr. Friedmann!«

Um sich die Zeit bis zu Dr. Friedmanns Eintreffen zu vertreiben, forderte Mira die Akte zu dem Mitschüler an, der wegen häuslicher Gewalt vorbestraft war, und tippte ihre bisherigen Erkenntnisse in das Berichtsformular. Mit jeder Minute, die verstrich, stieg ihre Anspannung. Wenn Friedmanns Fingerabdrücke mit denen, die Sylvia an den Tatorten gefunden hatte, übereinstimmten, war der Fall gelöst. Fabian Meister würde vor Erleichterung vermutlich in Ohnmacht fallen. Ein paar unscheinbare schwarze Linien auf Sylvias Papieren könnten bald weitreichende Folgen nach sich ziehen. Doch waren es nicht oft Kleinigkeiten, die den entscheidenden Hinweis brachten?

»Du wirkst so bedrückt. Freust du dich denn gar nicht, dass wir Dr. Friedmann so schnell geschnappt haben?« Axel hatte sich nach vorn gebeugt und lugte um die Computerbildschirme herum.

»Doch, doch. Das ist gut.«

»Aber?« Er sah sie forschend an.

»Nichts aber. Ich bin gespannt, was er zu berichten hat, und natürlich auf die Fingerabdrücke.«

»Die Fingerabdrücke, ja.« Axel kaute nachdenklich auf einem Bleistift herum. »Er muss es aber nicht selbst getan haben.«

Mira rollte mit dem Schreibtischstuhl etwas zur Seite, um sich besser mit ihrem Kollegen unterhalten zu können. »Das stimmt zwar, aber das glaube ich nicht. Bei dem Lehrer und dem Rollstuhlfahrer hätten die Entfernung und die physische Verfassung dagegengesprochen, dass sie die Morde selbst begangen haben. Dr. Friedman lebt aber hier vor Ort und wäre körperlich dazu in der Lage, Eva Wolfram in den Sarg zu legen. Ebenso sein Mann. Der Satz, den der Mörder am Tatort hinterlassen hat, deutet für mich darauf hin, dass die Morde für ihn etwas sehr Persönliches sind. Wenn es irgendwie möglich ist, würde er oder sie es daher wohl selbst tun.«

»Ja, es scheint etwas Persönliches zu sein. Darum sollten wir unbedingt auch den Ehemann genau unter die Lupe nehmen. Ich habe ganz stark das Gefühl, dass Friedmann etwas mit der Sache zu tun hat. Sein plötzliches Verschwinden spricht eindeutig dafür.«

Mira nickte. »Wir werden sehen, was er dazu zu sagen hat.«

## 37

Dr. Friedmann sprang auf, als Mira und Axel das Besprechungszimmer betraten, in das die Kollegen ihn gebracht hatten. Er
wirkte äußerst wütend.

»Was soll das? Sind Sie verrückt geworden?«, rief er, noch
bevor sie die Tür wieder schlossen. Der Polizist, der vor dem
Zimmer Wache schob, grinste süffisant.

»Setzen Sie sich«, antwortete Mira knapp und nahm ihm
gegenüber Platz. Axel ließ sich auf dem freien Stuhl neben ihr
nieder, während Dr. Friedmann sie unschlüssig anstarrte.
Schließlich setzte er sich wieder hin, doch beruhigt hatte er
sich noch nicht. »Das ist eine Unverschämtheit. Wie kommen
Sie dazu, René und mich einfach aus dem Urlaub zu reißen?«

Die Kollegen hatten ihn und seinen Ehemann an der öster-
reichischen Grenze aufgegriffen. Dort lag angeblich das Well-
nesshotel, in dem sie sich eingebucht hatten. Nun drängte sich
natürlich die Frage auf, ob das ein harmloser Kurztrip gewesen
war oder der äußerst ungeschickte Versuch, auf angenehme
Weise unterzutauchen.

»Wie kommen Sie dazu, als Verdächtiger in einem doppelten
Mordfall einfach zu verreisen?«, antwortete Mira betont gelassen.

Dr. Friedmann blickte irritiert zwischen ihr und Axel hin
und her.

»Wieso haben Sie uns verschwiegen, dass Martin Stich Sie
geschlagen hat?«

Dr. Friedmanns Miene änderte sich abrupt. Miras Frage
wischte ihm im Bruchteil einer Sekunde den Zorn aus dem
Gesicht. Zurück blieb Überraschung. »Geht es Klara besser?
Ich hatte nicht erwartet, dass sie Ihnen davon erzählt.«

»Wieso sollte sie den Mörder ihres Mannes schützen?«, fragte
Mira provokant.

»Das bin ich nicht, ich habe nicht –«

»Schluss mit dem Rumgeeiere.« Mira schlug mit der flachen Hand auf den Tisch. Dr. Friedmanns Selbstsicherheit war dahin. Das musste sie ausnutzen. Wie erwartet, zuckte er erschrocken zusammen. »Ihnen ist doch wohl klar, was das Verschweigen der tätlichen Auseinandersetzung und Ihre Flucht für ein Bild auf Sie werfen, oder?«

»Das war doch keine Flucht. René hat mir den Wellnessurlaub zum Hochzeitstag geschenkt.«

»Wir werden ihn danach fragen und den Buchungszeitpunkt überprüfen. Und wieso haben Sie die Reise nicht erwähnt? Ich hatte Ihnen gesagt, Sie sollen sich zur Verfügung halten.«

»Ich weiß nicht. Ich dachte wohl, es sei nicht so wichtig.« Inzwischen wirkte Dr. Friedmann hilflos. Er rieb sich die Hände, und sein Blick wanderte unstet durch den Raum.

»Dass Martin Stich Sie verprügelt hat, war wohl auch nicht so wichtig? Das kann man als Motiv werten. Übrigens liefert der Vorfall auch Ihrem René eines. Es wird ihm ja sicherlich nicht gefallen haben, wie Stich Sie zugerichtet hat, oder?«

Dr. Friedmann sackte förmlich in sich zusammen. »Lassen Sie René aus dem Spiel. Er hat mit den Stichs nicht das Geringste zu tun!«

»Aber Sie.«

Dr. Friedmanns Adamsapfel hüpfte unruhig auf und ab.

»Reden Sie endlich.«

»Da gibt es nicht viel zu sagen. Stich war eifersüchtig. Grundlos, wie ich betonen möchte! Und ja, der Vorfall war alles andere als schön. Aber erstens hat er mich nur noch darin bestärkt, Klara zu behandeln, und zweitens habe ich Stich nicht getötet!«

»Warum haben Sie nichts davon erzählt?«

»Genau deshalb!« Er machte eine ausladende Geste, als wolle er die Dienststelle um sich herum umarmen, auch wenn Mira sich sicher war, dass ihm gerade nichts ferner lag. »Natürlich weiß ich, dass mich dieser Vorfall bei Ihrer Tätersuche ins Spotlight gerückt hätte. Ich bin ja nicht blöd!«

Mira verkniff sich den Kommentar, dass es durchaus blöd gewesen war, während der Ermittlung heimlich in einen Wellnessurlaub abzuhauen. Stattdessen sagte sie mit unbewegter Miene: »Wir haben die Fingerabdrücke des Täters und vergleichen sie in diesem Moment mit Ihren.«

Sie beobachtete seine Mimik genau. Spätestens jetzt musste seine Fassade in sich zusammenfallen, wenn er denn eine aufgebaut hatte. Doch zu ihrer Überraschung huschte der Anflug eines zaghaften Lächelns über sein Gesicht.

»Das ist die erste gute Nachricht des Tages«, sagte er.

Mira presste die Lippen zusammen. Verdammt, sie hatte es geahnt. Sie hatten den Falschen.

Sylvia bestätigte es ihnen wenige Minuten später. Die Fingerabdrücke, die sie von den Tatorten genommen hatten, stimmten weder mit denen von Dr. Friedmann noch mit denen seines Mannes überein. Mira lehnte sich in ihrem Schreibtischstuhl zurück, schloss die Augen und atmete ein paarmal tief durch.

»Nimm's dir nicht so zu Herzen«, riet Axel.

Sie öffnete die Augen wieder und nickte. »Ich hatte irgendwie auch nicht das Gefühl, dass er der Täter ist«, gab sie zu.

»Frauen und ihre Intuition.« Er grinste. »Ich habe übrigens eine Überraschung für dich, die deine Laune bestimmt wieder etwas heben wird.«

»Ach ja? Wie komme ich denn zu der Ehre?«

»Sagen wir, es ist eine kleine kollegiale Aufheiterung zum Ausklang der Arbeitswoche.«

»Nun erzähl schon!«

»Mein Vater hat früher in der Porzellanfabrik Walküre gearbeitet.«

»Das ist doch die in der Nähe des Festspielhügels, oder?«

»Genau. Ich habe dort als Student immer in den Ferien im Museum gejobbt. Vor ein paar Jahren mussten sie leider Konkurs anmelden. Die Marke wurde verkauft, aber das Gebäude nicht weiter genutzt. Nun soll das Museum endlich mal leer geräumt werden. Es gibt Überlegungen, es an einem anderen Ort wiederzueröffnen. Ich habe mich angeboten, das zu übernehmen.«

»Soll ich etwa mit dir Umzugskisten packen? Ist das die große, wunderbare Überraschung?«

Axel lachte auf. »Nein, das schaffe ich schon selbst. Aber ich habe den Schlüssel für das Gelände, auch für die Produktionshallen, weil ich nachsehen soll, ob dort noch etwas herumsteht, was für das Museum interessant sein könnte.«

»Und?«

»Na, ich dachte, du stehst auf historische Gemäuer. Eine altehrwürdige Porzellanfabrik müsste doch ganz nach deinem Geschmack sein. Wenn du Lust hast, kannst du morgen in der Mittagspause einen Blick reinwerfen.«

Miras Stimmung hellte sich augenblicklich auf. »Ehrlich?«

»Klar!«

»Das würde ich wirklich sehr gerne!«

Wenn Axel das nächste Mal Heidelbeertee trank, würde sie großmütig über seine Geschmacksverirrungen hinwegsehen. Anscheinend war der neue Kollege ein ungeahnter Glücksgriff. Mira spürte, wie sich ihre Mundwinkel hoben. Diese Besichtigungseinladung war tatsächlich genau im richtigen Moment gekommen. Sie musste positiv bleiben. Und im Grunde war Mira sogar erleichtert, dass Dr. Friedmann nicht der Täter war. Das hätte den nicht genommenen Fingerabdrücken zusätzliches Gewicht verliehen, und außerdem war der Psychotherapeut ihr durchaus sympathisch. Ihre Menschenkenntnis hätte einen empfindlichen Knacks davongetragen.

In diesem Moment streckte Nils den Kopf zur Tür herein. Er öffnete den Mund, schloss ihn jedoch mit einem Seitenblick auf Axel wieder. Ehe ihr Kollege ihn überhaupt bemerkte, war er schon wieder verschwunden. Wenige Sekunden später brummte Miras Handy. »Morgen dreizehn Uhr im Schwurgerichtssaal. Nur wir beide.«

Das wurde ja immer besser!

»Wir müssten aber pünktlich wieder von der Porzellanfabrik zurück sein. Klappt das?«, fragte sie Axel.

»Kein Problem.«

Der morgige Freitag würde unerwartet abwechslungsreich

werden. Mira freute sich darauf. Sie fühlte sich im Reinen mit ihrem Umfeld, was sie lange nicht mehr so deutlich gespürt hatte, atmete tief durch und wandte sich wieder ihrem Computer zu. Jetzt mussten sie nur noch diesen Mörder fangen. Dr. Friedmann war raus, sie würden sich nun voll auf das Durchleuchten der Mitschüler konzentrieren. Dieses Trigger-Erlebnis, wie Gneis es genannt hatte, konnte sie zum Täter führen.

Mira griff zu ihrem Teil der Liste mit den Namen der unteren Jahrgänge. Axel hatte ihr die Schüler mit den Anfangsbuchstaben L bis Z überlassen, damit sie schneller vorankamen. Sie gab den ersten Namen in den Computer ein und fragte sich, was das wohl für ein ominöser Trigger war, nach dem sie suchten. Was für ein Erlebnis konnte das sein? Was konnte dafür sorgen, dass jemand seinen Rachephantasien tatsächlich Taten folgen ließ?

## 38

*Vier Monate zuvor*

Schneeflocken rieselten wie Asche vom bereits dunklen Himmel, legten sich über Häuser, Autos und die Straße. Er atmete tief ein. Er mochte den Geruch von Schnee, doch bald würde er Frühlingsdüften weichen. Eigentlich hatte niemand mehr damit gerechnet, dass es noch einmal schneien würde, doch das Wetter scherte sich nicht um Erwartungen. Nur noch wenige hundert Meter trennten ihn von seiner Wohnung. Doch als er um die nächste Ecke bog, hatte er das Gefühl, sie wäre noch meilenweit entfernt. In diesem Moment rückte die Sicherheit seiner eigenen vier Wände in unerreichbare Ferne. Er erstarrte angesichts dessen, was sich da vor ihm abspielte. Keinen Schritt konnte er mehr gehen, keine Bewegung war mehr möglich, lediglich seine Augen und Ohren versagten ihm nicht den Dienst. Gebannt starrte er auf die arme Kreatur, die da auf dem Boden lag und sich wand, hörte ihr Keuchen und Wimmern und das dumpfe Auftreffen von Fäusten und Tritten auf ihrem Körper.

Fast war ihm, als spürte er die Schläge auf seiner eigenen Haut, ein jeder eine dumpfe Erinnerung. Er selbst war es, der dort auf dem Boden lag. Er war es, der geschlagen und getreten wurde – nicht jetzt und nicht hier, doch das machte es nicht weniger real.

Da bemerkte ihn einer der Schläger. Er stupste seinen Kameraden an und deutete auf ihn. Würden sie nun zu ihm herüberkommen? Wäre er nun der Nächste, der sich auf dem Boden winden und wimmern würde? Noch immer rührte er sich nicht, nur seine Gedanken rasten: Wenn er jetzt losrannte, hätte er vielleicht noch eine Chance, ihnen zu entkommen.

Der Mann bemerkte wohl seine Erstarrung, erkannte die missliche Lage, in der er sich befand, dass er nicht vor und nicht zurück konnte. Er wedelte mit der Hand, als wollte er testen, ob seine Augen ihr folgten. Dann lachte er und zeigte ihm einen Vogel. Der andere lachte mit, machte eine wegwerfende Handbewegung. Es schmerzte, doch sie hatten recht. Er war keine Gefahr für sie. Alles, worauf er hoffen konnte, war, dass sie ihn in Ruhe ließen. Auf einmal war er wieder der kleine Junge, der seinen Widersachern hilflos ausgeliefert war und vor Angst schier umkam.

Da drang das Geräusch eines Martinshorns in sein Bewusstsein. Es war leise und schien noch weit weg, doch es wurde rasch lauter. Auch die Schläger hatten es bemerkt. Sie sahen einander wortlos an, gaben dem armen Kerl in ihrer Mitte einen letzten Tritt und gingen dann davon. Nicht ein einziges Mal sahen sie sich um, ganz so, als wäre überhaupt nichts geschehen.

Er starrte ihnen nach. Jetzt erst wurde ihm bewusst, wie laut und schnell sein Atem ging. Zitternd holte er Luft. Sie waren weg. Er war mit dem Schrecken davongekommen. Im Gegensatz zu dem jungen Mann, der ein paar Meter entfernt von ihm noch immer auf dem Boden lag und sich nicht rührte.

Das Martinshorn verstummte, als es schon fast unerträglich laut geworden war. Blaues Licht flackerte über die Häuserfronten. Eine Ärztin und ein Sanitäter rannten zu dem jungen Mann. Aus einer Platzwunde am Haaransatz sickerte Blut, das sein halbes Gesicht bedeckte. Rot und nass glänzte es im Scheinwerferlicht des Krankenwagens. Dann wurde der Anblick von den Körpern der Helfenden verdeckt, und er spürte eine Berührung an der Schulter. Sie fühlte sich gedämpft an, als wäre er in Watte gepackt.

»Geht es Ihnen gut?«, fragte eine Stimme, die von weit her zu kommen schien und doch ganz nah war. »Sind Sie auch ein Opfer?«

Ja, das war er. Er war so lange ein Opfer gewesen, dass er gar nicht mehr wusste, wie es sich anfühlte, keines zu sein. Zeitweise war es ihm nicht so präsent gewesen, doch dieses Gefühl war nie ganz vergangen.

»Hallo? Hören Sie mich?«

Träge drehte er sich zu der Frau um; es war eine Sanitäterin mit besorgtem Blick. Er nickte. »Es geht mir gut«, krächzte er und räusperte sich. Mit einem Mal veränderte sich die Stimmung in der Straße.

Er begriff nicht gleich, woran es lag, spürte aber deutlich eine undefinierbare Schwere, so als wäre die Luft dichter geworden und hätte ein ganz eigenes, unangenehmes Gewicht bekommen. Die Rettungskräfte, die bei dem jungen Mann knieten, ließen Schultern und Köpfe hängen. Der Augenblick wollte sich ausdehnen zur Ewigkeit, fast so, als würde die Zeit stillstehen. Da verstand er. Der junge Mann war tot. Sie hatten ihn umgebracht, und er hatte dabeigestanden und untätig zugesehen. Er schnappte nach Luft wie ein Ertrinkender, das Atmen fiel ihm schwer.

»Beruhigen Sie sich.« Die Stimme der Sanitäterin war nun ebenso besorgt wie ihr Blick. Er kümmerte sich nicht darum, war zu beschäftigt damit, die Situation und ihre Bedeutung zu erfassen. Ihre Bedeutung für ihn, für sein weiteres Leben.

Wie oft hatte er sich damals gewünscht, jemand würde ihm beistehen und ihn aus seiner Misere befreien. Doch alle hatten weggesehen. Ihm war heute nicht einmal das gelungen. Er hatte zugesehen, während sie ihn prügelten, und nichts getan. Nun war der Mann tot. Und die Täter lachten, schwatzten und gingen ihrer Wege.

Erneut musste er die leidvolle Erfahrung machen, dass es stets die Unschuldigen traf. Und die Bösen kamen davon, damals wie heute. Das musste endlich ein Ende haben. Er war kein Kind mehr, verdammt. Und er wollte auch endlich kein Opfer mehr sein!

Er würde das Gleichgewicht wiederherstellen, das er seit vielen Jahren vermisste. Er wusste, dass er dazu in der Lage war – diese Erkenntnis war das einzig Positive. Heute hatte er zum letzten Mal versagt. Es war höchste Zeit.

## 39

Mira schlug die Polizeiakte zu und straffte sich. Matthias Dachner, ein Mitschüler von Martin und Eva, hatte vor einigen Jahren seine Freundin so fest gepackt und gegen eine Wand gedrückt, dass sie Hämatome von seinen Händen an den Oberarmen gehabt hatte. Schaudernd fuhr Mira sich an der Stelle über die eigene Haut. Auch gewürgt sollte er sie haben, wofür damals aber keine Beweise gefunden werden konnten. Was Mira an der Sache komisch vorkam, war, dass der Fall bereits fast zehn Jahre zurücklag. So wie sie Gneis verstanden hatte, suchten sie aber nach jemandem, der kürzlich straffällig geworden war oder dessen Verbrechen in der letzten Zeit an Brutalität gewonnen hatten. Das sah Mira hier nicht. Oder hatte man Dachner später bloß nicht mehr erwischt?

Sie suchte die Telefonnummer des Opfers heraus. Vielleicht konnte die Frau ihr weiterhelfen, obwohl Mira für sie hoffte, dass sie nach dieser Geschichte nicht mehr in Kontakt mit Dachner stand.

Der Anruf ging ins Leere, und so speicherte sie die Nummer in ihrem Handy ab. Sie würde es am Wochenende noch einmal versuchen. Außerdem wollte sie sich bei dem Tennisverein umsehen, bei dem Eva Wolfram und Martin Stich Mitglieder gewesen waren.

»Na, bist du bereit?«, fragte Axel auf der anderen Seite der Computerbildschirme.

Mira sah auf die Uhr. Es war Punkt zwölf. Er konnte es anscheinend kaum erwarten, sie zu entführen. Sie stand auf und griff nach ihrer Handtasche. »Bin ich«, antwortete sie aufgeräumt.

Axel hielt zielstrebig auf den Dienstpassat zu, was Mira mit hochgezogenen Augenbrauen quittierte. Sie sagte jedoch nichts, denn sie wollte keine Spielverderberin sein, wenn ihr Kollege sie schon zu einer Privatbesichtigung in die Porzellanfabrik ausführte.

Das Betriebsgelände lag zentral in der Innenstadt und nicht irgendwo außerhalb in einem Industriegebiet, was seinen Charme noch unterstrich. Sie stellten das Auto auf einem kleinen Parkplatz gegenüber dem Haupteingang ab.

»Wohnt dort etwa jemand?« Irritiert betrachtete Mira mehrere beschriftete Klingelschilder an einem villenartigen Haus auf der rechten Seite. Ein Fahrrad stand im Eingangsbereich, und mit den verschiedenen Vorhängen an den Fenstern erweckte es nicht den Eindruck eines Werksgebäudes, auch wenn es hinter dem Tor auf dem Betriebsgelände stand.

Axel nickte. »Ja, das Haus ist vermietet.«

»Das ist ja interessant«, murmelte Mira und ließ ihren Blick über die beige Fassade und dunkles Holz schweifen. »Das würde mir auch gefallen!«

Wider Erwarten öffnete Axel nicht das große Einfahrtstor, sondern blieb auf dem Fußweg und marschierte geradewegs daran vorbei. Mira eilte ihm nach. Sie passierten ein weißes, kastenförmiges Gebäude, an dem in altmodischen großen Buchstaben der Schriftzug »Porzellanfabrik« angebracht war.

»Ich habe leider nur den Schlüssel für das Seitentor«, sagte er, als sie das Betriebsgelände hinter sich ließen und das Ende der Gravenreuther Straße erreichten. Sie wandten sich nach rechts und passierten nach ein paar Schritten eine Brauereischänke. Mira hatte das Lokal kurz gemustert, da war Axel schon weitergelaufen. Der Gute hatte es ja ganz schön eilig. Doch Mira sollte es recht sein. Sie war gespannt, was sie im Inneren des Fabrikgebäudes erwarten würde. Ob dort wohl noch Maschinen herumstanden?

Ein kleiner Fußweg, der nach der Brauereischänke von der Straße wegführte, brachte sie wieder an das Gelände der Porzellanfabrik heran. Ein bisschen kam Mira sich vor wie ein Einbrecher, als Axel das Vorhängeschloss aufsperrte und sie ihm durch das Eisengatter folgte. Ihm schien es genauso zu gehen, denn er zwinkerte ihr verschwörerisch zu.

Neugierig sah sie sich um. Wenige Meter entfernt befand sich ein Hintereingang in das Hauptgebäude. Die modern anmutende Halle weiter hinten interessierte Mira nicht sonderlich, und so war sie froh, dass Axel schnurstracks auf das historische Hauptgebäude zuging und aufschloss. Mira folgte ihm auf dem Fuß.

»Herzlich willkommen in der Porzellanfabrik Walküre.« Er drückte die Tür auf und ließ Mira mit einer einladenden Geste eintreten.

Ein staubiger, fast sandiger Geruch hing in der Luft. Ob der wohl noch von den Materialien herrührte, die hier bis vor ein paar Jahren verarbeitet worden waren?

»Die Porzellanbranche war sehr stark hier in Oberfranken«, begann Axel zu erzählen. »Nach der Wende ging es jedoch leider bergab. Von knapp dreißigtausend Mitarbeitern Anfang der Neunziger sind inzwischen nur noch etwa viertausend übrig.«

Interessiert lauschte Mira seinen Worten. Sie hatte nicht erwartet, dass Axel sich so gut vorbereitet hatte. Umso mehr freute sie sich nun darüber und saugte alle Informationen auf wie ein Schwamm.

»Komm wir fangen unten an.« Er ging die Treppe in den Keller hinunter. Dabei erzählte er ihr von der Familie Meyer, die das Unternehmen einst gegründet und dann über vier Generationen geführt hatte.

»Soll ich mal ein Foto von dir machen?«, fragte er, als sie unten angekommen waren.

Mira kicherte. »Einbrecher machen doch keine Beweisfotos von sich selbst.«

»Sind wir doch gar nicht. Gib mir mal dein Handy. Hier in dem Schummerlicht mit der alten Metalltür. Das sieht bestimmt cool aus.«

»Du hast recht. Und wer weiß, wann ich mal wieder an so einem atmosphärischen Ort bin.« Sie zog ihr Handy aus der Tasche, aktivierte die Kamera und drückte es ihm in die Hand.

»Klasse«, meinte Axel, der das Handy hochhielt und auf das Display schaute. »Jetzt mach mal die Tür auf und tu so, als würdest du gerade rauskommen.«

Mira grinste in sich hinein. Sie hatte eigentlich nicht vorgehabt, hier unten ein Fotoshooting einzulegen. Sie drehte sich um und drückte die Klinke hinunter. Sie lag kalt in ihrer Hand. Axel trat näher, um ihr zu helfen. Die Tür war zwar schwer und massiv, aber Mira sah sich durchaus in der Lage, sie allein aufzubekommen. Sie verkniff sich einen Kommentar, als sie auf einmal einen heftigen Stoß in die Seite bekam. Überrumpelt stolperte sie in den dunklen Raum hinein. Im nächsten Moment fiel die Tür hinter ihr zu, und nichts als Schwärze umfing sie. Erst als sie Axel draußen dumpf »Viel Spaß da drinnen!« rufen hörte, tropfte die Erkenntnis in ihr Gehirn. Er hatte ihr überhaupt nicht helfen wollen. Er hatte sie ausgetrickst!

»Bist du verrückt? Was soll das?« Sie drehte sich in Richtung des Ausgangs und ging mit ausgestreckten Armen langsam vorwärts, bis sie das metallene Türblatt unter ihren Fingerspitzen spürte. Sie hörte ihr eigenes hastiges Atmen, während sie nach der Türklinke tastete. Mira erstarrte, als sie erkannte, dass es keine gab. Sie saß in der Falle.

Was hatte Axel sich nur dabei gedacht, sie hier einzusperren? War das seine Interpretation von Humor? Mira war so ratlos, dass sie nicht einmal richtig wütend wurde. Sie rief nach ihm und hämmerte mit der Faust gegen die Tür. Das tiefe Geräusch ihrer Schläge verriet ihr, dass sie so massiv war, wie sie auf den ersten Blick gewirkt hatte. Sie ließ von ihr ab und rang die Hände. Was sollte sie denn nun tun? Sogar ihr Handy hatte er ihr unter einem Vorwand abgenommen, der verdammte Mistkerl!

Ein Geräusch ließ Mira erschrocken innehalten. Sie wagte nicht, sich zu rühren, hielt die Luft an und lauschte angestrengt. Tatsächlich. Sie war nicht allein in ihrem Kellergefängnis. »Wer ist da?«, flüsterte sie in die Dunkelheit. Ihre Stimme zitterte.

**40**

*Fünfzehn Jahre zuvor*

Martin und seine Jünger standen am Eingang zum Schulhaus und wussten zu jedem, der vorbeikam, einen blöden Kommentar abzugeben. Wenn er nur schon drin wäre! Verzweifelt ließ er den Blick die Hauswand entlangwandern, um zu schauen, ob im Erdgeschoss irgendwo ein Fenster offen stand. Tausendmal lieber wäre er unbemerkt hineingeklettert, als die vier passieren zu müssen. Doch alles war verschlossen. Alles bis auf die Eingangstür, vor der Martin gerade ein Mädchen an den Zöpfen zog. Eva und Lilly kicherten vergnügt, und Fabian bog sich vor Lachen. Die Achtklässlerin brach spontan in Tränen aus, was Martin nur noch mehr anzustacheln schien. Er johlte lautstark und schubste sie in das Schulhaus. Die Glückliche, sie hatte es nun wenigstens schon hinter sich.

Er warf einen Blick auf seine Armbanduhr. Wenn er nicht zu spät kommen wollte, musste er sich langsam, aber sicher in Bewegung setzen. Stattdessen klammerte er sich an seinem Fahrrad fest. Am liebsten wäre er einfach wieder aufgestiegen und davongefahren. Doch selbst wenn er sich krankmeldete, er entkam seinen Peinigern nicht. Am nächsten Tag würden sie erneut auf ihn warten.

Gewissenhaft sperrte er sein Rad ab. Als er sich wieder aufrichtete und dahinter hervorkam, fühlte er sich nackt. Er hatte seine Deckung verlassen, stand nun wie ein Reh auf der Lichtung, das darauf wartete, abgeschossen zu werden. Zögernd näherte er sich dem Eingang. Nirgends war eine Lehrkraft zu sehen, der er sich hätte anschließen können. Die vier nahmen keine Notiz von ihm. Sie waren gerade damit beschäftigt, einem Jungen die Schultasche vom Rücken zu reißen. Unter schallendem Gelächter schütteten sie ihm deren Inhalt vor die Füße. Er zog den Kopf ein und die Schultern hoch, als könnte er sich so verstecken. Solange sie mit dem anderen beschäftigt waren, gelang es ihm vielleicht, unbemerkt hineinzuschlüpfen. Natürlich hätte er dem armen Tropf helfen sollen. Doch er kannte seine Grenzen, und in Martins Nähe war sich jeder selbst der Nächste. Er konnte froh sein, wenn sie ihn übersahen. Um nichts in der Welt hätte er riskiert, sie auch noch auf sich aufmerksam zu machen, indem er einem ihrer Opfer zu Hilfe eilte. Er war feige, das war ihm schmerzlich bewusst. Aber war es wirklich Feigheit, wenn man sich nicht vordrängelte, um eins auf die Schnauze zu bekommen?

Doch die Rechnung ging nicht auf.

»Na, wen haben wir denn da?«, rief Martin, als er den Eingang erreichte. Er erstarrte mitten in der Bewegung. Nur wenige Schritte trennten ihn noch von der Tür. Sollte er einfach losrennen, in der Hoffnung, ihnen zu entwischen? Bei der nächsten Begegnung würden sie ihn dann womöglich doppelt bluten lassen.

Seine Überlegungen wurden im Keim erstickt, als Martin ihn am Kragen packte. Er kam mit seinem Gesicht ganz nah an ihn heran. »Du wolltest doch nicht etwa reingehen, ohne uns einen guten Morgen zu wünschen, Kleiner?« Irgendwo hinter Martins bulligem Körper hörte er Lilly kichern.

»Natürlich nicht«, presste er hervor.

Das Kichern wurde lauter. Auch die anderen beiden stimmten mit ein. Wie er gerade so überfordert an Martins Faust hing, schien sie königlich zu amüsieren. Er schluckte gegen die Angst an, die der stierende Blick des Zehntklässlers in ihm auslöste.

»Dann sag es«, knurrte Martin.

Seine Zunge wurde zu einem nutzlosen Fleischklops, lag ihm schwer im Mund und wollte ihm nicht gehorchen.

»Sag es!«

»Guten Morgen«, flüsterte er gequält. Er konnte sich nicht erinnern, dass ihm je etwas mühevoller über die Lippen gekommen war.

Ein gehässiges Grinsen machte sich auf Martins Gesicht breit. »Na also.« Er ließ ihn los. Gerade als er es wagen wollte, aufzuatmen, traf ihn Martins Faust hart an der Schulter. Er wurde herumgewirbelt und kam ins Straucheln. Der schwere Schulranzen tat sein Übriges, ihn aus dem Gleichgewicht zu bringen. Einen Moment lang ruderte er noch Halt suchend mit den Armen, dann krachte er die Stufen vor dem Schuleingang hinunter. Er überschlug sich und schürfte sich schmerzhaft den Arm auf. Doch nichts tat so weh wie das schallende Gelächter, das seinen Sturz begleitete.

Schwer atmend blieb er am Fuß der Treppe liegen.

»Habt ihr das gesehen?« Martin japste lachend nach Luft. »Was für eine Show! Wir sollten ihn von nun an Rumpel nennen, denn kein anderer rumpelt wohl so schön die Treppe runter.«

Eva gackerte unkontrolliert. Als er den Kopf hob, sah er, dass Fabian sich gar Lachtränen aus den Augen wischte. Auch er war den Tränen nah. Doch er würde vor ihnen nicht weinen. Das war das letzte bisschen Entscheidungsgewalt, das er noch hatte und sich bewahren musste.

Der Schulgong ertönte und erlöste ihn, zumindest für den Augenblick. Feixend schoben die vier ab und ließen ihn einfach sitzen. Mit hängendem Kopf rappelte er sich auf und klopfte sich den Staub von der Kleidung. Dann ging er in Richtung des Sekretariats, um sich die Schürfwunde am Arm verarzten zu lassen. Mittlerweile war er dort Stammgast und der mitleidige Blick der Sekretärin mehr, als er ertragen konnte. Doch auch das würde er irgendwie überstehen. Er hatte ja keine Wahl.

## 41

»Hier ist die Polizei, geben Sie sich zu erkennen!«

»Ich … ich bin Elisabeth Dorn«, antwortete eine Stimme, die mindestens so zittrig und dünn war wie Miras eigene. »Elisabeth Dorn?«, fragte sie ungläubig. »Sie müssten doch in Ihrer Wohnung sein. Sie haben Polizeischutz.«
Ein freudloses Lachen, das eher einem Keuchen ähnelte, war die Antwort. Als Elisabeth Dorn nichts weiter sagte, tastete sich Mira vor. Mit ausgestreckten Armen tappte sie durch die Dunkelheit in Richtung der Stimme. »Wo sind Sie? Sind Sie verletzt?«

»Nein, bin ich nicht. Ich sitze hier an der Wand.«

Dass ihre Schutzbefohlene unverletzt war, beruhigte Mira. Doch tausend weitere Fragen stolperten durch ihr Gehirn, und eine Erkenntnis, die sie nicht wahrhaben wollte, drängte sich immer mehr in den Vordergrund. Die Erkenntnis, warum Axel sie hier eingesperrt hatte, und warum um Gottes willen Frau Dorn hier war.

Miras Fingerspitzen stießen gegen die Wand. Sie fühlte sich kalt und rau an, so als ob der Putz unter ihrer Berührung gleich abbröckeln würde, wenn sie nicht vorsichtig war. Behutsam ging sie in die Knie und setzte sich neben Elisabeth Dorn.

»Wieso sind Sie hier?«, fragte sie um einen ruhigen Tonfall bemüht.

»Weil ich dumm bin.« Da war kein Trotz in ihrer Stimme, keine Provokation. Elisabeth Dorn klang wie jemand, der bereits aufgegeben hatte.

»Erzählen Sie mir, was passiert ist.«

»Ihr Kollege hat mich angerufen, als ich wieder zu Hause war, und über einen Dr. Friedmann ausgefragt.«

Mira erinnerte sich daran. Sie war ins Büro gekommen, als er gerade mit dem Gespräch fertig gewesen war. »Und?«

»Ich habe erst gar nicht begriffen, wer er ist. Das ist ja alles schon so lange her.«

Mira stutzte, und die Alarmglocken, die in ihrem Kopf zu schrillen begonnen hatten, wurden lauter. »Sie kennen sich von früher?«

»Ja, er war drei Klassen unter mir.«

Mira sog scharf die Luft ein. Deshalb hatte Axel angeboten, die Prüfung der Klassenlisten allein zu übernehmen, und ihr nur widerwillig einen kleinen Teil davon überlassen. Er hatte verhindern wollen, dass sie auf seinen Namen stieß!

»Er fing an, von früher zu sprechen, und hat mir geschmeichelt, dass ich doch im Schultheater so gut gewesen sei und dass er mich für eine Rolle für ein Escape-Room-Spiel bräuchte. Gut bezahlt sollte der Job auch noch sein.«

»Aber wieso haben die Polizisten vor Ihrer Tür Sie denn einfach gehen lassen?« Mira konnte nicht verhindern, dass ihre Stimme schrill klang.

»Er meinte, ich dürfe niemandem was davon sagen, da er solche Spiele eigentlich gar nicht organisieren dürfe. Die würden als Nebenerwerb seinem Arbeitsvertrag widersprechen. Na ja …« Sie stockte. »Deshalb bin ich zur Balkontür raus.«

Mira starrte ungläubig dorthin, wo sie Elisabeth Dorns Gesicht vermutete. Trotz der sie umgebenden Schwärze schien die ihren Blick zu spüren, denn sie fing sogleich an, sich zu rechtfertigen. »Er ist doch Polizist! Ich konnte das doch nicht ahnen!« Weitere Worte gingen in heftigem Schluchzen unter. Elisabeth Dorn weinte hemmungslos.

Überfordert tastete Mira nach ihr und tätschelte unbeholfen ihr Bein. »Wir sollten versuchen, ruhig zu bleiben. Womöglich ist das alles ein großes Missverständnis. Zugegeben, das Ganze hier ist äußerst seltsam, aber vielleicht gibt es eine harmlose Erklärung.«

Ihre Worte klangen hohl, doch alles in Mira sträubte sich gegen den Gedanken, dass Axel der Mörder sein könnte, nach dem sie seit fast zwei Wochen suchten. Kälte krabbelte von der Wand über ihren Rücken und ließ sie frösteln. Sie rückte etwas von dem alten Mauerwerk ab. Doch die Kälte ließ sich nicht mehr abschütteln und schien sich in Mira festsetzen zu wollen.

Elisabeth Dorns Schluchzen ging in ein hysterisches Lachen über, und Mira fühlte sich überfordert wie nie.

»Schöne, eingebildete Lilly«, sagte sie schließlich in einem eigenwillig ernsten Tonfall. »In einem Keller wirst du verrotten, das hättest du dir wohl nicht träumen lassen, was?«

Mira schluckte trocken. Sie musste dafür sorgen, dass Elisabeth Dorn sich beruhigte. Niemandem war geholfen, wenn sie hier unten durchdrehte. »So etwas dürfen Sie nicht sagen.«

»Das sage nicht ich.« Elisabeth Dorn klang müde. »Das waren Axels Worte, als er mich hier eingesperrt hat.«

## 42

Seit einer halben Stunde saß Nils nun im Schwurgerichtssaal und wartete. Um ehrlich zu sein, hatte er nicht eine Sekunde daran gedacht, dass Mira womöglich nicht auftauchen und noch immer schmollen könnte. Schließlich hatten sie sich in den letzten Tagen doch bereits wieder angenähert. Klar, das mit Eckhard war unglücklich gelaufen, das hatte er inzwischen begriffen. Aber er konnte ja nicht mehr tun, als sich zu entschuldigen.

Niedergeschlagen schenkte er sich Kaffee in den Deckel der Thermoskanne, die er mitgebracht hatte, und nippte daran. Mira hätte es sicherlich gefallen, hier in dem altehrwürdigen Saal zu sitzen, den sie so mochte, und einen Kaffee zu schlürfen, da war er sich sicher. Wenn sie nur nicht so stur wäre!

Die Holzvertäfelung an den Längswänden des Saals verlieh diesem etwas Erhabenes, das zarte Grün des Stoffes, mit dem die übrigen Wände bespannt waren, lockerte das Ambiente etwas auf und ließ das dunkle Holzmobiliar edel statt erdrückend wirken. Nils verstand, warum es Mira hier gefiel, auch wenn er ihre Liebe zu historischen Bauwerken nicht ganz teilte.

Er betrachtete den aufwendigen Stuck an der Decke, bis sein Blick auf das farbige Glasmosaikfenster in der Mitte fiel. Angeblich sollte es, da hier Verbrecher gefangen wurden, einem Spinnennetz nachempfunden sein. Mira war ihm heute jedenfalls nicht ins Netz gegangen. Und er hatte auch keine Ahnung, was er noch aufbieten sollte, damit sie sich endlich wieder mit ihm vertrug, wenn nicht einmal der Schwurgerichtssaal bei ihr zog.

Zügig trank er den Kaffeebecher leer. Von zwei großen Gemälden in goldenen Rahmen, die hinter dem Richtersitz hingen, schauten ihn König Max der Erste und Prinzregent Luitpold kritisch an. Ob die sich wohl jemals von einer Frau hatten versetzen lassen? Vermutlich nicht. Wobei er sicher war, dass auch die hohen Herren mit Miras Eigensinnigkeit ihre Probleme gehabt hätten. Die Frauen damals waren sicherlich anders gewesen. Doch bei allem Ärger war Nils insgeheim auch froh, dass Mira ihren eigenen Kopf hatte, selbst wenn es offensichtlich ein richtiger Sturkopf war. Er schraubte den Deckel wieder auf die Kanne, stand auf und verließ den Raum. Den Schlüssel hatte er sich bei der Hausverwaltung geholt, und dorthin musste er ihn nun auch wieder zurückbringen. Er hatte der netten Dame dort in einem Anflug von Redseligkeit verraten, wozu er ihn brauchte. Dumm gelaufen, nun würde sie sicherlich wissen wollen, wie Mira der Kaffeeklatsch in historischem Ambiente gefallen hatte. Lustlos nahm er im prunkvollen Treppenhaus die Stufen nach unten. Das Marmorgeländer fühlte sich angenehm kühl an unter seinen Fingern. In der anderen Hand hielt er den Schlüssel. Vielleicht würde er die nette Dame einfach anschwindeln.

Zurück in der Dienststelle ging Nils direkt in das Büro von Mira und Axel. Beide Stühle waren jedoch leer. Kurz hielt er inne und überlegte, dann wandte er sich nach rechts zur Seitentür. Wenigstens Philipp saß pflichtbewusst an seinem Platz.

»Philipp, du weißt nicht zufällig, wo die Kollegen sind und wann sie wieder zurückkommen?« Er bemühte sich, die Frage beiläufig klingen zu lassen.

Philipp schüttelte den Kopf. »Soll ich etwas ausrichten?«

»Nein danke, das ist nicht nötig.« Nils machte kehrt und ging in sein Büro. Mira räumte vor dem Wochenende grundsätzlich ihren Schreibtisch auf. Im Moment lagen dort kreuz und quer Unterlagen und Stifte herum. Sie war also definitiv noch nicht ins Wochenende verschwunden.

Er stellte sich ans Fenster und blickte hinaus. Die Aussicht war unspektakulär, doch zumindest entdeckte er Miras Mini Cooper auf dem Parkplatz, der sich schon sichtlich geleert hatte. Dann öffnete er seine Bürotür und ließ sie offen stehen. So würde er mitbekommen, wenn sie zurückkam. Er fand, sie hatte genug geschmollt. Er wollte am Wochenende etwas mit ihr unternehmen und sich, verdammt noch mal, endlich wieder vertragen.

## 43

Axel war trotz aller Widrigkeiten sehr zufrieden mit sich und dem Verlauf der Dinge. Um keinen Verdacht zu erregen, fuhr er noch einmal zur Dienststelle zurück. Kaum hatte er den Gang betreten, kam der Chef aus seinem Büro und eilte auf ihn zu. War es womöglich doch keine so gute Idee gewesen, noch mal herzukommen? Er schluckte seine Unsicherheit hinunter und begegnete Nils Färber mit einem Lächeln. »Was gibt es, Chef?«

»Ich müsste mal mit Mira sprechen. Ich dachte, sie sei mit dir unterwegs?«

»Ja, wir waren noch mal bei Klara Stich. Sie ist endlich auf dem Weg der Besserung und hat uns von einem Nachbarn erzählt, mit dem es in letzter Zeit viel Ärger und Streit gegeben hat.« Axel machte eine gewichtige Miene. Er war stolz auf diese Ausrede, die von ihm und der Porzellanfabrik ablenken sollte.

Doch Färber schien sich nicht sonderlich dafür zu interessieren. »Schön«, entgegnete er knapp. »Und wo ist sie jetzt?«

Axel gefiel es nicht, wie fixiert der Chef auf Mira war. Erstens fand er, Färber könne seinen Ausführungen durchaus etwas mehr Aufmerksamkeit schenken. Und zweitens konnte er ihm natürlich nicht sagen, wo Mira sich gerade aufhielt. Eine weitere Lüge musste her. »Sie hatte einen Migräneschub. Ich habe sie zu Hause abgesetzt.« Axel gratulierte sich innerlich zu diesem Geistesblitz.

Färbers betroffenes Gesicht verriet ihm, dass er keine Sekunde an seinen Worten zweifelte. »Oh, die Ärmste«, murmelte er. »Dann kann sie sich ja jetzt am Wochenende etwas erholen.«

Manchmal kam es Axel so vor, als würde Färber auf Mira stehen. Er fand sie ja auch ganz nett, und auf ihrer Ducati machte sie eine Bombenfigur. Aber große Pläne forderten eben manchmal Opfer. Er konnte das Risiko nicht eingehen, dass sie ihm kurz vor Schluss noch einen Strich durch die Rechnung machte.

Hätte sie sich nicht so sehr für die Schülerlisten interessiert, hätte er sie vielleicht verschonen können.

Sie waren während ihres kurzen Gesprächs in Axels Büro gegangen und an seinem Schreibtisch stehen geblieben. »Ach, sind das die Listen der Mitschüler unserer Vierergang?«, fragte Färber und griff nach den Papieren.

Axel erstarrte. So ein Mist, warum war er nur so unvorsichtig gewesen? Nicht erst durch Miras Einmischung war ihm klar geworden, dass er die Seite mit seinem Namen beizeiten verschwinden lassen musste. Da er nun aber ja erst einmal die Kollegin losgeworden war, hatte er das verräterische Blatt noch nicht entsorgt. Er räusperte sich unwohl und nickte.

»Die durchgestrichenen Namen sind bereits alle überprüft?«, fragte der Chef.

»Genau.« Axel schlug das Herz bis zum Hals. Unauffällig sah er sich nach einem Gegenstand um, den er Färber über den Schädel ziehen könnte, sollte dessen Blick auf seinen Namen fallen. Dann würde er in Erklärungsnot kommen, warum er das verschwiegen hatte. Und spätestens wenn Färber bemerkte, dass er in seinen Bewerbungsunterlagen eine andere Schule angegeben hatte, würde ein unerwünschter Verdacht auf ihn fallen und er sich nicht mehr so einfach herausreden können.

Axels Blick fiel auf den Kleiderständer, der hinter Färber an der Wand stand. Er wirkte massiv genug, um jemanden damit k. o. zu schlagen. Etwas unhandlich war er allerdings auch. Schweiß sammelte sich in seinem Nacken. Da legte Färber die Papiere auf seinen Schreibtisch zurück und nickte ihm freundlich zu. Axel hätte laut auflachen mögen vor Erleichterung. Mit wackligen Knien ließ er sich auf seinen Stuhl fallen, während Färber ihm ein schönes Wochenende wünschte und das Büro verließ.

Erst als die Schritte des Chefs im Gang verhallten, atmete Axel befreit aus. Puh, das war knapp gewesen. Mit einem Seitenblick vergewisserte er sich noch rasch, dass Philipp nicht an seinem Platz saß. Dann nahm er das Blatt, auf dem sein Name stand, und zerriss es sorgfältig in viele kleine Schnipsel.

Gemächlich rollte Axel wenig später in seinem Auto die Straße entlang, in der Fabian Meister wohnte. Eigentlich hätte er sich gern mehr Zeit gelassen, um die einzelnen Taten auszukosten. Doch da man spätestens am Montag unweigerlich anfangen würde, nach Mira zu suchen, drängte die Zeit. Nicht alles war so gelaufen, wie er es sich vorgestellt hatte. Er hatte Lilly nicht wie geplant erwischt, sondern erst mit einiger Verzögerung. Und dass sich das Team derartig schnell auf die Schulzeit und mögliche Mobbingopfer konzentrieren würde, hatte er auch nicht kommen sehen. Dieser Friedmann war eine willkommene Ablenkung gewesen, aber viel Zeit hatte ihm das nicht verschafft. Dennoch, im Großen und Ganzen war sein Plan aufgegangen. Und Meister würde er sich dieses Wochenende noch holen.

Von Anfang an hatte für Axel festgestanden, dass er keinen von ihnen verschonen würde. Natürlich war Martin die treibende Kraft hinter all den Demütigungen und Misshandlungen gewesen, doch sie alle hatten sich schuldig gemacht. Ja, Martin war als Einziger gewalttätig gegen ihn gewesen, die anderen hatten ihn darin allerdings bekräftigt und unterstützt. Sie hatten Axel ausgelacht in seiner Not, keiner war auf die Idee gekommen, ihm zu helfen. Nun würde auch er kein Erbarmen haben.

Wenn er an Lillys Schreie dachte, die dumpf hinter der Metalltür zu hören gewesen waren, musste er lächeln. Sie hatte sich nicht so vehement und polternd bemerkbar gemacht wie Martin. Trotzdem, oder vielleicht gerade deshalb, war es ein Genuss gewesen, ihr zu lauschen. Es war ihm vorgekommen, als würde ihre Verzweiflung wie Sirup durch die engen Spalten des Türrahmens quellen. Süß und schwer und so köstlich.

Eva war ihm lautlos in die Falle gegangen. Er hatte ihr das mit Betäubungsmittel getränkte Tuch als Grabbeigabe mit in den Sarg gelegt. Ein weißer Totenschleier über ihrem reglosen Gesicht, damit sie nicht zu früh wieder aufwachte und Alarm schlug, ehe das Bestatterehepaar den Laden schloss und in den Urlaub fuhr. So war er leider nicht dabei gewesen, als sie im Sarg geschrien und um Rettung gefleht hatte. Und geschrien hatte sie, dessen war er sich sicher. Da er nun wusste, wie herrlich die

Verzweiflung seiner Opfer schmeckte, hatte er sich für Meister etwas ganz Besonderes einfallen lassen. Dass er nicht früher darauf gekommen war! Dabei war die Idee so naheliegend. Er würde es ihnen einfach gleichtun. Meister sollte fühlen, was er gefühlt hatte. Nur dass es für ihn keine Rettung geben würde. Der Streifenwagen stand unverändert an seinem Platz. Er parkte sein Auto einige Plätze dahinter und schaute sich aufmerksam um. Eine ältere Dame in einem Kleinwagen passierte ihn im Schritttempo und bog in die Tiefgarage ab. Axel streckte sich in seinem Sitz, um alles genau beobachten zu können. Die Dame hielt einen Chip an das Lesegerät in der Einfahrt. Das Tor fuhr automatisch nach oben und schloss sich wieder, als der blaue Corsa hindurchgefahren war. Axel verzog abschätzig den Mund. Über die Tiefgarage würde er Meister unauffällig herausschaffen können, doch dafür bräuchte er auch so einen Chip.

Während er noch darüber nachdachte, wie er das anstellen sollte, nahm er an einem der Fenster von Meisters Wohnung auf einmal eine Bewegung wahr. Der Außenrollladen war minimal hochgefahren worden, nur so weit, dass die schmalen, löchrigen Schlitze zwischen den einzelnen Lamellen sich öffneten. Vielleicht wollte er nur lüften, vielleicht stand Fabian aber auch gerade am Fenster und schaute heraus. Jedenfalls kam Axel sich plötzlich beobachtet vor. Hastig startete er den Motor und parkte aus. Als er an den Kollegen vorbeifuhr, die zu Meisters Schutz abgestellt waren, bremste er kurz ab und grüßte sie freundlich, Gesicht und Oberkörper vom Haus abgewandt.

Im Seitenspiegel versuchte er einen letzten Blick auf Meisters Wohnung zu erhaschen. »Warte nur, Fabian, morgen hole ich dich!«

## 44

Mira schrie, was ihre Lungen hergaben. Immerhin lebten doch Leute auf dem Gelände, auch wenn das Wohnhaus, das sie bei ihrer Ankunft gesehen hatte, ein Stückchen entfernt und auf der anderen Seite des Firmenareals lag. Sie befanden sich mitten in der Stadt, irgendjemand musste sie doch hören.

»Geben Sie es auf«, sagte Elisabeth Dorn, als Mira eine Pause einlegte, um neuen Atem zu schöpfen. »Ich habe mir hier gestern Abend beinahe die Seele aus dem Leib geschrien. Doch niemand ist gekommen, um mich zu retten. Und auch heute wird niemand kommen. Die Mauern sind dick, es gibt kein Fenster. Man hört uns draußen nicht.«

Mira ließ sich wieder gegen die Wand sinken. Dann zog sie ihre Tasche zu sich heran und kramte darin herum. Vielleicht würde sie ja irgendetwas Brauchbares finden. Ganz unten stießen ihre Finger auf eine kleine Flasche Wasser. Mira schluckte. Es war nur ein halber Liter. Würden sie hier unten verdursten?

»Sie sind schon seit gestern Abend hier, sagten Sie? Haben Sie seitdem etwas getrunken?«

»Ja, ich habe einen Rucksack dabei, da hatte ich eine Thermoskanne Tee drin. Allerdings ist sie schon halb leer. Möchten Sie etwas davon?«

»Nein danke, ich habe Wasser.« Es war gut, dass sie nicht völlig auf dem Trockenen saßen. Doch lange würde es nicht dauern. Mira leckte mit der Zunge über ihre Lippen. Schon der Gedanke, dass ihr das Wasser ausgehen könnte, weckte ihren Durst. Energisch zog sie den Reißverschluss ihrer Handtasche wieder zu.

Sie dachte an ihr Handy, das sie Axel für das Foto gegeben hatte. Er hatte es geschickt angestellt, sie hier in die Falle zu locken, das musste sie ihm lassen. Doch wirklich schwer hatte sie es ihm wohl auch nicht gemacht. Wie albern und blauäugig sie gewesen war.

»Was ist mit Ihrem Handy?«, fragte sie ihre Mitgefangene.

»Ich hab's Axel gegeben. Er meinte, wir müssten für die Dauer der Veranstaltung alle unsere Handys abgeben, damit die Lösungen zu den Rätseln nicht gegoogelt werden können.« Ein Seufzen schlich durch die Dunkelheit. Mira konnte Elisabeth Dorn gut nachfühlen, wie blöd sie sich gerade vorkam. Denn ihr ging es genauso.

Sie hatte gewusst, dass Axel aus Bayreuth stammte, aber hätte sie wirklich in Betracht ziehen müssen, dass ihr Partner ein Mörder war, der wegen eines Rachefeldzugs in die Heimat zurückgekehrt war? Die Worte von Eckhard Gneis kamen ihr in den Sinn, und widerwillig musste sie sich eingestehen, dass Axel womöglich wirklich ins Profil passte. Laut Gneis hatten sie nach jemanden suchen sollen, der vorbestraft war. Das traf auf Axel zwar nicht direkt zu, aber von Nils wusste sie, dass Axel im Dienst eine Frau erschossen hatte. Es war ein Unfall gewesen, aber vielleicht hatte dieses traumatische Erlebnis etwas in ihm ausgelöst. Vielleicht hatte es seine Hemmschwelle gesenkt, so wie Gneis gesagt hatte, oder ihn sich in einem neuen Licht sehen lassen. In einem Licht, in dem er plötzlich Taten in Erwägung zog, die früher unvorstellbar für ihn gewesen waren.

Angestrengt fuhr Mira sich mit beiden Händen über das Gesicht. Ihre Haut fühlte sich klamm an. Von der Sommerhitze war hier drinnen nichts zu spüren. Unruhig rappelte sie sich auf und streckte sich. Sie musste etwas tun. Herumsitzen und Grübeln bekam ihr nicht.

»Haben Sie den Raum schon untersucht? Oder haben Sie etwas gesehen, als Sie reinkamen?«

»Ja, das Licht war an, als Axel mich herbrachte. Der Schalter ist draußen neben der Tür.«

Das hatte Mira befürchtet. Sie hatte bereits nach einem Lichtschalter gesucht und keinen gefunden.

»Woran erinnern Sie sich?«

Es entstand eine kleine Pause. Mira gab Elisabeth Dorn Zeit, sich das Gesehene wieder vor Augen zu führen.

»Das Zimmer ist lang gezogen wie ein Gang. Also, die Wand,

an der wir sitzen, und die Wand gegenüber sind bestimmt fünf Meter lang. Die anderen beiden können kaum breiter als die Tür sein.«

Die Tür war zweiflüglig und sah nicht anders aus als die typischen robusten Metalltüren, die Mira aus Lagerhäusern kannte. Sie schätzte sie auf eine Breite von zwei Metern.

»Gibt es Möbel?«

»An der Stirnseite steht ein altes Regal und daneben ein Tisch. Ich war gerade dabei, dort meine Sachen abzulegen, als Axel die Tür zuknallte.«

Auf allen vieren krabbelte Mira durch die Dunkelheit in die Richtung, in der sie die Möbel vermutete. Vielleicht konnte sie das Regal oder den Tisch zerlegen und die Tür mit einem der Beine oder Ähnlichem aufstemmen? Sie klammerte sich an den Gedanken wie eine Ertrinkende.

Das Regal entpuppte sich als Metallgestell. Mira drückte die hölzernen Einlegeböden vorsichtig von unten heraus und tastete nach den Verbindungselementen. Als sie meinte, einen Schraubenkopf unter ihren Fingerspitzen zu spüren, flammte ein Funken Hoffnung in ihr auf. Sie tastete sich in der Dunkelheit zurück zu Elisabeth Dorn, wo sie ihre Handtasche hatte liegen lassen. Darin befand sich ein Schweizer Taschenmesser. Nils hatte sie schon einige Male dafür belächelt, dass sie es stets mit sich herumtrug. Doch der kleine Allrounder hatte ihr bereits oft gute Dienste geleistet.

Der Gedanke an Nils versetzte Mira einen Stich. Ob er verstanden hatte, dass sie in Gefahr war? Bestimmt hatte er nach ihr gesucht, als sie nicht im Schwurgerichtssaal erschienen war. Dabei hatte sie sich so über diese süße Idee von ihm gefreut. Oder dachte er, sie hätte ihn einfach versetzt? Plötzlich drohten Tränen, sich ihren Weg zu bahnen. Mira schloss für einen Moment die Augen und atmete tief durch. Dann krabbelte sie mit dem Schweizer Taschenmesser in der Hand zurück zum Regal.

Sie brauchte einige Zeit, bis sie den Schraubenkopf wiederfand. Und sosehr sie sich auch abmühte, es gelang ihr in der Dunkelheit nicht, den kleinen Schraubenzieher zu finden. Schließlich klappte sie die Messerklinge aus. Das würde bestimmt auch gehen. Immer wieder setzte sie das Taschenmesser an und versuchte, die Schraube zu lösen. Sie wusste nicht, woran es lag – war die Messerklinge doch nicht so gut geeignet wie erhofft, oder hatte sie im Dunkeln eine Nietverbindung mit einer Schraube verwechselt? Minutenlang mühte Mira sich ab, jedoch ohne Erfolg. Als sie drauf und dran war, aufzugeben, rutschte sie bei einem letzten verzweifelten Versuch ab und rammte sich die Klinge in den Unterarm. Ihr schriller Schrei zerriss die Stille und klang in ihren eigenen Ohren nach, während der Schmerz ihr beinahe die Sinne raubte.

»Was ist passiert?«, rief Elisabeth Dorn alarmiert und fast ein wenig panisch.

Mira ließ das Taschenmesser fallen und presste die Hand auf die Wunde. Sie war nicht groß, aber wesentlich tiefer als nur ein bloßer Schnitt. Sie versuchte das unangenehme Gefühl des Blutes, das ihr warm den Arm hinabbrann, zu verdrängen.

»Wird wohl nichts mit Tür aufstemmen«, presste sie mit zusammengebissenen Zähnen hervor und stolperte zurück zu ihrem Platz an der Wand. Unbeholfen zog sie sich ihr T-Shirt über den Kopf und drückte es auf die Wunde.

Nach einer Weile hörte sie Elisabeth Dorn leise neben sich schluchzen.

»Erzählen Sie mir von sich und Axel«, bat Mira. Wenn sie miteinander sprachen, würde sie das sicherlich zumindest ein bisschen von den trüben Gedanken über ihre ausweglose Situation ablenken. Zwar fühlte es sich an, als hätte die Wunde aufgehört zu bluten, doch der Schmerz pulsierte unangenehm in ihrem Arm. Und außerdem interessierte es Mira wirklich, was damals alles geschehen war. Sie würde Axel wohl nie verstehen. Aber wenigstens wollte sie es versuchen.

## 45

Axel hatte schlecht geschlafen. Das ganze Unterfangen gestaltete sich nun zum Ende hin doch noch nervenaufreibender, als er erwartet hatte. Dabei saß Mira noch keine vierundzwanzig Stunden in ihrem Gefängnis, es würde also in nächster Zukunft keine Fahndung nach ihr geben. Es musste ja erst einmal jemandem auffallen, dass sie verschwunden war. Soweit er wusste, lebte sie allein. Und dass sich noch niemand bei ihm gemeldet und nach Mira gefragt hatte, war ein gutes Zeichen. Trotzdem musste er auf der Hut sein.

Axel steckte seine Dienstwaffe ins Holster und verließ seine Wohnung. Während der Fahrt schaute er sich aufmerksam um, doch niemand folgte ihm. Er war sich sicher, dass man ihn noch nicht in Verdacht hatte. Trotzdem zuckte er zusammen, als ein Rettungswagen mit Martinshorn an ihm vorbeirauschte. Wütend über sich selbst schlug er mit der Hand auf das Lenkrad. Er musste jetzt Ruhe bewahren, verdammt noch mal!

Wie schon am Vortag stellte er sein Auto ein paar Parkplätze hinter den Kollegen ab, die Fabians Haus bewachten. Als er ausstieg und zu ihnen nach vorne ging, bemerkte er unangenehm berührt, dass er weiche Knie hatte. Doch er straffte sich, setzte ein unverbindliches Lächeln auf und klopfte an die Scheibe. Die junge Polizistin, die auf der Beifahrerseite saß, schaute ihn fragend an. Erst als er seinen Dienstausweis zeigte, ließ sie das Fenster herunter.

»Guten Morgen, Kollegen.«

Die Polizistin und ihr Partner nickten ihm freundlich zu.

»Na, alles klar?«

»Ja, die Nacht war ruhig. Lediglich ein betrunkenes Pärchen hat etwas Radau gemacht. Sie sind singend an uns vorbeigewackelt. Ansonsten keine weiteren Vorkommnisse.«

»Wann kommt denn Ihre Ablöse?«

»In zwei Stunden erst.« Die Polizistin gähnte verhalten.

Sehr gut. Wären die Beamten gerade erst angekommen, hätte er für seinen Plan weitaus schlechtere Karten gehabt.

»Ich habe noch einige Fragen an Herrn Meister. Das wird sicher mindestens eine Dreiviertelstunde dauern. Gehen Sie doch in der Zwischenzeit einen Kaffee trinken. Während ich bei ihm bin, kann ihn ja keiner klauen, nicht wahr?« Er zwinkerte der Polizistin zu.

Die erwiderte sein Lächeln und wandte sich dann mit fragender Miene an den Fahrer, der anscheinend das Sagen hatte. Axel hielt die Luft an und drückte sich selbst die Daumen. Alles würde so viel einfacher werden, wenn die beiden jetzt verschwanden.

Der Kollege legte abwägend den Kopf schief und schaute auf seine Armbanduhr. Dann nickte er. »Das hört sich nach einem guten Plan an.«

Axel versuchte, sich seine Erleichterung nicht anmerken zu lassen. »Dann bis in einer Dreiviertelstunde.«

Er wandte sich ab und ging mit ruhigen Schritten zum Eingang des Gebäudekomplexes. Hinter sich hörte er, wie die Polizisten den Motor starteten. Er wagte es nicht, sich nach ihnen umzusehen. Erst als der Wagen sich entfernte, atmete er beruhigt aus. Hoffentlich würde der Rest genauso einfach werden.

Axel drückte die Klingel. Nichts tat sich. Lag Fabian womöglich noch im Bett? Er klingelte erneut, energischer diesmal. Endlich meldete sich eine Stimme. Axel konnte Fabians Angst deutlich hören, obwohl er nur mit wenigen Worten nach seinem Anliegen fragte. In geschäftsmäßigen Tonfall erklärte er, dass er von der Kripo sei, und hielt seinen Ausweis vor die Kamera. Axel erklärte, dass sie eine Sicherheitslücke in der Tiefgarage vermuteten, und bat Fabian, ihm seinen Chip nach unten zu werfen.

»Eine Sicherheitslücke?«, fragte Fabian angstvoll mit sich überschlagender Stimme nach.

»Kein Grund zur Sorge. Wahrscheinlich ist alles okay, aber wir möchten eben auf Nummer sicher gehen. Ich will die Details jetzt aber nicht hier in aller Öffentlichkeit erörtern, Sie verstehen schon.« Er blickte sich demonstrativ um. »Ich überprüfe das und komme dann zu Ihnen hoch, um Ihre Fragen zu beantworten.«

Ein leises Keuchen drang aus der Sprechanlage. Anscheinend hatten seine Worte die gewünschte Wirkung erzielt. »Ist gut, aber ich werfe den Chip durchs Fenster, ich gehe nicht auf den Balkon, hören Sie?«

»Natürlich, bleiben Sie ruhig in der Wohnung.« Axel unterdrückte ein Grinsen und wandte sich ab. Wie es aussah, hatte er Fabian zumindest mental schon genau da, wo er ihn haben wollte.

Schräg über seinem Kopf setzte sich ein Rollladen in Bewegung. Gerade so weit, dass sich eine Hand am unteren Rand herauszwängen konnte. Für einen Moment befürchtete Axel, Fabian könnte den Chip versehentlich auf das Vordach über dem Eingangsbereich werfen. Doch da landete er schon auf dem Pflaster vor seinen Füßen.

Axel konnte kaum fassen, wie leicht sein einstiger Peiniger es ihm machte. Ein Gefallen, den er alles andere als erwidern würde. Für sein letztes Opfer hatte er sich etwas ganz Besonderes überlegt, einen krönenden Abschluss sozusagen. Er hob den Chip auf und ging zurück zu seinem Wagen. Unauffällig sah er beim Überqueren der Straße prüfend in beide Richtungen. Doch weder von den Polizisten, die er eben fortgeschickt hatte, noch von sonst einer Menschenseele, die ihm gefährlich werden könnte, war irgendetwas zu sehen.

Pfeifend steuerte er sein Auto die kurze Einfahrt zur Tiefgarage hinunter. Als er das Fenster herunterließ und den Chip an das Lesegerät hielt, setzte sich das Tor umgehend in Bewegung. Nun würde nichts mehr schiefgehen, das Schicksal war auf seiner Seite, das spürte Axel ganz deutlich. Schließlich arbeitete er ihm zu. Er würde alles wieder ein bisschen mehr ins Gleichgewicht bringen, würde die Welt etwas besser und gerechter machen.

Aus solch idealistischen Überlegungen heraus war er ursprünglich einmal Polizist geworden. Und endlich wusste er auch, was er zu tun hatte, um dieses Ziel tatsächlich zu erreichen. Ihm kam es fast so vor, als wäre sein Weg vorgezeichnet gewesen. Nur hatte er leider einige Zeit gebraucht, um ihn zu entdecken. Doch jetzt sah Axel ihn glasklar vor sich, und er würde ihn bis zum Ende gehen.

Er parkte den Wagen direkt vor der Tür, die ins Wohnhaus führte, und ließ den Kofferraum offen. Das barg zwar die Gefahr, dass sich irgendjemand belästigt fühlen und auf ihn aufmerksam werden könnte, doch nun würde er sich ohnehin nicht mehr aufhalten lassen.

Euphorisch sprang er die Stufen in den ersten Stock hinauf. Oben angekommen besann er sich und holte den Aufzug heran. Nachdem er die Tür mit einem zusammengefalteten Stück Papier unauffällig blockiert hatte, zog er ein Fläschchen aus der Tasche und tränkte ein Stofftaschentuch mit dem Betäubungsmittel. Dann erst klingelte er bei Fabian.

Kein Geräusch drang aus der Wohnung. Axel versteckte das vorbereitete Taschentuch hinter seinem Rücken und lächelte in den Spion. Endlich wurde die Tür geöffnet, und Fabian lugte heraus. Er wirkte kleiner, als Axel ihn in Erinnerung hatte, und noch schmächtiger als damals. Beinahe hätte er Mitleid mit ihm haben können, wäre er in der Vergangenheit nicht so ein Arsch gewesen.

»Ich habe die Garage überprüft. Darf ich reinkommen? Dann werde ich Ihnen alles erklären.«

Fabian nickte und löste die Kette. Er öffnete die Tür etwas weiter, doch dann hielt er plötzlich inne, ehe Axel eintreten konnte. »Sie kommen mir so bekannt vor.«

Irritiert blickte Axel ihn an. Keines seiner anderen drei Opfer hatte ihn erkannt. Nie im Leben hätte er damit gerechnet, dass gerade Fabian, der immer so gewirkt hatte, als würde er außer Martin niemanden richtig wahrnehmen, bemerken könnte, wen er vor sich hatte. »Tatsächlich? Nun, vielleicht haben Sie mich im Rahmen der Ermittlungen schon einmal gesehen.«

Fabian betrachtete ihn weiter stumm. Dann schien die Er-

kenntnis in sein Gehirn zu stolpern, denn er riss die Augen auf.
»Rumpel?«

Der Name schmerzte Axel noch immer. Auch Lilly hatte mit »Axel Bodenschatz« nicht das Geringste anfangen können. Erst als er sie an den ungeliebten Spitznahmen erinnert hatte, war ihr eingefallen, wer er war. Fabian zählte eins und eins jedoch schneller zusammen, als ihm lieb war. Schon war er im Begriff, ihm die Tür vor der Nase zuzuschlagen. Schnell schob Axel seinen Fuß dazwischen und gab der Tür einen energischen Stoß. Sie knallte Fabian direkt ins Gesicht. Der Aufprall ließ ihn zurückstolpern. Axel folgte ihm in den Flur und schloss die Tür hinter sich. Mit zwei schnellen Schritten war er bei ihm, drehte ihm den Arm auf den Rücken und presste das Stofftaschentuch auf Fabians blutende Nase.

Nein, er würde sich nun nicht mehr aufhalten lassen, weder von Mira noch von irgendwelchen Nachbarn. Und von Fabian schon gar nicht.

## 46

»Das gibt es doch nicht!«, knurrte Nils und steckte das Handy in die Tasche. Seit ihrem geplatzten Date im Schwurgerichtssaal war Miras Mobiltelefon ausgeschaltet. Bei ihren letzten Gesprächen hatte er eigentlich nicht das Gefühl gehabt, dass sie ihm seinen Fauxpas mit Eckhard noch ewig nachtragen wollte. Nun aber schien sie ihm doch aus dem Weg zu gehen und zu schmollen.

Sein Blick wanderte nach oben zu den Fenstern ihrer Wohnung. Auch auf sein Klingeln hatte sie nicht reagiert. Langsam wurde Nils sauer. Schließlich waren all ihre Rollläden geöffnet – ein eindeutiges Zeichen dafür, dass sie ihre gestrige Migräne inzwischen losgeworden war. Oder war das nur eine Ausrede gewesen, um ihn zu versetzen?

Gerade als er auf die Haustür zuschritt, um noch einmal Sturm zu klingeln, wurde diese geöffnet, und eine ältere Dame trat heraus. Nils kannte ihren Namen nicht, doch er wusste, dass sie das Erdgeschoss bewohnte. Er war ihr bei früheren Besuchen schon ein paarmal begegnet. Auch sie erinnerte sich offensichtlich an ihn, denn sie hielt ihm lächelnd die Haustür auf.

»Schöne Grüße an Frau Streitberg«, sagte sie freundlich, als er eintrat.

Nils nickte ihr zu und stieg die Stufen zu Miras Wohnung hinauf. Was für ein Glücksfall. Nun war er schon einmal im Haus, vielleicht konnte er Mira doch noch dazu bewegen, ihr albernes Schmollen aufzugeben und ihm endlich aufzumachen.

Ein klägliches Maunzen begrüßte ihn am Treppenabsatz vor Miras Wohnungstür. Fips tigerte unruhig davor auf und ab, kam auf Nils zu und strich um seine Beine. Der beugte sich zu dem Kater hinunter und streichelte ihn. Fips schnupperte sofort an seinen Fingern und stupste sie fordernd an. Der Kleine hatte offenbar Hunger. Dass Mira ihm die kalte Schulter zeigte, hatte

Nils sofort mit ihrem Streit in Verbindung gebracht. Doch wenn sie ihren Lieblingskater aussperrte, den sie inzwischen so gut wie adoptiert hatte, musste etwas anderes dahinterstecken. Ein ungutes Gefühl schlich sich in Nils' Magengrube.

Er legte das Ohr an die Tür und lauschte. Doch sosehr er sich auch konzentrierte, aus der Wohnung war kein Laut zu vernehmen, obwohl Mira sich schon so oft beschwert hatte, wie hellhörig dieses Haus war. Der Kater beobachtete ihn einen Moment lang und drückte sich dann wieder an Nils' Beine, bis der ihn auf den Arm nahm. Entschlossen drückte Nils auf den kleinen Klingelknopf, obwohl er bereits nicht mehr daran glaubte, dass Mira öffnen würde. Allem Anschein nach war sie nicht da. Könnte sie zur Dienststelle gelaufen sein, um ihr Auto zu holen, das sie gestern dort stehen gelassen hatte?

Nils kraulte dem Kater den Nacken. »Wo ist unsere Mira denn nur?«

Das Tier antwortete mit einem wohligen Schnurren.

Da Nils sich nicht sicher war, wer sich in Miras Abwesenheit um Fips kümmern würde, nahm er ihn mit nach Hause und borgte sich von seiner Nachbarin eine Dose Katzenfutter, das der Kater hastig verschlang. Gerade hatte er ihm noch ein Schälchen Wasser hingestellt, da klingelte sein Diensthandy. Meistens bedeutete das am Wochenende nichts Gutes. Das ungute Gefühl, das sich vor Miras verschlossener Wohnungstür in ihm festgesetzt hatte, war noch nicht verschwunden und wurde nun wieder stärker.

Sylvia Lind war am Telefon, und sie klang aufgebracht.

»Entschuldige bitte die Störung am Wochenende, Nils, aber ich kann Mira nicht erreichen.« Sie war aus der Puste, als sei sie gerade gerannt. Doch Nils hatte das Gefühl, dass ihr etwas ganz anderes den Atem raubte.

»Ich habe auch schon versucht, sie anzurufen. Keine Ahnung, warum sie nicht rangeht.«

»O Gott, o Gott, o Gott«, kam es wispernd aus der Leitung.

»Sylvia, beruhige dich. Was ist denn passiert?«

»Ich fürchte, etwas ganz Schreckliches.«

»Nun erzähl schon!« Nils biss sich auf die Lippe. Er hatte Sylvia nicht anschnauzen wollen, doch die Panik in ihrer Stimme war längst auf ihn übergesprungen.

»Ich bin nicht sicher, eigentlich kann das gar nicht sein. Aber ich habe am Tatort von Eva Wolfram die DNS von Axel Bodenschatz sichergestellt. Ein Haar, ein langes dunkles Haar mit Wurzel.«

Nils versuchte zu verstehen, warum sie deswegen so aus dem Häuschen war. »Wo liegt das Problem? Das war sein erster Tatort, er war mit Mira vor Ort. Solche Verunreinigungen durch ermittelnde Personen sind doch nichts Ungewöhnliches. Deshalb nehmen wir ja Proben von den Beamten, um solche Spuren rauszufiltern.«

»Schon klar, genau das habe ich ja auch gemacht. Aber heute Morgen, als ich alle Informationen noch einmal in Ruhe durchgegangen bin, ist mir siedend heiß eingefallen, dass das ein Fehler war. Axel betrat den Tatort nämlich erst, als wir mit der Sicherung der Spuren bereits fertig waren.«

Wie in Zeitlupe nahm die Bedeutung dessen, was Sylvia gerade gesagt hatte, in Nils' Kopf Gestalt an und jagte ihm einen eisigen Schauer über den Rücken. »Willst du damit andeuten …« Er brach ab, während sich die Erkenntnis immer deutlicher aus dem Nebel schälte.

»Von wollen kann keine Rede sein.« Sylvias Stimme war zu einem Flüstern geworden. »Aber hast du eine andere Erklärung?«

Nils hatte keine. Er schluckte trocken. »Hast du versucht, Axel zu erreichen?«

»Nein. Ich wusste nicht, was ich tun sollte. Ich wollte zuerst mit Mira oder dir darüber sprechen.«

Er schloss die Augen und atmete tief durch. Die Spurenlage sprach dafür, dass der Partner, den er Mira an die Seite gestellt hatte, ein Mörder war. Und nun war sie verschwunden. Sollte Bodenschatz ihr etwas angetan haben, würde Nils sich das niemals verzeihen können. »Informier Gneis. Ich gebe sofort die Fahndung raus.«

Nils bemerkte, wie zittrig seine Hände waren, als er das Gespräch mit Sylvia Lind beendete. Fips maunzte leise und schaute ihn aufmerksam an. Das Tier schien zu spüren, wie aufgewühlt er war. Doch für den Kater hatte Nils jetzt keine Zeit. Er hastete in den Flur und schlüpfte in seine Schuhe. Er wollte gerade zur Tür hinaus, da klingelte sein Handy erneut.

Nils hatte das Gefühl, der Boden unter seinen Füßen würde schwanken, als er dem aufgebrachten Kollegen lauschte, der die Bewachung von Elisabeth Dorn und Fabian Meister leitete. Beide waren verschwunden.

Ihm war, als legte sich eine Schlinge um seinen Hals und drückte ihm die Luft ab. »Sie sind beide weg? Wie konnte denn das passieren.«

»Bei Dorn stand die Terrassentür offen. Keine Einbruchsspuren. Es sieht ganz so aus, als ob sie sich entweder heimlich rausgeschlichen oder den Täter selbst hereingelassen hat.«

Ungläubig lauschte Nils den Ausführungen des Beamten. »Und Meister?«

»Nun ja. Diese Angelegenheit ist etwas heikel.«

»Nun reden Sie schon.«

»Die Polizisten, die Meister überwachen sollten, haben in Absprache mit einem Ihrer Leute ihren Posten verlassen, während dieser drinnen war, um Meister zu befragen. Als sie zurückkamen, waren beide verschwunden.«

Oh verdammt, das durfte doch nicht wahr sein. »Wie hieß dieser Kripo-Beamte?«, fragte Nils, obwohl er die Antwort bereits zu kennen glaubte.

»Axel Bodenschatz.«

## 47

Mira hatte inzwischen jegliches Zeitgefühl verloren. Zwar trug sie eine Armbanduhr, doch die hatte keine Leuchtfunktion und war in diesem dunklen Gefängnis somit leider nutzlos. Wie lange saßen sie nun schon hier unten fest? Es konnten Tage sein oder auch bloß ein paar Stunden, sie wusste es nicht. Sie verspürte nichts als Hunger, Durst, und den pulsierenden Schmerz in ihrem Arm. Ein dumpfes Pochen, das ihr die Sinne vernebelte, hatte sich auch in ihrem Kopf breitgemacht. Alles verschwamm zu einem trüben Brei aus Verzweiflung und Selbstvorwürfen. Elisabeth Dorn schien es nicht anders zu gehen. Sie hatte Mira ihr Herz ausgeschüttet. Als würde sie eine letzte Beichte ablegen wollen, hatte sie ihr von all den Fehlentscheidungen in ihrem Leben erzählt. Martin Stich blind hinterherzulaufen war eine davon gewesen. Sie waren wahrlich ein »Quatuor Infernal« gewesen, ein Höllenquartett. Elisabeth Dorn schien das mittlerweile sehr leidzutun. Mira hatte das Gefühl, dass ihre Reue ehrlich war und nicht nur an ihrer misslichen Situation hier lag. Doch mit jedem Schluck, den sie aus ihren knappen Reserven tranken, wurde es unwahrscheinlicher, dass Elisabeth als geläuterter Mensch ein besseres Leben würde führen können. Langsam, aber sicher ließ sich der Gedanke nicht mehr verdrängen: Sie würden hier unten sterben.

Elisabeth Dorns Thermoskanne war bereits leer. Nach dem letzten Schluck Tee hatte sie lange geweint. Zwar hatte Mira ihr angeboten, das restliche Wasser mit ihr zu teilen, doch das hatte sie abgelehnt. Und trotzdem war es schneller zur Neige gegangen, als Mira lieb war. Mehrmals schon hatte sie den Reißverschluss ihrer Handtasche aufgezogen, um die letzten Tropfen zu trinken. Und jedes Mal hatte sie ihn verzweifelt wieder zugezogen, ohne die Flasche herauszunehmen. Doch nun hielt Mira es nicht mehr aus. Wie ein Junkie, der nach Drogen lechzte, fummelte sie mit zitternden Fingern Tasche und Flasche auf.

Das Wasser benetzte ihre Lippen und die Zunge innig wie ein Kuss. Mira hätte aufseufzen mögen. Doch so überwältigend das Gefühl in ihrem trockenen Mund auch war, ebenso schnell war es wieder vorbei. Der letzte Schluck rann anklagend ihre Kehle hinunter und hinterließ nichts als Angst und Leere.

Mit dem Wasser war das Quäntchen Zuversicht, das Mira sich noch bewahrt hatte, weggespült worden. Langsam drehte sie den Verschluss zu und schob die Flasche in ihre Tasche zurück. Sie brachte es nicht über sich, Elisabeth Dorn zu sagen, dass sie nun leer war. Nicht nur, weil die Ärmste dann sicherlich wieder angefangen hätte zu weinen, sondern auch, weil Mira das Gefühl hatte, die Worte auszusprechen würde ihre ausweglose Situation nur noch realer werden lassen.

Mira schloss die Augen und legte beide Hände auf ihr Gesicht, wie um sich dahinter zu verstecken. Sie wollte schlafen, wollte sich zu Nils träumen, in seinen Armen liegen und sich von ihm festhalten lassen. Doch sie konnte an nichts anderes denken als an ihren Durst.

Mit einem zufriedenen Lächeln im Gesicht passierte Axel mit seinem Wagen die Stadtgrenze. Kurz vor dem Ortsschild hatte die Wirkung des Betäubungsmittels nachgelassen, und Fabian polterte im Kofferraum. Nun war er jedoch auf der Zielgeraden, und nichts und niemand würde ihn mehr aufhalten. Sollte er da hinten ruhig rumoren, es half ihm nichts. Alles war glattgelaufen. Während er Fabian in die Tiefgarage geschleift hatte, war er niemandem begegnet. Und auch jetzt, da er im Auto saß, machte keiner Anstalten, ihn aufzuhalten. Ja, das Schicksal war eindeutig auf seiner Seite. Die Gerechtigkeit wollte, dass er ihr endlich Genüge tat.

Axel hatte mehrere Orte ausfindig gemacht, die sich für seine Pläne eigneten, und sich hinsichtlich der Frage, wo alles enden sollte, bis zuletzt die Wahl gelassen. Er würde Fabian zum Haus seiner Großeltern bringen. Fast bedauerte er, dass sein letztes Opfer nicht Martin war, doch dessen Kühlkammer hatte sich einfach perfekt angeboten.

Wenig später rollte er auf den Hof des abgelegenen Anwesens, stellte den Motor ab und schaute sich im Auto sitzend um. Fast hatte er das Gefühl, die Zeit sei stehen geblieben. Seit er denken konnte, war dieses Haus unbewohnt. Seine Oma war früh verstorben, er hatte sie nicht kennengelernt. Und sein Opa war wegen Demenz in ein Pflegeheim gekommen, als Axel noch ein kleines Kind gewesen war. Seither hatte die Familie das Haus kaum benutzt. Axels Eltern hatten lediglich die Fischzucht und den großen Gemüsegarten weiterbetrieben. Doch auch damit war inzwischen Schluss. Als Kind hatte er hier ab und zu mit Freunden im Garten gezeltet. Aber die glücklichen Erinnerungen daran waren dank Martin und seinen Jüngern von schlechten überschattet, sodass er in seinem Erwachsenenleben am liebsten gar nicht mehr an das Haus seiner Großeltern gedacht hatte. Heute würde sich das ändern. Er würde neue Erinnerungen schaffen, und diese Erinnerungen würden strahlend schön sein und die Dunkelheit in ihm vertreiben.

Axel stieg aus. Kurz lauschte er in Richtung Kofferraum, doch Fabian hatte sein Poltern aufgegeben. Oder vielleicht hatte die Angst ihn auch erstarren lassen. Schließlich hatte er bestimmt bemerkt, dass sie angehalten hatten. Der Gedanke amüsierte ihn.

Er drehte eine Runde um das Haus, um nach dem Rechten zu sehen. Am nahen Waldrand sah er einen Feldhasen davonhoppeln, den er wohl aufgescheucht hatte. Das Tier verschwand im Schatten der Bäume, deren Wipfel sich rauschend im Wind wiegten. Ansonsten war alles still. Axel beendete seine Runde um das verlassene Bauernhaus, warf einen letzten prüfenden Blick in die Scheune und kehrte dann zufrieden zu seinem Wagen zurück.

Andächtig blieb er vor dem Kofferraum stehen und legte die Hände auf das Blech. Ihm war, als würde es unter seinen Fingerspitzen vibrieren. Ein Hochgefühl durchströmte ihn bei dem Gedanken, dass wenigstens einer seiner Peiniger genau das fühlen würde, was er damals gefühlt hatte. Fabian sollte um Gnade winseln. Doch es würde vergeblich sein, denn nach Gnade stand Axel ganz und gar nicht der Sinn.

Mit einem Ruck öffnete er den Kofferraum. Fabian riss die Arme in die Höhe, als wollte er sich schützen. Was für ein Narr. Er zerrte ihn aus dem Wagen. Fabian brauchte ein paar Sekunden, bis er sein Gleichgewicht fand. Dann fing er prompt an zu schreien. Doch hier draußen konnte er schreien, so viel er wollte. Niemand würde ihn hören, so wie auch Axels Hilferufe damals ungehört verhallt waren.

Er packte ihn und ging mit ihm auf das alte Haus zu. Fabian wand sich und wollte nicht aufhören zu zetern. Also gab Axel ihm eine schallende Ohrfeige. Endlich wurde er ruhiger. Mit schreckgeweiteten Augen schaute er sich um. An seinem Blick konnte Axel sehen, dass er den Ort wiedererkannte.

»Bitte lass mich gehen«, wisperte Fabian mit dünner Stimme. Tränen liefen ihm über die Wangen, auf denen sich rote Flecken abzeichneten, die nicht nur von der Ohrfeige, sondern in erster Linie von Panik herrührten.

Abschätzig ließ er seinen Blick an Fabian hinabwandern. Die Stoffhose war zerknittert, ein Hemdzipfel hatte sich aus dem Bund befreit und hing nun heraus. Dass er Spießer genug war, zu Hause herumzulaufen, als würde er gleich zur Arbeit gehen, wunderte Axel nicht. Aber wie sehr ihr kleiner Ausflug ihm schon jetzt zugesetzt hatte, beeindruckte ihn.

Unter seinem Blick schien Fabian zusehendes kleiner zu werden. Er machte einen regelrechten Katzenbuckel und zog die Schultern hoch. »Ich weiß, dass das damals alles falsch war. Ich weiß das! Aber ich hab doch gar nichts gemacht, ich bin nur mitgelaufen. Wäre ich nicht gewesen, wäre es trotzdem genauso gekommen!«

Was für lahme Ausreden.

»Stimmt. Du warst nicht nur böse, sondern auch feige«, zischte Axel voller Abscheu. Dann sammelte er sich und atmete tief durch. Er würde sich nicht provozieren lassen, keine negativen Gefühle ausgraben. Das lag schließlich hinter ihm und hatte heute keinen Platz mehr in seinem Leben. »Komm jetzt.«

Anstatt ihm zu folgen, fing Fabian wieder an zu schreien und versuchte, sich loszureißen. Axel verlor die Geduld und zog seine Dienstwaffe. Die Mündung vor Augen, beruhigte Fabian sich schlagartig. Axel riss ihn herum und drückte ihm die Pistole in den Rücken. So trieb er ihn vor sich her um das Haus herum in den Garten. Dort hielt er direkt auf Fabians Grab zu. Als er es öffnete, warf sein Opfer sich auf die Knie. Axel war sich nicht sicher, ob er erst jetzt begriff, was ihn erwartete, oder ob ihn bei dem Anblick einfach der letzte Funke Hoffnung verließ. Es war ihm auch einerlei. Fabian würde seinem Schicksal nicht mehr entrinnen können.

Er stieß ihn vorwärts. »Sieh dir dein Gefängnis nur genau an«, wies er ihn an. Seine Stimme war jetzt ganz ruhig, er war am Ziel. »Und genieße noch einmal für einen Moment die Schwüle des Sommers. Denn da drinnen wird es kalt sein. Kalt und ausweglos.«

## 49

Nils hatte alle Register gezogen, und so stand innerhalb kürzester Zeit nicht nur er vor dem Haus, in dem Axel Bodenschatz wohnte, sondern auch ein Trupp bewaffneter Kollegen mit Helmen und schusssicheren Westen, die im Begriff waren zu stürmen.

Sylvia sicherte inzwischen mit einem Mitarbeiter Spuren zu Hause bei Fabian Meister. Die Polizisten, die ihn überwacht hatten, waren gewaltsam in seine Wohnung eingedrungen, nachdem er ihnen nicht geöffnet hatte. Meister war weg gewesen, doch im Eingangsbereich hatten die Beamten Blutspuren entdeckt. Deshalb hatte Nils sofort die SpuSi hingeschickt. Sylvia würde ihn informieren, sobald sie einen Hinweis auf den Verbleib von Meister, Dorn, Bodenschatz oder natürlich Mira fand.

Mira. Wenn er an sie dachte, zog sich sein Herz schmerzhaft zusammen. Das Gefühl, dass Axel Bodenschatz etwas mit ihrem Verschwinden zu tun hatte, war für Nils inzwischen beinahe zur Gewissheit geworden. Wenn er ihn nur endlich in die Finger bekäme! Im Notfall würde er die Information, was er Mira angetan hatte, aus ihm herausprügeln.

In diesem Moment setzte die Spezialeinheit sich in Bewegung. Nils folgte ihnen auf dem Fuß, blieb jedoch vor der Wohnungstür stehen, wie man ihm eingeschärft hatte, und lauschte angestrengt. Außer ein paar »Gesichert!«-Rufen hörte er allerdings nichts. Hier war niemand. Kein Axel und vor allem keine Mira.

Er trat ein und sah sich um. Die Wohnung war relativ klein, was durch offene Übergänge zwischen Küche, Wohn- und Esszimmer kaschiert wurde. Heruntergelassene Rollläden sperrten das Licht aus. Auf dem Tisch lag eine Tageszeitung. Sie wirkte ungelesen.

»Sie sollten sich mal das Arbeitszimmer ansehen«, informierte ihn ein Mann der Spezialeinheit im Vorbeigehen. Nils nickte und ging zu der Tür, aus der der Kollege gekommen war. Überrascht blieb er im Rahmen stehen und schaute sich um. Das hatte er nicht erwartet. Im Gegensatz zum Rest der Wohnung war der Raum geradezu vollgestopft. Hier verbrachte Axel anscheinend den Großteil seiner Zeit. Wenn Nils hier nicht die notwendigen Hinweise auf Miras Verbleib fand, dann nirgends.

Er trat an den Schreibtisch und rief den Kollegen über die Schulter hinweg zu, dass sie den Computer, der darauf stand, abbauen und mitnehmen sollten. Dann betrachtete er die Fotos an der Wand hinter dem Tisch. Erst auf den zweiten Blick erkannte er die Menschen darauf. Dreien von ihnen hatte man die Gesichter zerkratzt, anstelle ihrer Augen waren nur ausgefranste Löcher übrig geblieben. Bodenschatz musste die Fotos mit einem spitzen Messer oder einer Nadel bearbeitet haben. Die unheimlichste Aufnahme war jedoch die, die noch heil war. Sie zeigte Fabian Meister. Nils wurde das Gefühl nicht los, dass dieses Arrangement hier bedeutete, dass Meister der Einzige war, der noch lebte.

Wie gerne hätte Nils jetzt Eckhard an seiner Seite gehabt. Der würde mit dem geschulten Blick des operativen Fallanalytikers in diesem Zimmer womöglich Hinweise sehen, die ihm verborgen blieben. Doch er konnte nicht auf seinen alten Freund warten. Er musste das hier allein durchziehen, jetzt und hier, für Mira.

Er atmete tief durch, setzte sich auf den Schreibtischstuhl und zog sich Einweghandschuhe über, ehe er die Dokumente auf der Tischplatte näher begutachtete. In einem Notizbuch stieß er auf ausgeschnittene Zeitungsartikel zu den Morden an Eva Wolfram und Martin Stich. Nils ließ es in einen Plastikbeutel gleiten. Dann zog er die Schubladen auf. Dort fand er nichts Außergewöhnliches, nur Büromaterial, Steuerunterlagen und ein paar IT-Zeitschriften.

Als er sich wieder aufrichtete, fiel sein Blick auf eine Pinnwand aus Kork, die an der Stirnseite des Raumes hing. Beim Eintreten hatte er sie nur flüchtig wahrgenommen. Die Fotos, die dort hingen, wirkten auf den ersten Blick belanglos. Auf den zweiten bemerkte er nun, dass keine Menschenseele darauf zu sehen war. Es handelte sich ausschließlich um Bilder von Gebäuden. War das ein Hobby von Bodenschatz? Sollte er sich in seiner Freizeit als Fotograf betätigen, so war er zumindest kein besonders guter. Beim Schießen der Bilder war augenscheinlich weder auf vorteilhafte Lichtverhältnisse noch auf einen reizvollen Blickwinkel geachtet worden. Auch hatte Axel sich nicht die Mühe gemacht, sie professionell auszudrucken. Die Farben waren blass, teilweise etwas streifig und das Papier gewöhnlich. Um Ästhetik ging es hier also offensichtlich nicht. Die Aufnahmen mussten einen anderen Sinn haben.

Konzentriert betrachtete Nils die abgelichteten Gebäude. Diejenigen, die er zuordnen konnte, befanden sich alle in Bayreuth. Er bückte sich, um auch die unterste Reihe an Bildern genau anzusehen. Da fiel es ihm wie Schuppen von den Augen. Die beiden letzten Fotos zeigten das Bestattungsinstitut Roder und die Metzgerei von Martin Stich – die ersten beiden Tatorte in diesem Fall!

Nils trat einen Schritt zurück und nahm die gesamte Pinwand in den Blick. Wieso waren es so viele Bilder? Er zählte 12. Hatte Bodenschatz etwa vor, nach den vier bekannten Opfern noch weiter zu morden?

Hastig nahm er die Fotos ab und rannte mit dem Stapel in der Hand aus dem Zimmer. Wenn er die Bedeutung der Aufnahmen richtig interpretierte, würde er an einem dieser Orte Elisabeth Dorn und an einem anderen Fabian Meister finden. Er wies einen Kollegen an, die Wohnung gründlich nach Hinweisen auf Mira zu untersuchen. Dann ging er im Treppenhaus die Bilder mit seinem Mitarbeiter Karl Moller durch, der zum Glück inzwischen eingetrudelt war. Moller stand kurz vor der Rente und pflegte in solchen Situationen gerne zu sagen, dass er zu alt sei für den Scheiß. Heute verkniff er sich jeden Kommentar. Der Ernst der Lage war ihnen allen nur zu bewusst.

Sechs der abgebildeten Gebäude konnten sie ohne Weiteres zuordnen. Die Bilder, die an ihnen unbekannten Orten aufgenommen worden waren, fotografierte Nils mit seinem Handy ab. Dann ließ er sich die Nummer einer Kriminaltechnikerin geben, die gerade aus Meisters Wohnung kam, und schickte ihr die Fotos mit dem Auftrag, schnellstmöglich herauszufinden, welche Orte dort abgebildet waren, und ihm die Adressen aufs Handy zu senden. Das fiel zwar nicht in ihr Aufgabengebiet, doch sie hatten keine Zeit zu verlieren. Die Kollegin schien das genauso zu sehen. Statt zu murren, nickte sie zackig und verließ schnellen Schrittes das Gebäude, während Nils bereits telefonisch weitere Teams anforderte. Mit der kleinen Mannschaft, die er gerade zur Verfügung hatte, würde es ewig dauern, alle Orte abzuklappern.

Ein Bild, das an der Pinwand gehangen hatte, zeigte ein Gebäude im Gewerbegebiet. Bis vor Kurzem hatte sich dort eine Gärtnerei befunden. Die war jedoch umgezogen und der alte Standort seither verwaist. Nils informierte den Teamführer der Spezialeinheit und rannte mit Moller zu seinem Wagen.

## 50

*Fünfzehn Jahre zuvor*

»Wir haben gehört, hier gibt es heute eine Party!«

Axel erstarrte, als er Martins Stimme erkannte. Auch seine Freunde, mit denen er am Nachmittag das Zelt aufgebaut hatte, hielten in ihrem Kartenspiel inne und schauten ihn erschrocken an. In ihren Mienen spiegelte sich das Entsetzen, das er in sich spürte.

»Warum habt ihr uns denn nicht eingeladen? Das ist aber sehr unhöflich«, hörte er Martin weiterreden. Ein Mädchen kicherte, es klang wie Eva. Da traten die vier ins Licht der Fackeln. Axel hatte sie mit seinen beiden Freunden kreisförmig im Garten aufgestellt. In der Mitte hatten sie im Schneidersitz auf dem Boden sitzend Limo getrunken, Chips geknuspert und Karten gespielt. Es war ein perfekter Abend gewesen. Bis jetzt. Das Auftauchen von Martin und seinen Jüngern riss die Harmonie binnen Sekunden in Stücke.

Martin, Eva, Lilly und Fabian setzten sich grinsend zu ihnen, als hätten sie vor, mit ihnen Karten zu spielen. Doch Axel wusste es besser. Sie würden mit ihnen spielen, ja, aber nicht auf Augenhöhe, sondern wie eine Katze mit der Maus.

»Lasst meine Freunde in Ruhe«, flüsterte Axel. »Es reicht, wenn ihr mich schikaniert.« Er wusste nicht, woher er den Mut nahm, so mit ihnen zu sprechen. Und auch die vier wirkten überrascht.

»Hört, hört!«, rief Martin höhnisch. Er zündete sich eine Zigarette an und nahm genüsslich einen tiefen Zug, ohne Axel dabei aus den Augen zu lassen. Dann beugte er sich vor und blies ihm den Rauch ins Gesicht. Axel musste husten. Lilly warf mit gackerndem Lachen den Kopf in den Nacken.

»Wie du möchtest, Rumpel. Wir lassen deine kleinen Freunde in Ruhe. Dann wirst du eben dreifach einstecken müssen heute

Abend.« Martin zog erneut an seiner Zigarette. Die anderen drei grinsten nur. In aller Ruhe rauchte er zu Ende und drückte den Stummel schließlich vor sich auf dem Boden aus. Dann erhob er sich. »Hoch mit dir!«

Axel zögerte, doch dann rappelte er sich schnell auf. Es würde alles nur schlimmer werden, wenn er Martin auch noch wütend machte. Der wirkte bestens gelaunt, vielleicht würde er es bei einem Tritt oder so belassen und dann mit seiner Meute wieder abziehen. Axel klammerte sich an diese Hoffnung.

Als wären sie gute Freunde, legte Martin den Arm um Axels Schultern und spazierte mit ihm durch den dunklen Garten. Vor einem der Fischzuchtbecken machte er Halt. Die Forellen darin hatten sich gut entwickelt und würden bald in den Teich nebenan umziehen. Martin klappte das Abdeckgitter auf und schaute interessiert hinein. Angst griff mit kalter Hand nach Axel. Würde er etwa den Tieren etwas antun? Hatte Martin vielleicht etwas bei sich, das das Wasser verunreinigen könnte? Seine Gedanken schlugen Purzelbäume. Da packte Martin ihn unvermittelt und warf ihn kopfüber in das Becken.

Die Kälte des Wassers, dessen Temperatur für die Forellen extra niedrig gehalten wurde, traf Axel wie eine schallende Ohrfeige. Er schnappte erschrocken nach Luft. Das Becken war nicht sehr tief, sodass er schnell wieder Boden unter seinen Füßen hatte. Die Fische schwammen aufgeregt um ihn herum. Eva, Lilly und Fabian waren ihnen gefolgt und johlten vor Freude, während Martin sich in ihrem Beifall sonnte.

»Ups, habe ich dich erschreckt?«, fragte er. Dann packte er ihn und drückte ihn erneut unter Wasser. Axel schlug wild um sich. Er sah nur Wasser, Forellen und seine eigenen panischen Bewegungen. Was draußen um das Becken herum passierte, bekam er nicht mit. Als Martins Griff sich lockerte, schoss Axel prustend aus dem Wasser und atmete hastig ein. Im selben Moment sah er das Abdeckgitter auf sich zukommen. Er stemmte sich verzweifelt dagegen, doch nun packten auch Martins Jünger mit an. Sie drückten ihn zurück in das kalte Nass, bis Martin die Abdeckung schloss. Durch die Metallstreben sah er, wie die vier ihn angrinsten, als hätte er einen guten Witz gemacht. Und das war er wohl für sie, nicht mehr als ein Witz.

Das Wasser im Becken stand gerade so hoch, dass Axels Kopf zwischen der Oberfläche und dem Gitter Platz hatte. Doch ihm war furchtbar kalt, und er hatte das Gefühl, mit jeder Sekunde, die er hier bei den Fischen gefangen war, würde es kälter werden.

Martin setzte sich auf das Gitter, um es zu beschweren. Ein kurzes Aufflackern verriet Axel, dass er sich eine Zigarette anzündete. »Was ist, Rumpel? Warum bist du so still? Willst du nicht noch ein bisschen Tumult machen?«, höhnte er.

Nur mühsam widerstand Axel dem Drang, ihn vollzuspritzen, in der Hoffnung, er würde vom Gitter hochspringen. Doch er befürchtete, dass sie dann nur noch eins draufsetzen würden. Also verhielt er sich ruhig und versuchte, die Berührungen der Fische auszublenden. Er hoffte, dass seine Freunde ihre Chance genutzt und die Flucht ergriffen hatten. Zumindest kümmerten die vier sich nicht um sie. Eva, Lilly und Fabian standen als dunkle Schemen um Martin und das Fischzuchtbecken herum und warteten wohl darauf, was als Nächstes passieren würde.

Axels Augen brannten. Er wusste nicht, ob es Tropfen von Fischwasser oder Tränen waren, die ihm über die Wangen rannen. Durch das Gitter sah er, wie Martin den Rest seiner Zigarette in den Garten schnipste, ein glühender Bogen, der Axel an eine Sternschnuppe erinnerte. Er wünschte sich ganz fest, dass sie nun gehen und ihn wieder herauslassen würden.

»Setzt euch mal hier drauf, Mädels«, hörte er Martin sagen.

»Muss das sein?«, maulte Lilly. Wahrscheinlich hatte sie Angst, sich schmutzig zu machen.

Mit einem Knurren schubste Martin sie gegen das Becken. Sie protestierte nicht und kletterte mit Eva hinauf. Axel konnte in der Dunkelheit nicht erkennen, ob die Mädchen dabei zu ihm hineinsahen, ob er ihnen womöglich insgeheim leidtat. Und er war froh, dass er das nicht wusste.

Eva und Lilly versperrten ihm nun vollends die Sicht. Axel lauschte angestrengt, um mitzubekommen, was im Garten geschah.

»Runter mit euch!« Martins Stimme klang angestrengt.

»Was soll das denn werden?«, wollte Eva wissen. Sie klang ängstlich. Was hatte Martin nur vor? Ohne eine Antwort abzuwarten, sprang sie vom Fischzuchtbecken herunter, und Lilly tat es ihr gleich.

Axel blieb keine Zeit zu hoffen, dass er nun wieder freikommen würde, denn im selben Moment landete ein großer Steinbrocken auf dem Abdeckgitter. Sand bröselte ihm ins Gesicht.

»Spinnst du? Jetzt lass ihn wieder raus, wir hatten unseren Spaß.«

Axel konnte kaum glauben, dass Eva Partei für ihn ergriff. Er hörte ein klatschendes Geräusch. Hatte Martin sie etwa mit einer Ohrfeige zum Schweigen gebracht? Er lauschte in die Nacht, doch außer sich entfernenden Schritten hörte er nichts mehr. Dann war da nur noch Stille.

Axel rief um Hilfe. Niemand antwortete. Er war allein, allein mit seiner Angst, den Fischen und dem Wasser, das ihm nach und nach die Wärme aus dem Körper zog.

## 51

Elisabeth Dorn schlief. Am Anfang hatte Mira immer wieder ihren Puls kontrolliert, doch das hatte sie inzwischen aufgegeben. Elisabeth Dorns Atem war flach, aber sie schlummerte friedlich, während Miras Gedanken zunehmend panischer und wirrer wurden. Sie fragte sich, ob sie womöglich verrückt werden würde, bevor sie verdurstete. Schwerfällig atmete sie ein und versuchte, den Gedanken zu verdrängen. Es gelang ihr nicht. Sie leckte sich über die Lippen, doch ihre Zunge war ebenso trocken und brachte keine Erleichterung.

Sie lehnte den Kopf wieder gegen die Wand. Dann hörte sie ein Klacken. Angestrengt presste sie die Augenlider zusammen. Schon zweimal hatte sie während ihrer Gefangenschaft hier unten ein Geräusch gehört. Beide Male war nichts passiert, und Mira hatte sich eingestehen müssen, dass es wohl nur ihre strapazierten Nerven gewesen waren und nicht die ersehnte Rettung.

Da wurde auf einmal die Tür aufgerissen, Licht fiel in ihren Kerker, und Mira blinzelte geblendet. Was geschah hier? War Axel zurückgekommen, um ihnen endgültig den Garaus zu machen? Eine Neonröhre an der Decke flammte auf, und das gleißende Licht bohrte sich als stechender Schmerz in ihren Kopf. Aufstöhnend hielt Mira sich den Arm vors Gesicht. Oh nein! Sie hatte nicht damit gerechnet, dass Axel zurückkommen würde. Es gab hier nichts, womit sie sich und Elisabeth Dorn gegen ihn verteidigen könnte, und sie war auch längst nicht mehr in der Verfassung dazu. Eine Hand berührte sie an der Schulter. Panisch schlug Mira nach ihr. Ein krächzender Schrei drang aus ihrem Mund. Die Hand kam zurück, legte sich behutsam auf ihren Oberarm. Wie aus der Ferne hörte sie Nils' Stimme. Sie wisperte seinen Namen, wagte nicht zu glauben, dass er tatsächlich hier war. Spielten ihre Sinne ihr wieder einen Streich?

Mira wurde hochgehoben. Jemand presste sie an sich. Nils' Duft stieg ihr in die Nase. Sie klammerte sich an ihn, ihre Augen brannten.

»Dein Arm, du bist verletzt.« Er keuchte die Worte mehr, als dass er sie sprach.

Tausend Gedanken schwirrten durch Miras Kopf, doch sie bekam keinen davon zu fassen. Nils brachte sie aus dem Raum, von dem sie geglaubt hatte, dass sie ihn nie wieder verlassen würde. Ihre Umgebung erschien ihr dumpf, so als würde Watte ihren Kopf ausfüllen und die Eindrücke dämpfen. Im Flur standen zwei dunkle Gestalten, halb vom Flügel der Tür verdeckt. Als Nils an ihnen vorbeiging, sah Mira über seine Schulter hinweg, was sie betrachteten. Mit leuchtend gelber Farbe hatte Axel seine Botschaft auf die Metalltür gesprüht: »Am Ende bist du doch allein.«

»Kleine Schlucke«, mahnte Nils, als sie die Wasserflasche, die er ihr gegeben hatte, erneut ansetzte.

Elisabeth Dorn war von zwei Sanitätern aus dem Keller getragen und nach der Erstversorgung direkt ins Krankenhaus gebracht worden. Die Kollegen hatten den Raum der Spurensicherung überlassen und waren mit Karl Moller zu einem weiteren möglichen Tatort aufgebrochen. Mira saß mit Nils in seinem Auto auf dem kleinen Parkplatz gegenüber der Porzellanfabrik, wo auch Axel geparkt hatte. Wie lange war das nun genau her? Mira wusste es nicht. Ihr Gehirn schien erst langsam wieder in Gang zu kommen. Der Notarzt hatte ihren Arm verbunden und hätte auch sie beinahe ins Krankenhaus bringen lassen. Sie bräuchte eine Infusion, hatte er gesagt, so käme sie schnell wieder auf die Beine. Doch das wollte Mira nicht. Während sie am Tropf hing, konnte sie Axel nicht stoppen. Außerdem fühlte sie sich mit jeder Minute besser. Ihre neu erlangte Freiheit, Nils' Anwesenheit, zwei Kopfschmerztabletten und vor allem das Wasser, das sie andächtig in ihren Händen hielt und möglichst langsam zu trinken versuchte, päppelten sie wieder auf.

Nils hatte sie nach ihrer Befreiung lange im Arm gehalten. Nun, da sie im Auto saßen, jeder auf seinem Sitz, sehnte sie sich insgeheim zurück in seine unmittelbare Nähe und Geborgenheit. Wie dumm sie doch gewesen war, ihn so lange auf Abstand zu halten.

»Du hast mich gerettet.« Es waren ihre ersten Worte, seit sie ihrem Gefängnis in der Porzellanfabrik entkommen war. Beruhigt registrierte sie, dass sich ihre Stimme anhörte wie immer. Kein Krächzen, kein Kratzen. Sie würde wohl wieder die Alte werden.

Als Antwort legte Nils seine Hand auf ihre und drückte sie sachte.

»Wie hast du mich gefunden?«

Er nahm einen kleinen Stapel Papiere aus seiner Jackentasche. Beim näheren Hinsehen erkannte Mira, dass es sich um ausgedruckte Fotos handelte. Das oberste zeigte das Betriebsgelände der Fabrik.

Mira nahm die Bilder in die Hand. »Und an einem dieser Orte ist Meister?«

»Das nehmen wir zumindest an. Dass wir Frau Dorn und dich in einem der abgebildeten Objekte gefunden haben, macht es noch wahrscheinlicher, würde ich sagen.«

Mira trank erneut von dem Wasser. Dann blätterte sie nachdenklich in den Ausdrucken.

»Die Gebäude, die wir zuordnen konnten, sind fast alle überprüft. Die Porzellanfabrik war zum Glück eines davon. Kollegen checken gerade die beiden letzten.« Er schüttelte den Kopf, als könnte er es selbst noch nicht glauben, dass er Mira gefunden hatte. Sie mochten sich beide nicht ausmalen, was vielleicht geschehen wäre, wenn Axel sie an einem der bislang unbekannten Orte eingesperrt hätte.

Mira streckte den Rücken durch. Sie spürte förmlich, wie ihre Lebensgeister wieder erwachten. Oder war es nur der unbedingte Wille, Axel zur Strecke zu bringen? Egal. »Welche Gebäude sind noch offen?«

Nils nahm ihr den Stapel aus der Hand und sortierte die

Motive. Dann reichte er ihr etwa die Hälfte der Bilder wieder zurück.

Das erste zeigte eine kleine Hütte an einem Weiher, das zweite einen Aussichtsturm, der Mira vage bekannt vorkam. Das dritte Bild ließ sie stutzen. Ein altes Bauernhaus war darauf abgebildet. Mira tippte auf das Foto. »Lilly hat mir ihre Geschichte erzählt. Sie haben Axel übel mitgespielt. In der Schule, aber auch bei allen möglichen anderen Gelegenheiten. Eine Sache war besonders schlimm und hätte die Gruppe beinahe gespalten. Es passierte auf dem Hof von Axels Großeltern, die in Mermettenreuth eine Fischzucht betrieben. Dort haben die vier ihn im Forellenbecken eingesperrt und sind abgehauen. Es war nachts, und er musste stundenlang allein im kalten Wasser ausharren. Als man ihn fand, war er stark unterkühlt und kam wegen einer schlimmen Lungenentzündung wochenlang nicht in die Schule. Falls das derselbe Bauernhof ist, müssen wir dahin. Dort hat es begonnen, vielleicht will Axel, dass es dort auch endet.«

Hastig zog Nils sein Handy aus der Tasche. Die Kollegen hatten gerade die Wegbeschreibung zu dem Aussichtsturm geschickt, aber noch nichts zu dem Bauernhof. Er rief die Absendernummer an.

»Hallo, Färber hier. Der alte Bauernhof auf einem der Fotos gehörte möglicherweise Bodenschatz' Großeltern. Ich weiß nicht, ob sie noch leben, könnte sein, dass inzwischen seine Eltern oder sogar er selbst im Grundbuch stehen. Das Grundstück liegt irgendwo in Mermettenreuth. Wenn ich mich richtig erinnere, ist der Ort recht weitläufig und zerpflückt. Finden Sie bitte raus, wo genau das ist, und schicken Sie mir die Koordinaten des Anwesens aufs Handy.«

Kaum hatte er aufgelegt, griff Nils in den Fußraum hinter Miras Autositz und zog eine unberührte Flasche Wasser hervor. Dankbar nahm Mira sie entgegen und trank ein paar Schlucke, während Nils den Motor startete.

Anstatt jedoch loszufahren, wandte er sich Mira zu. Liebevoll strich er ihr das Haar zurück und küsste sie auf die Schläfe. Dann blickte er sie mit besorgter Miene an. »Willst du dich

nicht lieber noch etwas ausruhen? Ich könnte dich zu Hause absetzen und den Hof zusammen mit Moller checken.«
Mira schüttelte den Kopf. »Kommt nicht in Frage.«
Er zögerte noch einen Moment, dann holte er eine Pistole aus dem Handschuhfach, legte sie Mira in den Schoß und fuhr los.

## 52

»Ist das Axels Wagen?« Nils beugte sich zu Mira herüber, um besser aus dem Beifahrerfenster sehen zu können. Im Hof des Bauernhauses stand ein alter schwarzer Mercedes. Ebenso wie das Anwesen wirkte er in die Jahre gekommen, weshalb Mira sich im ersten Moment nicht sicher war, ob er womöglich schon vor langer Zeit dort abgestellt und vergessen worden war.

»Ich weiß nicht, was für ein Auto er fährt«, murmelte sie. »Aber das Nummernschild würde passen. BT-AB, das sind seine Initialen.«

Nils nickte, fuhr kurz entschlossen ein Stück weiter und parkte im Sichtschutz der Scheune am Straßenrand.

Das Haus wirkte verlassen. Trotzdem hatte Mira das Gefühl, die dunklen Fenster würden sie anstarren. Stand Axel hinter einem davon und beobachtete sie? Oder lagen sie mit ihrer Theorie völlig falsch, und er war gar nicht hier? Sie erreichten die Scheunentür, und Mira zog ihre Waffe. Nils tat es ihr gleich. Doch in der Scheune erwartete sie nichts als Gerümpel, Staub und Spinnweben. Vorsichtig schlichen sie weiter. Nachdem sie sich vergewissert hatten, dass das Haus abgesperrt war und ihnen von dort keine Gefahr drohte, gab Nils ihr ein Zeichen, dass sie sich aufteilen sollten. Mira nickte. Während sie links um das Haus herumpirschte, verschwand er hinter der rechten Hausecke.

Seit sie losgefahren waren, hatte es etwas abgekühlt, und ein leichter Wind strich durch Miras Haar. In der Ferne hallte der Donnerschlag eines Hitzegewitters. Vorsichtig lugte sie um die Ecke und musterte den Garten, der sich hinter dem Haus auftat. Im hinteren Teil wuchsen knorrige Birn- und Apfelbäume. Das Gras darunter stand hoch. Es war diesen Sommer anscheinend noch nicht gemäht worden und bestätigte Miras Eindruck, dass der Hof verlassen war. Der Obstgarten wirkte idyllisch und wollte sich nicht recht mit der Annahme vereinbaren lassen, jemand könnte hier gerade um sein Leben kämpfen. Mira schluckte. Sie hatte schon wieder Durst. Ärgerlich schob sie den Gedanken beiseite. Es fiel ihr schwer, sich zu konzentrieren, obwohl sie aufs Höchste angespannt war. Hoffentlich würde sich das bald wieder geben. Oder hatte ihr Gehirn durch den Flüssigkeitsentzug womöglich ernsthaften Schaden genommen? Am liebsten würde sie sich selbst gegen den Kopf schlagen, um wieder Ordnung in das Chaos zu bringen.

Da erblickte sie ihn. Axel lag auf der Abdeckung einer großen blauen Kunststoffwanne, die Arme hinter dem Kopf verschränkt und die Beine übereinandergeschlagen. Die Pose wirkte friedlich und entspannt. Verwundert sah Mira sich weiter um. Wo zum Teufel war Meister?

Mira verließ ihre Deckung und schlich mit vorgehaltener Pistole auf Axel zu. Das hohe Gras strich raschelnd um ihre Beine. Doch er bemerkte sie nicht. Fast war es Mira, als würde er hier im Garten lediglich dösen und die Frische des Gewitters genießen, das gerade irgendwo in der Nähe herunterging.

Etwa vier Meter von ihm entfernt stoppte sie. »Nimm die Hände hoch!«

Axel zuckte kaum merklich zusammen. Er hatte sie also wirklich nicht herankommen hören. Doch er machte keine Anstalten, die Hände zu heben. Er blieb einfach liegen, rührte sich nicht und ignorierte Mira.

»Ich werde auf dich schießen, Axel. Du hast versucht, mich umzubringen. Also bilde dir nicht ein, ich hätte Hemmungen abzudrücken!«

Das Zittern ihrer Hände strafte Mira Lügen. Ihr wurde schmerzlich bewusst, dass sie sehr wohl Hemmungen hatte, auf Axel zu schießen. Bilder aus dem Büro und von ihrem gemeinsamen Biergartenbesuch blitzten vor ihrem inneren Auge auf. Wie hatte sie sich nur so in ihm täuschen können? Sein Verrat machte sie wütend. Trotzdem hoffte sie inständig auf eine friedliche Lösung.

Endlich bewegte sich Axel. Er setzte sich auf, streckte sich ausgiebig und zog die Beine in einen Schneidersitz. Sie starrten sich an wie bei einem Duell. Wo war Axels Waffe? Sicherlich hatte er sie dabei. Sie musste auf der Hut sein. Dieser Mann war nicht der, den sie zu kennen geglaubt hatte. Er war ein Mörder und hatte bereits einmal versucht, auch sie zu töten. Bestimmt würde er nicht vor einem weiteren Versuch zurückschrecken. »Mira.« Er sprach ihren Namen aus wie eine Feststellung. Keinerlei Emotion lag in seinem Tonfall.

»Überrascht?«

»Ja. Aber ich finde es schön, dass du lebst.« Auch das sagte er mit ruhiger Stimme wie etwas ganz Alltägliches.

»Tatsächlich? Wieso hast du mich dann eingesperrt?«

Er zuckte unbeeindruckt mit den Schultern. »Das ging nicht gegen dich. Du warst eine Gefahr für meinen Plan. Du hättest bald gemerkt, dass ich auf derselben Schule war wie Martins Mobbing-Clique. Die vier verdienen keine Rettung, doch genau das hättest du versucht. Deshalb bist du ja nun auch hier, nicht wahr?«

Mira zog scharf die Luft ein. Sie hatte nicht damit gerechnet, dass Axel so freimütig mit ihr über seine Taten reden würde. Doch wie es aussah, hatte er mit dem Angriff auf sie seine Maske abgestreift.

»Dein Plan.« Sie verzog angewidert das Gesicht. »Ich verstehe dich nicht, Axel.«

Er sah aus, als würde Miras Aussage ihn ehrlich verwundern. »Ich habe gesehen, wie ein Mann zu Tode geprügelt wurde, einfach nur, weil er zur falschen Zeit am falschen Ort war. Kurz zuvor ist eine unschuldige Frau durch meine Hand gestorben, vier Schuldige aber habe ich am Leben gelassen. Die Welt war aus den Fugen geraten, wie kannst du nicht verstehen, dass ich das in Ordnung bringen musste?«

Die Worte rieselten wie in Zeitlupe in Miras Gehirn. Dass Axel im Dienst eine Frau getötet hatte, musste ihn weit mehr aus der Bahn geworfen haben, als sie alle gedacht hatten. Sie versuchte, das Mitgefühl, das sie empfand, abzuschütteln.

»Ich habe beschlossen, kein Opfer mehr zu sein. Das bin ich lange genug gewesen. Die vier lebten weiter, als sei nie etwas geschehen, und haben die Menschen, denen sie geschadet haben, einfach vergessen. Ich hätte mich schon viel früher darum kümmern müssen.«

»Wie auch immer. Dein Plan ist trotzdem gescheitert.« Axel legte den Kopf schief und musterte sie, während seine Miene sich verdunkelte. »Soll das etwa heißen, Lilly hat es auch lebend rausgeschafft?«

Mira nickte.

»Das ist doch nicht möglich! Sie hockte seit Donnerstag in diesem Keller!« Zornesröte überzog Axels Gesicht.

Mira griff ihre Pistole fester. »Sie hatte etwas zu trinken dabei. Und gerade bekommt sie eine Infusion. Es geht ihr gut.«

Axel bleckte die Zähne wie ein wildes Tier, entgegnete aber nichts. Eisiges Schweigen legte sich über den Garten, während er wütend vor sich hinstarrte. Mira versuchte, weiter Gelassenheit auszustrahlen, auch wenn in ihr ein Sturm tobte.

Da blickte Axel plötzlich auf und sah ihr geradewegs in die Augen. »Tja, dann wirst du mich wohl gehen lassen müssen, damit ich es zu Ende bringen kann.«

Fassungslos ließ Mira ihre Waffe ein Stück nach unten sinken. »Wie bitte? Das kann doch nicht dein Ernst sein!«

»Und ob es das ist. Ich bin so weit gekommen, da werde ich mich so kurz vor dem Ziel sicher nicht von dir aufhalten lassen.« Er stand auf und kam auf sie zu.

»Bleib stehen!«, rief Mira und hob ihre Waffe wieder an.

»Du willst doch nicht ernsthaft auf deinen Kollegen schießen.«

»Nein, du hast recht, das will ich nicht. Aber wenn du mir keine Wahl lässt, werde ich es trotzdem tun.«

Er machte einen weiteren Schritt vorwärts. »Man hat immer eine Wahl.«

Eine hastige Bewegung folgte, auf die Mira viel zu langsam reagierte. Dann ertönte ein Schuss. Axels Pistole flog ihm aus der Hand. Wo hatte er die Waffe plötzlich her? Mira sah sich verwirrt um, während Nils, der geschossen hatte, mit schnellen Schritten angelaufen kam, und schluckte gegen die drückende

Beklemmung in ihrer Kehle an. Sie hätte nicht herkommen dürfen. Nils hatte recht gehabt, sie war noch nicht so weit. Axel hielt sich mit schmerzverzerrtem Gesicht den Arm. Blut quoll zwischen seinen Fingern hervor. Als Nils ihn erreichte, drehte er ihm den Arm ohne Rücksicht auf seine Verletzung auf den Rücken und legte ihm Handschellen an.

Mira starrte unverwandt auf Axels Dienstwaffe, die zwischen ihnen im Gras lag. Die hohen Halme verdeckten sie weitgehend, doch Mira hatte gesehen, wo sie hingefallen war, als Nils Axels Arm getroffen hatte. Ihr Kollege hätte sie beinahe erschossen. Alles war so schnell gegangen. Mira wäre tot umgefallen, ohne zu bemerken, was passiert war.

»Geht es dir gut?«, fragte Nils, als er Axel an ihr vorbeischob.

Sie nickte, obwohl sie sich alles andere als gut fühlte. Schwerfällig hob sie die Waffe auf und trat an das Fischzuchtbecken heran, auf dem Axel es sich gemütlich gemacht hatte. Auf dem Abdeckgitter prangte ein großes Werbeschild, das eine Forelle zeigte. Darüber hatte Axel seinen Spruch gesprüht. Mira erkannte die gelbe Farbe sofort, es war dieselbe, die er auch für die Tür ihres Kellerverlieses verwendet hatte. Dann erschauderte sie. Im Fischbecken, halb verdeckt durch das Schild, entdeckte sie das blasse Gesicht von Fabian Meister.

## 53

Mira hatte das restliche Wochenende beinahe komplett verschlafen und sich in den wenigen Stunden, in denen sie wach gewesen war, von Nils verwöhnen lassen. Er hatte sie mit zu sich genommen, wo zu Miras Erstaunen der kleine Fips auf sie wartete, hatte seine beiden Gäste bekocht und dafür gesorgt, dass immer eine Wasserflasche in Miras Reichweite stand. Vor allem das dankte sie ihm, denn die Angst zu verdursten hatte sich als unterschwellige Beklemmung fest in Miras Innerem eingenistet. Sie war nicht sicher, ob sie dieses dumpfe, dunkle Gefühl je wieder loswerden würde. Doch wenigstens hatten sich die Langsamkeit und Kraftlosigkeit verflüchtigt, unter deren Einfluss Mira noch immer gestanden hatte, als es zur Konfrontation mit Axel gekommen war.

Fabian Meister war mit Schock und schwerer Unterkühlung ins Krankenhaus eingeliefert worden. Er würde sich erholen, laut den Ärzten war es aber ziemlich knapp gewesen. Mira wagte gar nicht, daran zu denken, was passiert wäre, wenn Axel noch etwas mehr auf Zeit gespielt hätte. Dann wäre es womöglich schon zu spät für ihn gewesen. Schließlich war Fabian Meister, als sie ihn entdeckt hatten, schon völlig apathisch und nicht mehr in der Lage gewesen, sich bemerkbar zu machen.

Im Badezimmer starrte Mira ihr Spiegelbild an. Sie machte sich Vorwürfe, dass sie Axel so auf den Leim gegangen war. Doch sie war nicht die Einzige, die sich nach Axels Entlarvung wie eine Idiotin vorkam. Gestern hatte sie mit Sylvia telefoniert, und die Ärmste hatte mehr geweint und geschluchzt als gesprochen.

Nils trat hinter Mira und suchte ihren Blick im Spiegel. Behutsam legte er beide Arme um sie. »Bist du sicher, dass du dir nach allem, was geschehen ist, nicht doch eine kleine Auszeit gönnen möchtest?«

Mira nickte. Sie war sicher. Zwar graute ihr davor, Gneis'

mitleidigem Blick zu begegnen und in ihrem Büro den Anblick von Axels leerem Schreibtisch ertragen zu müssen, doch alles war besser, als unbeschäftigt herumzusitzen und sich von schmerzhaften Erinnerungen und Selbstvorwürfen quälen zu lassen.

Gemeinsam verließen sie Nils' Wohnung und machten sich auf den Weg zur Dienstelle. Wie selbstverständlich verschränkten sie ihre Finger ineinander, als sie den Parkplatz verließen. Nils lächelte Mira aufmunternd an. Als sie den Flur ihrer Abteilung betraten, heftete sich ein mulmiges Gefühl an Miras Fersen. Um den Gang in ihr Büro noch etwas hinauszuzögern, bog sie in die Kaffeeküche ab, nachdem Nils ihr einen Kuss auf die Wange gedrückt hatte und in seinem Büro verschwand.

In der Kaffeeküche stieß Mira auf Sylvia. Deren Augen waren rot gerändert, doch sie rang sich ein Lächeln ab und reichte Mira schweigend eine dampfende Tasse. Anscheinend hatte sie den Kaffee gerade frisch gekocht. Auch sich selbst schenkte sie davon ein. Dem Heidelbeertee hatte sie wohl wieder abgeschworen. Als Sylvia die benutzte Filtertüte aus der Maschine nahm und in den Mülleimer warf, sah Mira, dass Axels Tasse darin lag. Sie seufzte leise. Dann nahm sie Sylvia in den Arm.

Sie lösten sich voneinander, als Nils im Türrahmen auftauchte.

»Eckhard lässt sich entschuldigen. Nachdem der Fall ja nun gelöst ist, wird er seinen Bericht in München verfassen und nicht extra herkommen.«

»Ach, wie schade«, entfuhr es Mira.

Sie erntete einen Schmunzler von Nils, der sich ebenfalls einen Kaffee einschenkte. »Er gratuliert jedenfalls herzlich zur Lösung des Falls.«

»Ich mag ihn«, sagte Sylvia verteidigend und schnupperte vorsichtig an ihrer Tasse. Mira verkniff sich mit Mühe einen Kommentar, dass Sylvia grundsätzlich jeden mochte. In Anbetracht der Situation erschien ihr die Stichelei unpassend.

»Guten Morgen, zusammen.« Philipp kam herein und blickte

gut gelaunt in die Runde. »In zehn Minuten Besprechung wie immer? Ist Eckhard schon da?«

Die drei starrten ihn an wie ein Alien. Niemand hatte daran gedacht, den Praktikanten darüber zu informieren, was seit Freitagmittag alles passiert war.

Mira blies geräuschvoll Luft durch ihre halb geschlossenen Lippen. »Ich denke, wir sind dir ein Update schuldig. Schnapp dir einen Kaffee, ich bring dich auf Stand.«

Gemeinsam gingen sie in das Besprechungszimmer. In Philipps Miene prangten jede Menge Fragezeichen, deshalb hielt Mira ihn nicht lange hin und kam zügig zum Punkt. Wider Erwarten tat es gut, über die Geschehnisse zu reden. Und Philipps entgleisende Gesichtszüge zeigten Mira deutlich, dass auch er niemals auf die Idee gekommen wäre, den neuen Kollegen zu verdächtigen. Was Axels Doppelleben anging, hatte selbst sein ausgeklügeltes Visualisierungsboard nichts ausrichten können.

»Aber hätten wir dann nicht seinen Namen auf den Schullisten finden müssen?«, warf Philipp nachdenklich ein.

»Vermutlich. Aber rate mal, wer die Listen hauptsächlich durchgearbeitet hat.«

Philipp stöhnte auf. »Ach ja.« Er fuhr sich mit beiden Händen übers Gesicht. »Und wie geht's dir jetzt?«

»Es wird wieder werden«, antwortete Mira unverbindlich und lächelte. Überrascht merkte sie, dass es sich nicht falsch anfühlte. Ja, es würde wirklich wieder werden.

»Na, dann ist es ja gut.« Philipp wirkte ehrlich erleichtert.

»Du machst dir doch nicht etwa Sorgen um mich, oder? Nicht dass du gleich wieder einen Termin bei Dr. Friedmann für mich vereinbarst.«

Es tat gut, in alte Muster zurückzufallen. Philipp ein bisschen zu piesacken fühlte sich an, als würde sie dabei in ihren Alltag zurückfinden. Ihm schien es ähnlich zu gehen. Ein Schmunzeln umspielte seine Lippen. Dann stand er unvermittelt auf, kam zu ihr herüber und schloss sie in die Arme. Im ersten Moment war Mira zu überrumpelt, um zu reagieren. Dann erwiderte sie etwas unbeholfen die Umarmung.

»Du schuldest mir noch zwei Packungen Gummibärchen«, sagte Philipp, als er sich wieder von ihr gelöst und sich aufgerichtet hatte.

Mira stand ebenfalls auf und schnipste mit dem Finger gegen seine Bartperle.

Das war längst überfällig gewesen.

Am Spätnachmittag kurz vor Dienstschluss betraten Mira und Nils zusammen den Schwurgerichtssaal des Bayreuther Justizpalastes. Die ganz eigene Atmosphäre des Raumes nahm Mira sofort gefangen. Axel hatte es durch seinen perfiden Plan also nicht geschafft, ihr die Liebe zu historischen Gemäuern zu verderben.

Sie ließen sich in der vordersten Zuschauerreihe nieder, Nils legte den Arm um Mira, und sie lehnte den Kopf an seine Schulter. So saßen sie eine Weile und genossen die Ruhe und die Nähe des anderen.

Doch die Erlebnisse vom Wochenende ließen Mira nicht los.

»Gibt es Neuigkeiten von Axel?«, fragte sie nach einer Weile. Axels Anwalt hatte durchgesetzt, dass andere Beamte die Befragungen durchführten. Mira und Nils seien befangen. So absurd Mira dieser Schachzug auch vorkam, insgeheim war sie froh, Axel nicht verhören zu müssen. Außerdem lagen die Fakten ohnehin auf dem Tisch. Sie wollte damit abschließen.

»Ja, ich habe vorhin mit dem Kollegen gesprochen«, erzählte Nils. »Er und sein Anwalt wollten anfänglich tatsächlich alles abstreiten. Kannst du dir das vorstellen?«

Mira schüttelte ungläubig den Kopf.

»Ja, Bodenschatz behauptete, er habe Meister im Zuge seiner Ermittlungen gefunden. Wir hätten seine Anwesenheit am Tatort dann falsch gedeutet und ihn verhaftet.«

»Meine Güte!«, rief Mira. »Hat er jetzt jeden Bezug zur Realität verloren? Damit kann er doch nicht durchkommen!«

»Natürlich nicht.« Nils legte beschwichtigend seine Hand auf ihre. »Als er erfahren hat, dass Meister überlebt hat, hat er sein Lügengespinst über Bord geworfen. Er ist völlig ausgerastet.

Dass er am Ende nur zwei seiner vier Opfer erledigt hat, hat ihn ziemlich in Rage gebracht.«

Mira schloss die Augen und rückte enger an Nils heran.

»Was hältst du davon, noch ein bisschen bei mir wohnen zu bleiben?«, flüsterte er nach einer Weile in ihr Haar. »Ich könnte auf dem Heimweg einen Kasten Wasser nur für dich kaufen und dir heute Abend Saltimbocca kochen.«

Mira lächelte. »Wer könnte dazu schon Nein sagen?«

# Danksagung

Mit dieser Veröffentlichung ist ein kleiner Traum von mir in Erfüllung gegangen. Seit Jahren lese ich selbst gern die Bücher aus dem Emons Verlag. Nun kann ich einen eigenen Roman in mein Regiokrimi-Regal dazustellen. Und dass »Die Toten von Bayreuth« ein so stimmiges Gesamtwerk geworden ist, macht mich umso glücklicher. Das ist natürlich nicht allein mein Verdienst. Deshalb danke ich von Herzen:

Stefanie Rahnfeld, die das Projekt mit mir auf den Weg gebracht hat, Nina Schäfer für das stimmungsvolle und so passende Cover, Marit Obsen, die im Rahmen des Lektorats wertvolle Tipps für mich hatte, sowie Hannah Naumann, Sophie Olk, Annika Hynek und Sabine Düde, die durch Korrektorat und Buchsatz den Text letztendlich erst zu dem gemacht haben, was er jetzt ist.

Auch bevor das Manuskript zum Verlag ging, durfte ich mich bereits über Unterstützung freuen. Besonders bedanken möchte ich mich hier bei den Menschen im Justizpalast Bayreuth und in der Pressestelle der Bayreuther Kriminalpolizei, die alle unheimlich hilfsbereit waren.

Außerdem danke ich Dr. Manfred Lukaschewski, dass er immer ein offenes Ohr für alle Fragen rund um die Rechtsmedizin und Kriminaltechnik hat.

Zum Schluss möchte ich noch ein paar dicke Dankeschön-Schmatzer verteilen:

Zum einen für meine Schreibbuddies Nicole Knoblauch, Dora Feria, C.K. Zille und Veronika Lackerbauer, weil sie mir während des Schreibprozesses mit Rat, Tat und Motivation zur Seite standen und vor allem, weil ich weiß, dass ich auch in Zukunft auf sie zählen kann.

Und zum anderen für meinen Mann, der immer wieder mit tollen Ideen und Infos um die Ecke kommt, um mich zu inspirieren.